Brigitte Kronauer
Die gemusterte Nacht
Erzählungen

Klett-Cotta

Strophen zu einer Beobachtung

Ein Tag, der zuletzt doch nicht im Sande verlief / Ganz zu Anfang, frühmorgens, sah ich einen bunten Gegenstand über eine grüne Fläche rennen. Manchmal hielt er still, und die Farben ließen sich gut unterscheiden, gelb, rot, blau, gerieten durcheinander, kaum noch wahrnehmbar, und wurden nach einer Weile deutlicher, bis einzelne Farbfelder entstanden, die sich nicht mehr mischten. Ein Ball, der über eine Wiese rollt, leicht, ein Wasserball, so leicht, daß der Wind ihn dreht. Oder ein Kreis, der auf dem Rasen liegt, von einer Person betrachtet, die jetzt sehr schnell den Kopf hin und her schleudert.

Ein dicker roter Punkt näherte sich dem Ballon. Als er unmittelbar bei ihm war, sprang der Ballon fort, und der Punkt, der Kreis, der Körper rollte hinterher, langsamer als der erste Punkt, Kreis, Körper und erreichte ihn auch nur, weil der davongelaufene sein Tempo änderte und schließlich liegen blieb. Ein Kind, sagte ich, ein Kind hat den Ball weggestoßen und fängt ihn dann wieder ein, oder ein roter Ballon, der mit Hilfe des Windes einem Kind in einer bunten Hose folgt, bis es hinfällt. Der Ball verließ die Wiese und war etwas höher, dann da nicht mehr, aber wieder höher, dann da nicht mehr, aber etwas tiefer, dann da nicht mehr, aber wieder im Gras. Der Ball ist hochgesprungen und wieder runtergefallen. Oder eine Person hat angesichts des Balles ruckartig den Kopf gehoben und gesenkt. Ich sah den Ball vervielfältigt. Die neuen Bällchen lagen eng zusammen und rollten ein wenig herum. Viele Bälle, sagte ich, wurden jetzt auf die Wiese geworfen. Der Wind oder eine grüngekleidete Person stößt sie sachte an. Oder das Laub, das nur wenig Durchblick bietet, zerstückt, da es heftig geschüttelt wird, den großen Ball so flink und unregelmäßig.

Ich wandte mich etwas anderem zu.

Überall war Luft. Ich konnte durch sie hindurchsehen und spürte sie gar nicht. Aber ich wußte genau: Sie war zwischen alle Dinge gefüllt und paßte sich ihnen so geschmeidig an, daß niemand behindert wurde oder überhaupt etwas merkte von ihr. Nur wenn ich die Hand sehr rasch an meinem Gesicht vorbeisausen ließ, verriet sie sich. Sie reagierte zu langsam, sie begleitete die Hand nicht schnell genug, man konnte sie überlisten und erkennen, wenn sie versuchte einzuholen, was ihr entkommen war. Man fühlte sie in der Nähe der Haut und hörte sie zischen.

Nun aber, als meine Hände auf den Knien ruhig lagen, gab es ein viel stärkeres Geräusch über mir. Ich sah nach und bemerkte einen Schwarm Vögel mit schönen glänzenden Schwingen in der Luft, die Luft war zwischen ihnen. Die Vögel bewegten sich sehr schnell im Kreis, gemeinsam machten sie Schleifen und Bögen und flatterten. Die Luft flatterte, sie war von ihnen erhitzt oder hatte sie genommen und hochgeworfen und blies sie umher, oder die Vögel standen ruhig, und es war nur die Luft, die sich schüttelte und überschlug, ich sah die Luft zitternd zwischen ihnen, sie zitterte nur da, wo sich die Vögel so still und starr aufhielten. Sie zitterte und kreiste wie verrückt und dann wieder die Vögel, die kreisten und schossen, wohin sie wollten, und der Luft zuvorkamen, die sich vielleicht doch entfernt hatte, denn ich fühlte sie nicht und hörte nur die Vögel und sah die Wirbel ihrer Flügelschläge und nicht die Wirbel der Luft?

Jetzt wurde ich unruhig und ging an eine Stelle, die mehr versprach.

Ich wählte einen Felsbrocken, der oben flach war und niedrig genug, damit die Schienbeine bis zur Hälfte naß wurden. Ich hielt sie ganz ruhig, aber die Zehen flackerten auf dem Grund umher. Als ich nach ihnen griff, verschwanden sie ganz, und mit ihrer Auflösung verfärbte sich das Wasser, nein, es transportierte Bruchstükke meiner Füße und jetzt schon meines forschenden Armes, es schwemmte die wäßrigen Hautteilchen fort und trug sie an falsche Stellen. Ich konnte mich nicht dagegen sperren, da unten, das war nicht mehr ich, Wasserpflanzen trieben gegeneinander, die Füße, unauffindbar in wippenden Fetzen, auch der zweite Arm, den ich schlau am Bein hinabließ, berührte einige der Teilchen, aber ich spürte sie nicht da, wo ich sie sah.

Wenn ich aber die Beine aus dem Wasser zöge, würde ich alles wieder ohne Anstrengung aufsammeln. Und wirklich, es saß auf Anhieb, als ich es tat, sofort, als wäre nichts geschehen, am rechten Platz. Ich beugte mich dann, auf dem Felsstück kniend, über das verlassene Wasser und entdeckte, daß es keineswegs ruhig oder leer war. Es stieß und zerrte vielmehr an einer offenbar zusammenhängenden Figur, die es nicht auseinanderreißen konnte. Da ihm das nicht gelang, bemühte es sich um so heftiger, die Gestalt zu zerbeulen und in verschiedene Ebenen zu drängen. Von der Oberfläche stürzte sie platt auf den Grund und stieg wieder auf oder schien sogar zur gleichen Zeit an mehreren Orten festgehalten zu sein. Das also war mein Gesicht mit den Schultern und dem vorgestreckten Oberkörper daran. Außerdem hielt sich das alles nun nicht nur im, sondern in spezieller Weise auch über dem Wasser auf. Ich konnte weggehen. Während ich das tat, kam mir jedoch der Gedanke, daß ich ja gar nicht merkte, ob sich das Wasser nicht doch noch mit mir beschäftigte.

Wieder nichts Rechtes, dachte ich also enttäuscht. Vielleicht sollte ich unter Menschen. Da gibt es doch immer Anlaß zu regelrechten Vorfällen.

Auf der Straße gingen buntgekleidete Leute mit schnellen Schritten. Ich stieß gegen Schwitzende und wurde vor Schaufenster gepreßt. Rücken und große, näherdrängende Brüste hinderten mich daran, einen freigewählten Weg zu nehmen. Ich lehnte mich gegen einen Hauseingang, um von einem festen Standort aus die Straße zu betrachten. Zunächst war alles ganz nah, beweglich, berührbar, offen zur Teilnahme, diese Teilnahme fraglos erzwingend, bis es plötzlich, wobei alle Geräusche täuschend echt an meinem Ohr blieben, fortschoß in einen anderen Raum, nein, das war eher etwas Zweidimensionales, eine Fläche, und in eine Zeit, die langsamer strömte, die widerstrebte und die Gesten der Menschen, die standen und überquerten, verzögerte, eine klebrige, zähflüssige Zeit, sie benötigten jetzt die dreifache Menge, also eine dünne, unkonzentrierte Zeit?, um tausendfach geübte Dinge zu tun. Sie lebten weit entfernt, aber die Grenze zu ihnen blieb unsichtbar. Ich wollte sie wieder einholen, es gelang augenblicklich. Doch nun war alles wie früher, Leute und Straße umgaben mich wie lauwarmes Wasser, vertraut und dicht. Ich hatte nicht ihren merkwürdigen Aufenthaltsort betreten können. Sobald ich sie, ein leichtes, entrückte und nahezu erstarren ließ, war es unmöglich, selbst in die zweite, gepreßte Existenz einzutauchen. Nur auf Kosten dieses Zustandes holte ich sie ein. Oder geschah vielleicht der Eintritt in ihr träumerisches, bildhaftes, gewissermaßen abgefilmtes, von dieser Gegenwart gelöstes, handliches Leben so total, daß es mir darin wieder normal erschien und ich, da ich ja bei ihnen war, keinen Unterschied empfand?

Nun mußte alles auf eine Karte gesetzt werden. Alles oder nichts sozusagen. Der Ort, an den ich mich, weil der Tag bald vorüber sein würde, eilig begab, war günstig für beides.

Wenn man von der Anhöhe runtersah, entdeckte man viele graue und braune Wegstücke bis hoch zu mir, die alle bald in den grünen Senkungen steckenblieben. Oberhalb des Buschwerks begann dann wieder der nächste Pfad. Ich hielt das für unwahrscheinlich und ergänzte deshalb das, was ich wirklich sah, all diese Windungen und Kurven, mit dem, was mir logisch schien. Ich verband die losen Abschnitte durch Erfahrung und Verstand zu einem einzigen.

Ein kleines gelbes Auto erschien ganz unten und verschwand zugleich mit dem Weg. Es fuhr jetzt auf meiner Erfahrung und meinem Verstand, es fuhr da ganz ruhig seinem Ziel entgegen. Gleich mußte es wieder auftauchen. Ich wußte ja an welcher Stelle und sah sie an. Jetzt! Das Auto war da und fuhr, nun wieder sichtbar und ohne mein Zutun, weithin leuchtend in der bald untergehenden Sonne. Ausgelöscht im nächsten Moment. Meine Augen richteten sich auf den Ansatz des folgenden Wegteils. Und da hatte ich es auch schon sicher durch die Wildnis gebracht und setzte es am richtigen Punkt wieder auf, es glänzte so schön gelb und war sich selbst überlassen. Nicht lange jedoch, schon stand ich genau mit dem Abbruch der Strecke bereit. Ich zählte ab und sagte die Zukunft voraus. Ich geleitete das Auto durch die Unsichtbarkeit und wußte vor ihm, wo der Weg wieder Weg und das Auto wieder Auto wurde und ohne meine Hilfe fuhr, aber doch von mir, die den Weg kannte und voraussah, gezwungen, immer höher und schließlich dahin, wo ich stand, ans Ziel zu kommen.

Das löste endlich vollste Zufriedenheit bei mir aus. Ich hatte diese Sache zu einem deutlichen Schluß gebracht, denn jedesmal, sobald ich etwas als angefangen betrachte, erhebt es auch Anspruch aufs Ende.

Ein Mann bewegt sich vom Dorf die Straße hinauf bis zur Kurve / Der Polizist stand mit dem Rücken zur Straße, die genau hier plötzlich steil aufstieg und am Berg entlang aus dem Tal führte. Oben, wo die Straße abzubrechen schien, verschwand sie hinter dem Berg. Sie war an dieser Stelle durch eine niedrige Mauer gesichert, auf der einige ältere Männer saßen. Ich hatte sie, da ich dem Polizisten, der auch ihnen den Rücken zukehrte, gegenüberstand, Straße und Männer, im Blick. Wir wiederum, die Männer und ich, betrachteten jetzt auf ihr, der Straße, einen alten dünnen Mann, ich aus der Nähe, sie aus der Ferne. Er war in der Mitte geknickt. Der Oberkörper ragte rechtwinklig nach vorn. Auf dem waagerechten Rücken trug er eine riesige Schachtel, aber sie wirkte eigentlich sehr leicht. Sie war es nicht, die den Mann so verbog, es mußten frühere Gepäckstücke gewesen sein. Die Männer sahen die ganze leere Straße entlang bis zu mir, die der Alte gerade passierte, ich war sicher, daß sie diesen bestimmten Fleck anschauten, und ich kuckte hoch von dem Fleck, der Biegung der Straße folgend bis zu ihnen, und traf auf diesem Weg, ganz zu Anfang, den gebeugten, zwischen uns sich bewegenden Mann an, der sich entfernte und zugleich näherte.

Er ging, als balanciere er auf einem Balken, die Füße zauderten bei jedem Schritt in der Luft, aber immer gelang es ihm, aus dem Taumeln der Beine, bei dem seine Gestalt und die Schachtel mitschwankten, in den festen flüchtigen Stand zu kommen, ganz sauber auf der unsichtbaren Linie, die er sich ausgedacht hatte, die auch wir, die Männer und ich, erkannten, ein Faden, eine Schnur, die zu ihnen hochlief. Wir sahen die ganze Strecke, während er mit seinem waagerechten Kopf nur den Boden vor seinen Füßen sah. Wir sahen, wie seine Entfernung von mir und dem Dorf gleichmäßig wuchs und in der entsprechenden Geschwindigkeit zu den Männern abnahm, und wir sahen ruhig, aufmerksam und mit Behagen, wie das geschah.

Plötzlich, ein Stück hinter ihm, unerwartet, tauchten drei Jungen auf. Sie schienen zu keuchen, und ich schloß daraus, daß sie, von mir nicht bemerkt, den Weg aus dem Dorf in beträchtlicher Eile zurückgelegt hatten. Auch jetzt erweckten sie den Eindruck, als käme es ihnen darauf an, ein bestimmtes Ziel zu erreichen, wobei immer einer von ihnen wechselweise die Führung übernahm, und man hörte ihr anfeuerndes Rufen, und gelegentlich schwenkte der jeweilige erste auffordernd die Arme. Es blieb nicht aus, daß hierbei – da sie ja ebenfalls, wie der Alte, die Strecke zwischen mir und den Männern, die übrigens jetzt erstmals in Bewegung gerieten und die Köpfe reckten, offenbar hinter sich bringen wollten – der Abstand zu dem Rechtwinkligen, der in gewohnter Weise seinen Weg fortsetzte, ständig und rasch abnahm. Die Männer betrachteten jetzt wie ich diesen schrumpfenden Abstand. Wir, von unseren Endpunkten her, beobachteten nicht so sehr die Kinder und den Schachtelträger, sondern die fortwährend sich verändernde Strecke, die unvermittelt innerhalb der großen, die wir bestimmten, entstanden war und von der, im Gegensatz zu jener, etwas Beunruhigendes ausging. Sie schien eher ein Sprung als eine Strecke zu sein, ein gespannter Bogen, ein sich spannender Bogen, der, je mehr sich die Jungen dem Alten näherten, gedehnt wurde bis zum Zerreißen, oder die Wurfbahn eines mit aller Kraft geschleuderten Geschosses, und mittlerweile war uns längst klar, wen es treffen sollte. Der jedoch, obwohl er die Schreie und Schritte hinter sich hören mußte, wandte sich nicht um, beschleunigte nicht seine Gangart, als spüre er nicht, daß es sich bei der neuen Strecke, deren Abschluß er und nicht die Kurve mit den Männern bildete und deren Anfang nicht in Verbindung zu setzen war mit ihnen oder mir, sondern allein mit ihm, um etwas Bedrohliches handelte, wie er im nächsten Moment fühlen würde, denn nun hatten sie ihn endgültig erreicht.

Da die innere Strecke in diesem Augenblick geschwunden war, konnten wir nun unser ungeteiltes Interesse der neuen Gruppe zuwenden, die, trotz allem was geschah, zunächst die Bewegung, die einfache, eindeutige des Anfangs, wieder aufnahm.

Die Jungen begannen sofort, auf die Schachtel zu schlagen. Der Mann ging ohne zu reagieren weiter, vorsichtig wiegend, ohne sich umzusehen. Das reizte die Angreifer, sie faßten das große Gepäckstück mit beiden Händen und rüttelten so heftig daran, daß die Füße des Mannes lange in der Luft schwankten, bis sie ihre Linie wiederfanden. Nun zogen die Kinder von beiden Seiten an den Kleidern des Alten und krallten sich dort fest. Zum ersten Mal landeten seine Füße, während er sich noch immer bemühte, seine Strecke zurückzulegen, nämlich die Kurve, die Männer zu erreichen und dann hinter dem Berg zu verschwinden zusammen mit der Straße, sich also behängt mit den Kindern fortzubewegen, zum ersten Mal landeten die Füße falsch. Er war abgewichen, er tappte. Und nun schwenkte er seitlich aus und drohte. Die Männer waren unterdessen alle langsam aufgestanden, hoben ihre Finger und drohten ebenfalls. Es war bei ihnen aber eher ein freundliches Winken, denn sie lachten dabei, und die Kinder lachten auch, und wie angefeuert von diesem Beifall zerrten sie nicht nur, sie schlugen jetzt mit Fäusten auf den Alten ein, der den Kopf, um sie zu sehen, mühsam vom Boden weggedreht hatte, und er selbst drehte sich auch, denn die Jungen wichen ihm geschickt aus und kriegten ihn immer wieder zu packen, und nun tanzten sie ihm vor dem Gesicht herum, zwei von ihnen, während der dritte schlug. Da der Mann sich gegen das Dorf gerichtet hatte, hüpften sie alle bergabwärts, und er ging von seinem Vorhaben, die Kurve zu erreichen, endlich ab, folgte ihnen, gezwungen von seinem Zorn und dem Angreifer im Rücken, der ihn ja trieb und stieß, hatte also in diesem Moment seinen Weg aufgegeben und bewegte sich auf mich zu.

Jetzt aber, augenblicklich, griffen die Männer ein. Das Ganze spielte sich fast auf gleicher Höhe mit ihnen ab, sie sahen den Alten, seinem Ziel nahe, zurückweichen. Immer noch lachend, schoben sie die Kinder entschieden gegen das Dorf, rückten dem Rechtwinkligen die riesige Schachtel zurecht, stellten auch ihn richtig hin, auf seine Linie, gingen zurück zu ihrer Mauer, saßen friedlich und schauten zu, wie er, sich immer weiter von mir entfernend, sie nun erreichte und hinter der scharfen Kurve verschwand.

Sie sahen wieder zu mir herunter, und ich stellte fest, daß sich inzwischen der Polizist gerührt hatte, und so war ich nicht sicher, ob sie noch einmal die Strecke abmaßen mit mir als Endpunkt oder nicht vielmehr ihn betrachteten, der ein Stück, einige Schritte nur in ihre Richtung geschlendert war, dann aber, angesichts des guten Ausgangs, wie angewurzelt stehen blieb, einige Autos musterte und allem den Rücken kehrte.

Strophen zu einer Beobachtung / 0. Die Tür des Klassenraums wurde geöffnet. Ein Mädchen mit starr gehaltenen Augen und sehr rotem Gesicht rief einen so undeutlichen Satz in das Zimmer, daß ihn nur die nahebei sitzenden Schüler verstehen konnten. Sie sprangen augenblicklich schreiend von ihren Plätzen hoch und stürzten hinter dem Mädchen nach draußen. Alle anderen folgten ihnen, plötzlich mit ebenfalls starr gehaltenen Augen. Sie stürmten, ohne mich zu beachten, an mir vorbei, so daß es zwecklos war, sie daran hindern zu wollen. Ich sah, wie sie auf dem Flur bis zu den Toiletten rannten, dort kurz stehenblieben und im gleichen Moment laut aufkreischten, als hätten sie sich sehr erschreckt, und schon hetzten die ersten, während der Rest nachdrängte, wieder auf die Klasse zu. An der Tür kehrten sie jedoch sofort um, immerzu kreischend, und jagten, wobei sie auf die letzten prallten, die von der Toilette zur Klasse liefen, an die Stelle zurück, und dort wurde ihr Quieken noch greller und höher. Sie klammerten sich aneinander mit leuchtenden Augen, ihre Gesichter glänzten, manche schwitzten und schüttelten sich, wandten sich um und sprangen wieder zur Klassentür. Sie rissen die Münder auf, schrien und lachten gleichzeitig, und kaum hatten sie einige Sekunden ruhiger geatmet, drehten sie sich um und rasten zu dem eben verlassenen Platz, wo der Schrei seinen gellendsten Ton erreichte. Auf den schwarz-weißen Steinfliesen lag ein abgenagter Tierschädel. Ich sah ihre Augen, strahlend, entsetzt, und sie selbst unermüdlich, sich den Schrecken wieder und wieder in alle Glieder fahren zu lassen.

1. Im Alter von vier Jahren bin ich mehrere Wochen krank. Ich höre von draußen das Geschrei der spielenden Kinder, so daß ich Angst und Wut habe, etwas zu versäumen. Ich höre den Lärm der heißen Sommernachmittage in den Gärten und auf der Straße. Es bleibt mir nichts anderes übrig, als auf die Geräusche zu achten, zu warten, daß jemand durch die Scheiben ins Zimmer sieht, oder die Risse in der Wand anzukucken. Neben meinem Kopf steht auf einem Tisch eine große geblümte Tasse mit Milch. Ich kann, wenn

ich mich etwas aufrichte, ohne die Tasse zu berühren auf die runde, weiße Fläche sehen. Wenn ich die Tasse leicht hin und herschwenke, versetze ich die Oberfläche in Bewegung, aber nie gelingt es mir, unter die schwankende Platte zu schauen, auch wenn ich einen Finger reinstoße oder einen Schluck abtrinke, schaffe ich es nicht. Die Scheibe hat sich, genauso undurchsichtig wie eben noch, nur ein bißchen gesenkt. Ich denke, daß man also gar nicht wissen kann, ob nicht ein Tier auf dem Grund der Tasse hockt, und sofort stelle ich sie wieder ab und will keinen Schluck von der undurchsichtigen Milch mehr trinken. Nach einer Weile trinke ich aber wieder ein bißchen und fürchte, dem Tier ein Stück näher gerückt zu sein. Es kann sich auch an meinen Lippen festsaugen. Mir graut vor dem plötzlichen Anblick, aber ich trinke mich den Nachmittag über in winzigen Schlücken, obwohl ich keinen Durst habe, weiter voran und erwarte spitze Ohren oder Glitschiges, Kaulquappenartiges und schließlich, kurz vor dem Grund, ganz Plattes, bis die Tasse leer ist. Jeden Nachmittag während meiner Krankheit stelle ich es mir zu dem lauen Geschmack der Milch von neuem vor und rolle sie lange zwischen den Gaumenwänden und befühle sie mit meiner Zunge.

2. Im Alter von fünf Jahren interessiert mich ein Spiel mit Fängern und Verfolgten, das gerade auf unserer Straße in Mode kommt. Schlauen Läufern gelingt es, sich ihren Verfolgern zu entziehen und diese zu ermüden, indem sie Hindernisse in den Weg werfen oder sich hinter Vorsprüngen verstecken. Mir fehlt dazu aber die Übersicht, und ich atme auch gleich am Anfang viel zu rasch, um es lange durchstehen zu können. Daher halte ich mich in der Regel bei einem Schwarm von Kindern auf und werde auf diese Art zunächst nicht beachtet und erst mit den letzten eingefangen. Wir springen meist einem Fänger, der sich nicht entscheiden kann, wen er nun beharrlich verfolgen soll, vor der Nase herum und reizen ihn, bis er auf einen von uns losschießt. Ich genieße es, die kleine Aufregung mitzubekommen und dann jedoch verschont zu werden. Manchmal aber, wenn ich mich ganz sicher fühle, bewegt sich

der Fänger in meine Richtung. Schon das erfüllt mich mit solchem Schrecken, daß ich auf diese erste Geste hin flüchte. Oft gibt er es dann gleich wieder auf, aber nicht zuverlässig immer. Dann spüre ich seine Schritte hinter mir, in meinem Rücken, ohne genau zu wissen, wie nah er ist. Ich wage nicht, mich umzudrehen, habe aber das Gefühl, nur noch auf der Stelle zu treten. Ich fühle ihn also näherkommen und werde, obschon ich fliehen will, immer langsamer und unfähiger, ihm zu entgehen. Es macht meine Beine steif, ich schreie aber, als könne ich ihn damit aufhalten, und stehe schließlich still, gelähmt, meist gegen eine Mauer gepreßt, und erwarte ihn mit klopfendem Herzen auf diesen langen letzten Metern, bis er mich endlich berührt.

3. Im Alter von sechs Jahren stürze ich in eine Glasscheibe, die in den Trümmern liegt. Eine große blutende Wunde entsteht, die obendrein ganz mit Dreck bedeckt ist. Ich breche sofort in Geschrei aus, noch ehe das Blut wirklich zum Vorschein kommt. Einige Kinder helfen mir, zu einer niedrigen Mauer zu humpeln. Ich lege mein Bein waagerecht darauf und weine immerfort, denn es tut sehr weh und brennt. Außerdem ist ein Strumpf zerrissen worden, und zum ersten Mal seit langer Zeit habe ich bis zu diesem Augenblick heile Kniescheiben gehabt. Das Blut tritt nun aus der Wunde und tropft und quillt unter dem Druck hervor. Dieser Anblick verstärkt meinen Schmerz. Ich schluchze und seufze und betrachte das Blut, wie es in verschiedenen Bahnen rechts und links des Knies abwärts fließt. Es geht eigentlich ziemlich langsam, es ist dunkel und dickflüssig, und deshalb kann ich verfolgen, wie es sich voranschiebt, millimeterweise, es gibt dabei ein neues Gefühl, ein Kribbeln und Kitzeln auf der Haut, ein Jucken, bei diesem ganz allmählichen Voranschieben des Blutes. Ich spüre meine Haut plötzlich wie noch nie zuvor immer dort, wo das Blut endet, an der Spitze der roten Linie, und jetzt halte ich mein Bein schräg, so daß das Blut das gesamte Schienbein herunter kann, aber nicht zu schief, damit es nicht schnell abwärts schießt. Ich kann es durch die Stellung meines Beines lenken, es streicht an meinem Bein entlang, das nun blutver-

schmiert aussieht. Das Blut läuft in den Strumpf und den Schuh, ein gräßlicher Anblick. Ich sträube mich, als ein großes Mädchen mich zum Verbinden ins Haus bringt, denn nun strömt das Blut heftig aus der Wunde und verbraucht sich, anstatt so langsam und spürbar und träge wie eben noch zu sickern.

4. Im Alter von sieben Jahren finde ich in den Trümmern, die unserem Haus gegenüberliegen, beim täglichen Vordringen auf der Suche nach Gußeisenstücken, Stoffresten und bunten Kachelteilen ein totes Tier, das einer Maus gleicht, aber viel größer ist. Ein sofort versammelter Haufen von Kindern stellt fest, daß es sich um eine Ratte handelt. Einige behaupten, daß sie deshalb und aufgrund ihres Todes äußerst giftig sei. Augenblicklich beginne ich mich zu ekeln. Ich kucke das fette graue Tier an mit seinem kräftigen langen Schwanz, und mir kommt zu Bewußtsein, daß ich es um ein Haar berührt hätte. Die Ratte liegt zwischen Schutt und Abfall. Ein Stück weiter sehe ich eine Rasierklinge. Ich spüre, während wir die Ratte betrachten und mit kurzen Stöcken hin und her drehen, ein Würgen im Hals. Ich meine, ich müsse mich nun übergeben, und sage, man solle der Ratte mit der Rasierklinge den Schwanz abschneiden. Die Kinder krempeln die Unterlippen um. Ich nehme das Werkzeug, hocke mich vor die Ratte hin und drücke ihren Körper mit einem Stein auf den Boden. Mit der freien Hand schneide ich am Ansatz des Schwanzes. Das Gefühl in meinem Magen wird immer dringlicher. Ich weiß aber, daß ich es unbedingt tun muß. Ich würde es auch ohne Zuschauer ausführen. Eine Weile scheuere ich die Rasierklinge über den Schwanz. Ihr Leib sackt hin und her, bis er endlich abgeschnitten ist. Dort liegt die Ratte mit ihren bloßen Zähnen und hier der feste biegsame Schwanz. Ich werfe die Klinge weg und wasche mich zuhause gründlich, putze mir die Zähne und streite es ab. Ich schließe die Augen und weiß wieder genau, wie es war.

5. Im Alter von acht Jahren betrete ich einen umzäunten öffentlichen Rasen. Ich habe mich an diesem Tag ziemlich weit von

zuhause entfernt, um Blumen zu pflücken. Da es um unser Haus herum nur andere Häuser und Trümmer gibt und in den kaputten Gärten immer gleich alles abgerissen wird, kann ich nur im Stadtpark welche finden. Ich gehe also auf die große Rasenfläche am Eingang und beginne, indem ich mich hinhocke, Gänseblumen abzureißen, die sich in der Sonne weiß und rötlich öffnen. Ich bewege mich, wenn ich an einer Stelle fertig bin, ohne mich aufzurichten ein Stück weiter, ich schiebe meine Füße einfach vorwärts und sehe kein Mal auf. In kurzer Zeit ist ein Strauß gesammelt, den ich kaum noch halten kann in einer Hand. Ich will nun schnell weg damit und hebe, noch bevor ich meine Knie wieder strecke, also an den Boden geduckt wie beim Pflücken, den Kopf. Ganz hinten, vom rot bestreuten Eingangsplatz her, wo ein riesiger, eiserner Soldat steht mit einem Stahlhelm und geschlossenen Augen als schliefe er, kommt ein Polizist mit Stiefeln und einem Knüppel an der Seite auf mich zu. Er geht direkt auf mich zu und sieht schon von weitem zu mir hin. Er geht ganz langsam und ist sehr groß, er macht ruhige Schritte und sieht mich aus dieser Entfernung an. Ich merke, wie mein Herz zu schlagen beginnt und mein Kopf dick und rot wird. Ich sehe es auf mich zukommen, ich drücke mich an den Boden und nun ist es beinahe so, obschon ich noch immer weglaufen könnte, als zöge ich ihn zu mir heran, als müsse er jetzt auf mich zukommen, als könne er gar nicht anders. Er beachtet nichts mehr außer mir, ich rücke die Schultern hoch und rühre mich nicht von der Stelle. Wir sehen uns an, er beschleunigt nicht seine Schritte, es dauert lange.

6. Im Alter von neun Jahren sitze ich eines Tages auf der Treppe unseres Hauses. Ein Mann in einem Fischgrätenanzug kommt auf mich zu und bittet mich, ihm den Weg zum Polizeipräsidium zu zeigen. Mir fällt sofort ein, daß man es auf keinen Fall tun darf. Ich sage ihm, wie er gehen muß. Es ist ganz in der Nähe, hinter zwei Häuserblöcken, an einer langen Reihe von zerstörten Häusern vorbei. Er bittet mich aber noch einmal mitzukommen. Ich sehe bis jetzt immer nur seine Fischgrätenhosenbeine an, und nun schaue

ich richtig hoch zu ihm. Ich denke noch immer daran, daß ich nicht mit fremden Männern gehen darf, aber er trägt einen Hut, der sein Gesicht halb verdeckt. Ich denke, daß ich ihn ruhig ein bißchen begleiten kann, weil ich ja sofort, wenn ich es nur will, zurückrennen werde. Ich stehe auf, und wir gehen unsere Straße entlang, und ich esse ein Bonbon von ihm. Ich sehe runter auf die großen, rechteckigen Steine des Bürgersteiges und überlege bei jedem neuen Stein, ob ich nun gehen soll, mich einfach umdrehen und weglaufen soll. Ich kucke zu ihm hoch und zu dem Hut, der sein Gesicht halb verdeckt, und will noch ein Stück mit. Ich gehe diese Straße, die mir sonst so endlos vorkommt, ganz leicht und fast schwebend, und als ich mich schließlich umwende, bin ich erstaunt, daß sie nun wirklich aufgehört hat und daß wir in eine andere einbiegen, in die, wo die vielen halb zerfallenen Häuser stehen und solche, die man gerade aufbaut. Ich will nun eigentlich umkehren, aber ich kann mich nicht trennen von dem Mann, der dicht neben mir geht mit seinem Hut, der das Gesicht beschattet. Als er vorschlägt, in einem der Häuser nachzusehen, ob dort etwas für ihn läge, bleibe ich immer noch bei ihm. Ich wundere mich, daß ich nicht weglaufe. Ich wundere mich, daß ich mit diesem erwachsenen Mann trotz seines verdunkelten Gesichtes nun eine Kellertreppe runterklettere. Oben kommt ein anderer Mann vorbei. Er schaut zu uns her, und sogleich steigt der Mann die Treppe wieder rauf und ist schnell fort. Der andere ruft mich hoch und schickt mich nach Hause. Ich laufe aber nicht, ich bleibe noch eine Weile stehen und gehe dann langsam weg. Ich habe noch ein bißchen dieses Gefühl, ich zögere es hinaus und dehne es, bis es immer gefährlicher wird.

7. Im Alter von zehn Jahren verbringe ich die Ferien auf einem Bauernhof, der rundum von Äckern und Wiesen umgeben ist. Tagsüber erscheint mir alles freundlich und sonnig, wenn auch der Geruch der Kühe und des Mistes und der Erde, die schwer an den Schuhen hängen bleibt, und der rauhe Ton und die rissigen Hände der Bauersleute mich bedrücken und traurig stimmen. Zum ersten Mal empfinde ich durch dies alles in starkem Maße das Fremde. Es

ist tatsächlich vor allem der Geruch, der dieses Gefühl bei mir auslöst, so daß ich an der Wäsche in meinem Koffer rieche, um mich richtig an zuhause erinnern zu können und mich auf diese Weise zu trösten. Die Wäsche duftet wirklich wie meine Mutter, die ein bißchen von ihrem Parfüm dazwischen gesprengt hat. Abends ist es um das Haus herum stockdunkel, wenn der Mond nicht scheint. Man sieht keine Lichter von anderen Häusern. Es ist daher angenehm, noch einige Zeit drinnen zu sitzen, wo eine Lampe brennt und Taschentücher gebügelt werden. Ich denke daran, wie gut es ist, daß ich nicht über die Wiesen gehen muß. Ich stelle es mir vor und spüre kleine Wirbel im Bauch. Ich öffne die Tür, ein Lichtschein fällt in die Dunkelheit, ich schließe sie hinter mir, um mir vorstellen zu können, wie gräßlich es in der Finsternis wäre. Ich gehe an die Rückseite des Hauses, wo auch durch die Fenster kein Licht mehr nach draußen dringt, wo ich nun ganz im Schwarzen stehe, doch mit dem Rücken zur Hauswand. Ich atme nicht, die Dunkelheit scheint sich heranzuwälzen und fest und erstickend um meinen Hals zu drücken. Ich renne ins Helle. Dort beruhige ich mich. Am nächsten Abend gehe ich wieder nach draußen und an den folgenden Abenden auch. Ich fühle immer den Augenblick kommen, wo ich es nicht mehr ertrage und mit weit geöffnetem Mund ins Zimmer renne.

8. Im Alter von elf Jahren komme ich zur Erholung in ein Kinderheim an der See, das von freundlichen Nonnen geleitet wird. Sie beten während des Essens und beaufsichtigen die Spiele. Die größeren Ausflüge aber macht eine Kindergärtnerin in einer gestärkten weißen Schürze mit uns. Eines Tages fahren wir zu einer Wattwanderung. Wir sehen diese neue Landschaft an, den Matsch mit dem Wasser darüber. Alle müssen sich Schuhe und Strümpfe ausziehen und in den Matsch treten, der mit den Ausscheidungen der Wattwürmer bedeckt ist. Es sieht aber aus, als wären es die zusammengeringelten Würmer selbst, in die wir mit bloßen Füßen reintreten sollen. Auch die Kindergärtnerin, fast so etwas wie eine Nonne in ihrem gestärkten, leuchtend weißen Zeug,

stapft schon mit nackten Füßen in das Wasser, und ich beobachte, wie der Schlamm zwischen ihren Zehen nach oben glitscht. Sie lacht aber nur, als mache ihr das Spaß, und winkt uns zu. Wir müssen alle hinterher, und viele Kinder quieken zuerst. Wir ziehen alle unsere Füße nach jedem Aufstützen rasch hoch in die Luft und versuchen, nicht auf die Häufchen zu treten. Ich schaue zu der Kindergärtnerin, die ihre Füße breit und langsam aufsetzt und den Schlamm zwischen den Zehen durchpreßt. Nun spüre ich es auch an mir, wie sich dies schwarze glitschige Zeug hindurchschlängelt, feucht und kitzelnd, ich sehe es bei mir selber an und trete nun auch langsamer auf und lasse den Matsch allmählicher durch. Ich fühle ihn so sehr deutlich. Ich sehe die Freude der Kindergärtnerin darüber, wie sich der Matsch bei ihr durchdrückt. Sie zeigt es unverhohlen. Aber ich zeige es nicht, ich quieke weiter und trete mit den Füßen unter Wasser ganz langsam und gleitend auf.

9. Im Alter von zwölf Jahren werde ich mit einer Blutvergiftung ins Krankenhaus eingeliefert. Der rote Strich läuft vom Handgelenk meinen Arm bis zur Achselhöhle hoch. Man bringt mich durch lange Gänge mit blanken, geschlossenen Türen. Ich rieche Karbol und kann nicht umkehren wie in der Badeanstalt beim Riechen des Chlors. Meine Mutter hält mich fest an der Hand. Auf der anderen Seite geht eine Schwester, die frisch und freundlich zu mir spricht, mit gellender Stimme in den leeren Gängen. Alles ist weiß in den Zimmern, die wir betreten. Ein Arzt redet mit mir, auch laut, sorglos und munter. Ich werde auf einen Tisch gelegt. Zum ersten Mal in meinem Leben legt man mich auf einen solchen Tisch. Ich liege ganz flach darauf. Man faßt mich an, aber ich richte mich auf und will vom Tisch herunter. Ich weine. Man kann mich nicht einfach flach auf einen Tisch legen. Ich haue die Hände, die nach mir greifen, weg, aber sie drücken mich runter. Ich fühle diese kräftigen Hände an meinen Armen, wie sie mich wieder auf den Tisch drükken und dort platt ausbreiten, ich fühle es mit meinem ganzen Körper. Ich mache noch einen Versuch. Ich will es nicht an meinem ganzen Körper spüren, ich will mich wegbiegen, aber man schnallt

mich fest mit breiten schwarzen Riemen. Sie binden mich auf den Tisch, so daß ich mich nicht mehr rühren kann, sie aber alles mit mir machen können. Ich schreie und versuche mich noch immer zu wehren, obschon ich dies doch überall und mit meinem ganzen Körper spüre, wie es mich auf die Tischplatte drückt. Ich denke an Mädchen in zerrissener Kleidung, die mit überkreuzten Bändern an Pfähle gewickelt sind, ich sehe es vor mir, und an meinen Handgelenken sind die glatten Riemen, die sich von meiner Haut abheben, und ich kann mich noch winden und bäumen und spüre die Riemen kalt und eng, je mehr ich mich wehre, desto kälter und enger.

10. Im Alter von dreizehn Jahren besuche ich Verwandte in einer entfernten Stadt. Es gibt dort eine Reihe von Kindern, Vettern und Kusinen ausnahmslos, einer der Vettern ist schwammig und fett am ganzen Körper. Bei einem Spaziergang am Nachmittag legt er immerzu seine Hand auf meine Schulter, ich spüre seine weiche, feuchte Hand und werfe sie mit einem Schulterzucken ab, aber kurze Zeit später liegt die Hand wieder dort, und so geht es den ganzen Weg. Ich drehe mich weg. Seine Hand faßt schwer und unermüdlich meine Schulter. Ich werde wütend, er ist mir zuwider, ich will die Hand von niemandem auf meiner Schulter fühlen, ich hasse das Schwere, Nachdrückliche, diesen Zwang und die Zähigkeit und Absichtlichkeit und Bedeutsamkeit, mit der er die Hand wieder dorthin bringt. Ich halte mich den Rest des Tages von ihm fern. Am anderen Morgen regnet es, und wir verbringen einige Stunden im Zimmer. Viele Kinder laufen herum, alle sind zu einem Familienfest gekommen. Den Vetter beachte ich nicht. Ich sitze auf meinem Stuhl und lese. Plötzlich spüre ich, wie der Stuhl sich bewegt. Er hebt sich an den Vorderbeinen vom Boden und rückt nach hinten. Auch ich rutsche gegen die Lehne und sehe nun rechts und links von meinen Schultern die Hände des Vetters, der den Stuhl sachte nach hinten zieht. Er macht es ganz allmählich, ich spüre keinen Boden mehr unter den Füßen, ich hänge in der Luft, aber ich kann nicht fallen, weil er den Stuhl fest in der Schwebe hält. Mein Kopf fällt in den Nacken und meine Knie steigen höher. Er läßt den Stuhl

eine Weile in dieser Lage, dann schiebt er ihn genauso langsam zurück und dann wieder zieht er ihn heran. Ich sage mir, daß ich es nicht will, daß ich es hasse, das mit mir machen zu lassen, und immer, wenn ich mich daran gewöhnt habe,macht er es einmal zwischendurch blitzschnell. Ich sitze auf meinem Stuhl und sehe ihn nicht an, und keiner sagt etwas.

Wechselnde Ereignisse in gleicher Bewegung / 1. Ich saß jetzt schon, obwohl ich noch immer diese Menge von kleinen Handgriffen zur Säuberung des Körpers, um zu frühstücken, diesen Stau, dies Gedränge von Unternehmungen vor Augen hatte, tagtäglich hier herum, sah, wie die Wellen, von anderen wieder zerteilt, die Ansicht des Bodens mit den Tanggewächsen verzerrten, so daß man trotz besseren Wissens diese entstellte für die wirkliche halten mußte, obschon der Meeresboden hier ganz langsam abfällt. Nach einer Weile dachte ich: Was läßt sich hierüber sagen, was interessiert mich an dieser Stelle? Ich denke, daß dabei seltsamerweise Zeit vergeht, daß mich an alledem nichts weiter interessiert und daß es genug und alles ist, und nichts fällt mir ein, und ich kann jetzt noch immer nicht wegsehen. Und jetzt bereits dachte ich auch: Was wünsche ich mir letztenendes, ein Ziel nach dem anderen, letztenendes soll immer dies und das zuendegehen, es soll weitergehen auf etwas Neues hin, auf dessen Beendigung ich aus sein werde. Ich sehe diese Beendigungen als Summe, es bleibt nichts als der Wunsch nach Beendigungen. Das ist es im Grunde, was ich will, ohne es unbedingt, wütend zu wollen. Es läuft aber darauf hinaus, sobald ich aus meinen Gefühlen die Konsequenz ziehe. Und schließlich schon wurde ich wach und dachte an diesem Morgen, es müsse sehr leicht und das beste sein, dies alles, die Schlafenden und das Zimmer, zu verlassen, wegzugehen und aufzuhören, weil ich ohne Empfindung war, es blieb nichts übrig, ich war ohne Freude und Schmerz, aber ganz ruhig. Ich wollte nun auch von mir weggehen, ich dachte, es müsse jetzt möglich sein, mich selbst zu verlassen, vielleicht nie wieder so einfach, weil ich so leer war, selber ganz leicht und leer.

2. Mir war jetzt schon aufgefallen, und dies ließ sich, da es meinen Erwartungen so sehr widersprach, gar nicht vermeiden, daß ich in unmittelbarer Nähe der Bauernhäuser nie einen Menschen antraf. Jedesmal, wenn ich die schmale Öffnung in dem dichten Wäldchen betrat, überraschte mich die plötzliche Ruhe im Windschatten hinter den Hecken und in den wuchernden, niedrigen Lau-

bengängen, so daß ich mich beinahe schämte, hier ausgerechnet im Augenblick einer Abwesenheit der Besitzer eingedrungen zu sein. Wenn man mich angesprochen hätte, würde ich es als Ertappen empfunden haben, obschon doch noch immer die leuchtenden, rot- und grünbemalten Türen auf herzliche Eigentümer hinwiesen. Über die ständig wiederholte, ausnahmslos vorgefundene Leere und Stille wunderte ich mich angesichts der jetzt noch immer behaglich wirkenden kleinen Scheiben mit glatten Blumentöpfen, aus denen buschige Pflanzen wuchsen. Die Fenster waren auch im unteren, gardinenlosen Teil mit freundlichem Zierat zugestellt. Und jetzt bereits spürte ich das heftige Atemholen, sobald ich mich näherte, diese Spannung und Steifheit plötzlich der Häuser und Pflanzen und ihrer versteckten Bewohner. Ich sah auch, daß man von jedem Bauernhof mindestens einen der anderen deutlich beobachten konnte. Sie waren hier so mit Absicht gebaut, man hatte wenigstens einen im Blick, und schließlich schon gab es für mich keinen Zweifel mehr. Ich wurde erwartet, man wußte von mir und zog sich zurück. Wohin ich auch ging, ich befand mich im Netz einer geheimen Verständigung.

3. Ich ging auf einem äußerst schmalen Weg, im Grunde auf nichts anderem als der eingeprägten Spur eines Wagens mit sehr dicht zusammenstehenden Reifen, wobei das Mittelstück bereits wieder zur Wiese gehörte, nämlich mit dem gleichen hohen Gras bewachsen war wie die Gegend ringsum, und ich bemerkte jetzt schon am anderen Ende einen kleinen blonden Jungen auf einem Rad, der mir entgegenfuhr. Noch immer aber betrachtete ich eigentlich viel eindringlicher die Hügel, die zu beiden Seiten ebenmäßig rund mit dunklen Höckern in der Landschaft standen. Der Junge wirkte aus der Entfernung beweglich und vergnügt und kam immer näher und wurde dadurch deutlicher. Er schaukelte hin und her auf dem großen Rad und fuhr direkt auf mich zu. Ich wechselte die Spur, um ihm Platz zu machen. Wir sahen uns beide an und konnten uns immer besser sehen. Ich schaute aber jetzt noch immer umher, ich starrte das Kind keineswegs an, allerdings inter-

essierte es mich nun stärker als die anderen Dinge, weil es sich so stetig auf diesem Pfad, der beinahe eine Gasse zwischen den Halmen bildete, näherte. Wir sahen auf unsere Gesichter zu und kuckten nicht mehr den Boden an, wir ließen, da der Abstand so gering geworden war, keinen Blick voneinander, und jetzt bereits verlor der Junge das Gleichgewicht und stürzte. Er sank ganz sachte ins Gras und blieb einfach liegen. Als ich an ihm vorbeikam, wollte ich nicht hinschauen. Ich sah seine Haare, aber er drehte in diesem Augenblick, geduckt zwischen Fahrrad und Wiese hockend, sein Gesicht zu mir hoch, langsam, und ich erkannte schließlich schon, wie klein das Gesicht war, und auch die Grimasse, davon getrennt, nämlich Haß, dachte ich, und sah wieder hin und dachte, Haß, ja, natürlich.

4. Die Bewegung der beiden Schiffe war jetzt schon, obwohl sie noch immer einzeln, jedes für sich, ganz deutlich und starr, weiß und schnurgerade auf der Horizontlinie einem scheinbar sehr entfernten und von meinem Platz aus nicht erkennbaren Punkt zustrebten, unaufhaltsam gegeneinander gerichtet. Es war dieselbe Linie, auf der sie fuhren, denn es gab ja nur einen Horizont. Es gab drei Abstände, die der Schiffe von den zwei Stellen, wo die Linie für sie begonnen hatte, und den zwischen ihnen, und es gab also zwei Verlängerungen und eine Verkürzung. Aber ich beobachtete nur diesen schrumpfenden Abstand und nicht mehr die zurückgelegten Wege, oder diese nur im Hinblick auf ihr Anwachsen, wie zwei waagerechte Stangen, an deren Enden die Schiffe befestigt waren und die man von den Seiten in mäßigem Tempo zueinanderschob. Jedes Schiff fuhr, ohne die Geschwindigkeit zu ändern, exakt auf die Spitze des anderen zu. Es war jetzt noch immer nicht soweit, aber im nächsten Augenblick mußten sie in voller Fahrt zusammenprallen. Sie schienen sich auf den letzten Metern anzuziehen, und der Moment war erreicht, genau in der Mitte ihres ehemaligen Abstands, wo ein Bug auf den anderen traf, und jetzt bereits entstand ein einziges, sehr langgestrecktes Boot, nicht eigentlich ein Boot mehr, denn es hatte plötzlich die Fähig-

keit, seine Länge wieder zu verringern, ja, zusehends schmolz es dahin, was die eben erreichte Ausdehnung parallel zum Horizont betraf, bis auf die ursprüngliche Länge eines der beiden früheren Schiffe, und kaum war dieses Maß an dem übriggebliebenen Körper wiederhergestellt, da verlängerte es sich zurück auf die Größe des nach dem Zusammenstoß gebildeten Schiffes, und nun riß es auseinander in zwei gleich große Teile, die infolgedessen natürlich der Spanne der allerersten Schiffe und des zwischendurch erschienenen entsprachen. Sie stießen sich sogleich mit ihren einander zugewandten Enden ab, und es gab schließlich schon zwei Verkürzungen und eine Verlängerung.

5. Jetzt schon, während ich auf dem bewachsenen Boden zwischen Pflanzen, die mir alle bekannt waren, ohne daß ich jemals vorher so viele verschiedene Arten in natürlicher Weise beieinander gesehen hätte, etwas mühsam vorankam, wurde mir das Vorhandensein einer besonderen Zone bewußt, eines nicht sehr ausgedehnten Fleckens mitten in dem Gestrüpp der Gräser, Disteln und Blumen, ein Stück weiter vorn, obwohl ich noch immer auf einer überall mit der gleichen Vegetation ausgestatteten Fläche ging und soweit ich sah, also auch über diesen gewissen Bereich hinaus, keine Veränderung feststellen konnte. Ich spürte aber, daß die Stelle sich wesentlich von der sie umgebenden Wiese unterscheiden würde, sobald ich sie erreicht hätte. Vor mir begann eine kleine Erhebung, ein schmaler Kamm, so niedrig, daß sich beide Hälften der Wiese, deren Achse er darstellte, in meinem Gesichtskreis befanden, links lag das Gebiet, dem ich mit einer bestimmten Erwartung entgegensah, und ich konnte jetzt noch immer keinen Anhaltspunkt für eine Unterscheidung bemerken, und doch mußte irgendein Hinweis, ohne daß ich ihn begriff, mich überzeugt haben. Ich stand nun direkt davor, es gab keine sichtbare Grenze, und jetzt bereits hatte ich den Platz betreten und nichts, wirklich nichts war anders als nebenan. Man stieß an keinen heimlichen Zaun, eine vertraute Gegend demnach bis auf eine einzige Abweichung, nein, schließlich schon einen Kontrast: Draußen, einen Schritt nur von

mir entfernt, blieb es laut, dort hörte man wie noch eben den Lärm, von Wellen und weidenden Tieren, hier war es zuende, ein Raum, leer von Geräuschen, offen scheinbar, doch heiß und ganz still, und ich sah ohne Hindernis jene Luft, voll von Klatschen und Schreien und Summen, hier aber diese, ganz stumm.

6. Es war jetzt schon ein neuer, ganz ungewohnter Anblick, dieses Gewirr, diese tausend dünnen Ranken über dem festen Sockel der Hecken. Sie schienen augenblicklich in leichte Bewegung zu geraten, als spännen und räkelten sie sich zu einer immer dichteren Oberfläche, die den ursprünglichen Umriß der Hecken verunstaltete, obwohl natürlich noch immer die Hecken solide als dicke runde Buckel dastanden, allmählich und gründlich gewachsen und nicht so schnell, daß man irgendeine Zuckung dieses Vorgangs hätte beobachten können. Es waren dunkle, massive Beulen, eine hinter der anderen, eine aus der anderen hervorgehend, eine aus der anderen entstanden und wieder zu einer Rundung aufgeworfen, vorne glänzend, hinten immer dichter, düsterer, alle aus einer Heckenmasse sich ständig weiterblähend. Aber sie waren jetzt noch immer an dieser Stelle zusammengedrängt, dort kugelig festgewachsen und verwurzelt, doch jetzt bereits schwellend, ein riesiger, blasig aufgehender Kuchen, ein stark beschleunigtes Wachsen jetzt. Es schwappte gewölbt auseinander, doch ohne sich irgendwo zu verdünnen, es stieg von innen immerzu nach, und schließlich schon sah ich die Heckenreihen, eben gebildet aus einer einzigen, vorn und dann rasend schnell am Feld entlang sich zum Horizont schiebend. Ich nahm das Geräusch der Bewegung noch auf, sie waren zischend dahin gerast und in diesem Moment darüber hinaus.

7. Die Möwe schien sich jetzt schon, während sie noch immer balancierte und die Flügel schiefhielt, den vorderen gesenkt, und den Rücken zeigte, an Fäden, an Stricken zu bewegen, denn, indem die abgewandte Schwinge nach unten wies, als rutsche ein Gewicht innerhalb des Körpers in die tiefer gelegene Stelle des Hohlraums, erfolgte durch diese Verlagerung ein schräges Anhe-

ben der Bauchpartie. Sie klappte mit den Flügeln, die steif waren, starr und steif, ausgebreitet, die starr und steif kreisten, sauber ausgeschnitten, nichts rührte sich mehr am Körper, der Körper aber selbst, dieses lautlose, immerwährende Klappen, der große, glatte, fette Körper in lauter Nachahmungen steifer Posen, die an den Körper angebrachten Flügel, steif eingehängt, aus der Luft einbiegend, aber jetzt noch immer diese schreiende Möwe, dieser laute, zuverlässige Schrei mit dem Kopf, in den runde, undurchsichtige Kreise als Augen eingesetzt waren, dabei unaufhörlich das Klappen und Schlagen, ohne Stillstand das Auf und Ab der Flügel, die gerade vom Rumpf abstanden, über dem Meer, das jetzt bereits ein riesiges, ebenes Stück Felsen war, überraschend diese Härte, sorgfältig nach dem immer gleichen Muster gehämmert, durch und durch massiver Stein, eine absurde Idee, sich darein zu begeben, in diesen Felsblock, darin zu schwimmen, überhaupt seine Oberfläche zerteilen zu wollen. Diese Seitenbewegung plötzlich, als wäre ein Motor in ihrer Brust, ohne Bewegung sie selbst, starr die Flügel gestreckt, gespannt, ohne ein Zeichen wich sie zur Seite, als verschöbe sich alles, auch der Hintergrund schließlich schon, nämlich der Himmel, auf dem ich sie sah. Es rückte ein Teil von ihm nach rechts oder links und sie fest auf ihm, die Möwe auf den sich verschiebenden Himmel gesteckt.

8. Ich hatte jetzt schon bemerkt, daß sich der Boden zusehends veränderte, das Gras war härter und kürzer geworden. Es kam aus einer sehr festen Erde heraus zwischen Steinen, sie nahmen mit jedem Schritt zu, richtiges Gras, das weich und grün war, blieb hinter mir, ich sah weiter vor mir noch viele Steine, besonders weiße, ganz weiß sah es aus, wenn ich vorwärts kuckte, obschon es auch dort noch blühte und wuchs, wenn auch etwas straff, ich trat noch auf Pflanzen, es gab eine Vielzahl von möglichen Wegen und solche, die ganz im Grünen blieben, bei mir wurde es nun steinerner. Doch links und rechts sah ich jetzt noch immer die andere Landschaft, zurückliegend langsam, auch ein Haus, dessen Dach fast den Boden berührte und auch so bewachsen wie dieser, sonst stei-

nern, dabei, weil es halb verfallen war, viele herausgelöste Steine. Und jetzt bereits gab es an meinen Füßen nur noch ausschließlich weiße Steine, auch einige braungeränderte, sonst aber nichts mehr, zu beiden Seiten nichts als Wasser. Die Schicht der Steine verengte sich, je weiter ich ausschritt, ich ging immer weiter, das Meer schob kleine Wellen heran gegen die schmale Reihe der Steine, in schrägen Bahnen trafen sie auf die steinerne Zunge, in wachsender Lebhaftigkeit. Ich ging nur noch auf einzelnen Steinen, dazwischen war Wasser. Ich sah, da ich der Linie einfach folgte, schließlich schon, wie es allmählich zusammenfloß und auch wie die Linie, nun von den Steinen nicht mehr verkörpert, sich auf dem Wasser vorwärtsspannte.

9. Man erfaßte jetzt schon diese beiden Dinge mit ein und demselben Blick: den schreienden, unentwegt flatternden Vogelschwarm, der plötzlich um einen Hügel gestoßen war, und weit davongerückt den rundlichen, festen Wald. Ich sah dies auf einen Schlag und ohne den Kopf von dem einen Gegenstand zum anderen wenden zu müssen, und nichts weiter in diesem Umkreis erweckte meine Aufmerksamkeit, und noch immer schossen die lauten grauen Vögel mit vorgerecktem Hals und heftigen Flügelschlägen durch die Luft, dies an der ersten seitlichen Begrenzung meiner Aussicht, an der zweiten stand massiv und glänzend wie ein gestürzter Pudding der Wald. Die Vögel fielen nun tiefer, sie bewegten sich in federnden Schwüngen über die Wiese, die den Wald umgab, sie näherten sich also, wobei sie aber nicht stetig vorwärtsflogen, vielmehr verlegten sie ihre Schleifen nur allmählich auf den Wald zu, und zwischen ihm und dem lärmenden Vogelhaufen bestand jetzt noch immer ein deutlicher Abstand. Die beiden Dinge waren getrennt voneinander und wirklich klar zu unterscheiden, die Annäherung der Vögel war die einzig denkbare Beziehung zwischen ihnen, diesem geschlossenen, kuppelig glatten Wäldchen und dem kreischenden, spitzen Zug der Tiere. Doch jetzt bereits hatte dieser die Oberfläche des Waldes mit dem ersten Schnabel berührt. Der Wald riß auf, und sogleich fuhren die Vögel

rauschend in ihn hinein, er hatte sich geöffnet, zersprang und schluckte die Vögel im Nu, es gab keine Vögel mehr, nur den veränderten, lebhaften Wald. Er zuckte an allen Stellen. Es mußte der Wald sein, der, gesträubt, schließlich schon aus eigenen Lungen kreischte.

10. Jetzt schon insgesamt, obschon es noch immer ein harter, steifer Platz zu sein schien oder eine Mauer, so daß ich die Horizontlinie nicht als Begrenzung einer räumlichen Tiefe sah, vielmehr als das Ende einer steil aufragenden Barriere, erweckte das Meer den Eindruck, als flösse es von der rechten Seite, von da, wo die Peripherie des Gesichtsfeldes mit dem Strich der Dünen zusammenstieß, oder aus einem dahinterliegenden Behälter parallel zum Strand an mir vorbei in großer Geschwindigkeit und so, als müsse es sich links stauen oder eine Kante herunterfließen und rechts und dann später auch bei mir, in der Mitte verströmt sein, als müsse dort eine trockene Fläche entstehen, es waren diese kleinen, eifrig flutenden Teilchen, diese inzwischen nun gleichmäßige Begierde, nach links zu kommen, die mich befürchten ließ, das Meer könne sich tatsächlich ausleeren, und ich erschrak vor diesem möglichen Anblick, denn ich dachte mir, die Fläche würde dann nicht einheitlich fest, starr, kurz wirken wie jetzt noch immer hinten, nein, immer noch oben jetzt, so scharf und sauber geschnitten und also gedrängt, gesammelt, konzentriert zwischen mir am vorderen Ende des Wassers, am Fuß der Mauer, und dem Himmel knapp drüber, als Fläche wieder fugenlos darauf gesetzt, sondern eine tote, zurückgelassene Ebene sein, platt und unendlich gedehnt. Der Himmel hatte sich jetzt bereits längst erhoben, abgelöst, der Himmel nun schließlich schon in gleichem Abstand darüber, es gab keine Beziehung mehr, es ging immer so weiter, unten der Boden, darüber, ohne Annäherung, ohne Entfernung der Himmel, ohne Ende, nicht einmal für die Augen ein Ende, sie mußten immer weiter sehen, in diesen Flur, ohne daß jemals wieder ein Punkt oder eine Linie den Blick beschlösse.

11. Ich hörte jetzt schon ein leises Knistern oder Räuspern in der Nähe, eine Art Scheuern und Husten, ein winziges Flöten und Nagen, obschon die Urheber dieser Geräusche noch immer unsichtbar waren. Ich betrachtete zunächst flüchtig, dann genauer die Halme, die Erdklumpen und Steine um mich her, die Wurzeln und kleinen Büsche, und ich fand überall verborgene Höhlen und Löcher, Netze, Nester und Eingänge. Ich dachte darüber nach, von welchen Lebewesen dieser geringfügige, aber beharrlich erzeugte Lärm stammen könnte, und hoffte plötzlich, da ich niemanden entdeckte, so weit und gründlich ich auch sah, daß mir zu allen Geräuschen mögliche Ursachen einfallen würden, um mich daran zu beruhigen, weil alles dann ja in Ordnung wäre. Kein Tier ließ sich blicken, und ich konnte mich nicht einhören, die Laute kamen zu unregelmäßig und gleichzeitig wie aufeinander abgestimmt, ein geheimes Einverständnis schien es hier zu geben, gezirpte Signale, geklopfte Antworten. Ich sah jetzt noch immer ohne Erfolg die Büsche mit halb von der Wiese überwucherten Löchern an, obwohl sich die Geräusche verstärkten und näherten, ja, jetzt bereits tauchten aus allen Richtungen Käfer unterschiedlichster Sorten auf, mit einem Mal wie aus den Halmen geplatzt, auch Spinnen sanken an Fäden aus der Luft, Vögel, die Steine mit den Schnäbeln umdrehten, besonders aber Schmetterlinge, die Mehrzahl der bunten Flecken in dieser Gegend erhob sich zu Schmetterlingen, deren blinde Zutraulichkeit mich überraschte. Sie schienen mich gar nicht wahrzunehmen, so furchtlos waren sie um mich herum, flatternd um Gesicht und Hände, die Käfer, weiß und länglich jetzt, liefen mir über die Knie, von den Haaren warfen sich Spinnen herab. Oder sie nahmen mich ganz entschieden wahr, ich gewann allmählich den Eindruck, daß sie mich allen Ernstes meinten, sie umstrichen mich, sie hielten sich nicht mehr in ihrem Versteck auf, nicht mehr in der Wiese, sondern nur noch bei mir, und ihre Zahl stieg an, ich spürte sie auf meiner Haut inzwischen, sie drängten und schmiegten sich überall an mich. Ich klatschte in die Hände, sprang auf, sie erschraken nicht. Sie hafteten an mir, und ich konnte sie schließlich schon nicht mehr entfernen. Sie klebten auf meinem Fleisch, bedeckten,

umspannten mich mit immer heftigerer Zärtlichkeit, Inbrunst, Begierde.

12. Jetzt schon, als ich hochkam aus geduckter Stellung, sah ich einen Augenblick lang die Wiese als schaumige, poröse Fläche, nämlich nur die hellbraunen Spitzen der Gräser. Ich war fast auf einer Höhe mit ihnen, tauchte auf aus der ungleichmäßigen Dichte und befand mich nun in der Zone, wo die Grasmasse dünner, beinahe durchsichtig wird, ein wenig darüber schon, über diesem rotbraunen Dampf, Qualm, Nebel, die Wiese erschien mir als eine dikke, kompakte Schicht gefärbten Gases und überaus trocken, allerdings sah ich noch immer den Weg, eine schmale Spur, die mich führte, weiter, voran, aus diesem hinaus, eine Lücke zwischen den Teilen der Wiese, die jedoch nach einigen Schritten verschwand. Der Rauch hatte sich darübergelegt, der Weg wies direkt darauf zu, brach dann ab. Er war jetzt noch immer ergänzbar zu jenen entfernten Stücken, eine Windung, die ich entdeckte, und ich sah vor mir nicht allzu weit die kleinen, deutlichen Häuser, die dünnen Zäune als Horizonte oder Gitter über die Landschaft geordnet, eine Richtschnur, Hilfe, Trennungslinie. Jetzt bereits aber, als ich die Augen von dem Weg, dieser Ritze in der Wiese, wandte, sah ich die vielen Pflanzen gesondert, ich sah die Wiese nicht mehr insgesamt mit einem gelegentlichen Spalt, sondern eine Menge aus einzelnen Gräsern, Schachtelhalmen und wilden Möhren, ein Stückchen nur, eine Öffnung in der Fülle überall um mich herum, und dann wieder alles geschlossen, zusammengewachsen, nun wieder jedes Gras für sich, daneben ein neues, nicht durchlässiger dies aber, verwirrender nur oder aus einer grünen Masse die Einzelheiten hervorstechend, dicht gedrängt, spitze, hohe Gräser, rund und etwas tiefer die hellen Scheiben, vor und hinter mir, Disteln und unkenntliche Gewächse, verdorrt, verwelkt, das Rascheln der trockenen Halme gegeneinander. Und schließlich schon ein Öffnen und Sperren an beliebigen Stellen, nichts mehr als dies, und ich sah in der Mitte und am Ende die Häuser, lächerlich nah noch zu diesem Zeitpunkt.

13. Das Kornfeld, das sich rundum erstreckte, nach allen Seiten bis zum Horizont, war jetzt schon – aber noch immer stand jede Ähre steif und bewegungslos wie aus einem unelastischen Material aufrecht und dicht neben der anderen – in einer gewissen Unruhe, die von der welligen Bodenbeschaffenheit herrührte. Die starren, überall gelben Schwünge konnte man ganz leicht auf die ineinanderübergehenden Hügel, die hier den Untergrund bildeten, zurückführen. Man selbst stand jetzt sogar noch immer sicher auf den Füßen dazwischen, als sich plötzlich die Ähren berührten, einzeln zunächst, dann in Gruppen, in geraden Reihen, zufällig in Wirbeln, abgestoppt, eine Bewegung gegen die andere durchsetzend, sie aufnehmend, fortpflanzend, zu einer Kante des Blocks rasend, Inseln, gestaucht, gezerrt und heftig aufgerichtet, gezwungen zur Übernahme, in eine andere Richtung gedrängt, die Ähren wie entschlossen, alle entstehenden Bewegungen auszuführen, ihnen nachzugeben, und schon von einer neuen ergriffen, immer gröber, wüster, und jetzt bereits war dies alles nichts anderes mehr als Bewegung, das Kornfeld nichts anderes mehr als das sichtbare Zeichen einer umfassenden, ununterbrochen sich steigernden Bewegung, nur noch ihre Oberfläche, ihre greifbare Verdeutlichung, und schließlich schon begannen die Hügel, abfallend und aufsteigend, das Erstarrte plötzlich herauf- und herabzuströmen, unter den Füßen ein Wanken also, ein Steigen, Schleudern und Fallen zwischen Himmel und Erde, ich selbst und die Hügel fließend, sich türmend, erschlaffend und wachsend, gleitend und in die Bewegung verschlungen.

14. Die Dunkelheit war seit einiger Zeit immer dichter an das Auto herangekommen und nun so nah und gleichmäßig geworden, daß sie jetzt schon ringsum an den Scheiben zu haften schien, als wäre sie dort angeklebt und bewegte sich mit uns, so daß sie, da sie sich ja auch gegen das Vorderglas drängte, uns immer voraus war, obwohl wir noch immer durch das Scheinwerferlicht den Weg und seine Umgebung zum Vorschein brachten, für eine kurze Zeit nur, aber es entstand doch ein ununterbrochenes, zuverlässiges Auftau-

chen und Verschwinden. Man hatte aber den Eindruck, als wäre eine endlose Reihe dünner, harter Wände in winzigen Abständen hintereinander aufgespannt, die wir also ständig durchstoßen mußten, damit sie platzten und uns weiter voran ließen, doch dann stand dort ja die nächste. Trotzdem erkannten wir jetzt noch immer die Gegenstände direkt vor uns am Wegesrand, den steinigen Boden, bräunliches Gras, die Augen von Katzen, erstarrte Hasen, die immer größeren, schwarzen Pfützen, sie verdeckten manchmal die gesamte Breite des Weges, und jetzt bereits schien die Finsternis wie eine neue, unbekannte Materie, nichts als Finsternis schlechthin, durch die Ritzen des Wagens einzusickern. Dies war nicht die Dunkelheit, die sich seit langem in unserem Auto gebildet hatte, zugleich mit der äußeren. Ich fühlte dies Neue jetzt, ohne zu wissen, ob es Staub oder Flüssigkeit war, ich fühlte, wie es im Innern des Wagens langsam stieg, und ich sah die Pfützen, scheinbar flach, die toten Flecken, die Löcher mit schwarzer, undurchsichtiger Haut. Sie sollten uns tragen, die täuschenden Spuren von Autoreifen brachen an jeder Pfütze ab, und schließlich schon wußte ich, daß uns die nächste, eine der nächsten abstürzen ließe, ein Krater, in dessen schreckliche Tiefe wir fielen.

15. Schon jetzt konnte man nicht mehr wissen, was hinter der dünnen Wand aus lose beieinanderstehenden Halmen, die das kreisrunde Loch, in dem ich saß, umgaben, existieren würde. Man konnte es nicht ganz genau wissen, weil man, auf dem Boden der Senke hockend, jenseits der in die Luft stechenden Halme nichts mehr sah, aber noch immer blieb innerhalb dieser Begrenzung die Sonne erkennbar, sie schien direkt von oben in die Vertiefung hinein, sie zielte geradewegs auf die Mitte. Ich war abgeschnitten von dem, was außerhalb lag, kreisrund herausgeschnitten aus allem übrigen. Ich konnte mitsamt dieser Mulde irgendwo sein, abgelöst inzwischen von der Umgebung. Ich konnte schweben, treiben, ohne es zu merken, es gäbe keinen Anhaltspunkt mehr. Wenn ich auftauchte, käme vielleicht eine ganz andere, fremde Landschaft zum Vorschein, oder nicht einmal mehr eine Landschaft, die sich

um mich herumfügte, obschon jetzt noch immer die Sonne unverrückt und offen über mir stand, doch jetzt bereits schien sich das Loch zu verengen, es schob sich gleichmäßig von den Seiten heran, auf mich zu, ein Druck von außen wurde spürbar, dem die Mulde nicht lange würde standhalten können. Etwas hinter den Halmen preßte die ansteigende Wiese mit ungeheurer Kraft und würde dies alles in den nächsten Sekunden zum Einsturz bringen, und schließlich schon waren die Grubenwände ganz nah bei mir und höher als ich, jetzt würde die Sonne verschwinden, weil die Erde so zueinander drängte ringsum, von den Grenzen der Öffnung her und ich in der Mitte.

Vorkommnisse mit geraden und ungeraden Ausgängen / Ähnliches ereignete sich im Jahre 1531.

Eines Tages heulte ein sonst ganz stiller Hund gegen seine Gewohnheit ununterbrochen, Raben saßen auf dem Dach und krächzten ungewöhnlich laut, und als mein Hausbursche ein Bündel Holz zerbrach, sprangen Feuerfunken heraus.

:Ich heiratete noch im gleichen Jahre ganz unerwartet rasch, und von dieser Zeit an verfolgte mich ein Unglück nach dem anderen. (Cardano)

Ähnliches ereignete sich im Jahre 1971.

An jenem Abend war eine sonst ruhige Bar plötzlich voll geworden. Eine mir seit langem als zurückhaltend bekannte Ehefrau hatte plötzlich glänzende Augen. Es handelte sich um einen der warmen Sommerabende im Süden. Die Leute trugen alle Kleidung, bei der man viel mehr als üblich von den Körpern sieht. Man roch die Körper, Schweiß und Sonnenöl, ein angenehmer Schweiß. Man lernte mühelos Menschen kennen. Man war neugierig auf Menschen, hielt diese Wochen für die schönsten des Jahres und wollte dies unbedingt alles ausnutzen. Die Leute schienen Lust auf Liebe zu haben. Man hatte Lust, flüchtig im Gedränge Körper zu berühren. Diese Ehefrau war dreißig und lebte bereits ausschließlich für ihre Familie. Ihr Mann war ein zuverlässiger Mann, aber nicht erregt von diesem Abend und ganz wie sonst, nur etwas brauner. Er befand sich in einer anderen Stimmung als sie. Sie hatte ein entgleistes Gesicht. Sie glich ihm bereits seit Jahren, an diesem Abend glich sie ihm nicht. Sie rauchte jetzt stark, obwohl ihm das aus Fürsorglichkeit nicht gefiel. Sie entdeckte neue Vorlieben an sich. Diese Vorlieben entsprachen denen eines Musikers, der an ihrem Tisch saß. Sie verteidigte sie, als ginge es um etwas Wichtiges, sie schien sich zu freuen, wenn nur sie beide diese Neigungen teilten. Sie machte Gesten, die ich noch nie bei ihr gesehen hatte. Sie sprach mit einer girrenden Stimme. Sie schien keinen anderen mehr wahrzunehmen. Sie spielte zärtlich mit den Gegenständen auf dem Tisch. Sie lachte bereitwillig. Sie bewegte ständig ihre

Zunge um die Lippen. Sie hatte ihre kühle Koketterie abgelegt, ihre sonst mechanische Koketterie. Sie hatte die Situation nicht in der Gewalt, sie war davon erfaßt. Sie wollte offenbar erfaßt sein. Ihr standen die Freude und Erregung im Gesicht, als sei sie glücklich, endlich wieder dieses Gefühl zu haben, dieses Gefühl, wenn einem die Situation entgleitet, wenn man von ihr überwältigt wird. Sie roch anders als sonst, vielleicht weil sie vor Glück schwitzte. Ihr Gesicht wirkte aufgeplustert. Alles, was sie sagte, bezog sich auf ihn. Sie beeilte sich. Ihr Mann sagte fast nichts. Oft ergab sich die Gelegenheit für den Musiker, ihr die Zigarette anzuzünden. Ihre Köpfe stießen dabei zusammen. Es ergab sich auch die Gelegenheit, von seinem Glas zu trinken und zum Tanzen oft mit ihm den Platz zu verlassen. Sie kam immer strahlender zurück. Ihre Höflichkeit war anfangs übertrieben. Sie hielten sich damit auf, bevor sie sich wieder hinsetzte. Die Bewegungen, mit denen der Musiker sie an den Tisch brachte, wurden immer selbstverständlicher. Der Augenblick, in dem sie sich voneinander lösten, erfolgte mit zunehmender Verzögerung. Der Musiker war ein gutaussehender Mann. Er hatte alles, was an diesen Abenden von Bedeutung ist, er konnte glänzend erzählen. Er genoß es, viele Leute auf einen Schlag in Atem zu halten. Jetzt vertiefte er sich immer stärker in Einzelgespräche. Ihre Gespräche wurden immer kindischer.

:Noch im gleichen Jahr ließ sich die Ehefrau ganz unvermutet rasch von ihrem Mann scheiden.

Ähnliches ereignete sich in der letzten Woche.

Obwohl ich gewohnt bin, früh aufzustehen, lag ich an diesem Morgen eine ganze Weile wach im Bett und schob die Decke bis zum Kinn hoch. Ich sah lange den Vorhang an, ohne etwas zu denken. Ich sah die Wölbungen und Vertiefungen an und darunter die der Heizung. Als ich mich anzog, brauchte ich dafür viel Zeit. Ich zog immer wieder etwas anderes an, nichts gefiel mir. Vor dem Spiegel schnitt ich, ohne zu lachen, lauter Fratzen. Die Seife stürzte mir ins Waschwasser, sie rutschte mir andauernd aus den Händen. Als das Telefon läutete, versprach ich mich. Beim Brotaufschneiden fuhr mir die Klinge in den Finger, ich sah das Blut aus dem Fleisch treten und rührte mich nicht. Ich glaubte Hunger zu haben und machte mir eine große Schnitte. Nach dem ersten Bissen stellte ich fest, daß ich satt war. Beim Einkaufen mußte ich immer wieder auf meinen Zettel sehen. Ich behielt immer nur einen Gegenstand. Die Kassiererin wurde ungeduldig, weil ich ihr unbedingt abgezähltes Geld geben wollte. Beim Rausgehen schlug man mir die Tür gegen die Tasche. Ich hätte den Stoß abfangen müssen. Ich dachte, wie langweilig dies alles war, dieses Einkaufen, Kochen, Essen, Einkaufen. Im Laden haßte ich die Menschen, weil sie alle Dinge in ihre Körbe taten. Ich haßte die Angestellten, weil sie die Regale mit immer den gleichen Sachen auffüllten. Als ich die Straße überqueren wollte, ärgerte ich einen Autofahrer, weil wir uns nicht einigen konnten, ob ich gehen oder warten würde. Zuhause merkte ich, daß ich das Wichtigste vergessen hatte. Als ich einen Topf aus dem Schrank holte, rutschte der Deckel auf den Boden und lärmte dort. Als ich ein Messer aus der Schublade nahm, ließ ich es fallen. Einem Glas, das ich noch leicht hätte auffangen können, sah ich beim Zerspringen zu. Ich stieß mit der Hüfte gegen die harte Ecke des Tisches. Als ich durch die Tür ging, geriet ich an den Rahmen. Es klingelte plötzlich, und ich erschrak so sehr darüber, daß mir die Knie zitterten. Ich dachte jetzt an meinen Haß auf die Menschen im Laden. Ich hatte es nur zum Trotz so genannt. Ich wußte nicht, wie mein Verhältnis zu ihnen war. Es stellte sich also als viel schlimmer heraus. Als ich aus dem Fenster schaute und die Leute wie gewohnt daran vorbeigingen und ich die immerzu gegenüberstehenden Häuser sah, begann ich zu weinen.

: Nun endlich wußte ich, wie tief mich eine am vorangegangenen Abend erfolgte Bemerkung getroffen hatte. Es mußte eine schwerwiegende Verletzung, eine Kränkung gewesen sein.

Ähnliches ereignete sich häufig.

Frau Schmidt, die Besitzerin des Hauses, in dem wir früher wohnten, sprang mitten in der Nacht aus dem Bett, so laut, daß wir es durch die massive Decke hörten, bewegte allerlei Gegenstände, stampfte mit den Füßen auf und stellte das Radio an. Am Morgen stapfte sie ein paarmal die Treppen rauf und runter, obwohl sie sonst um diese Zeit noch schlief. Es war Sonntag, und in der Straße herrschte wirkliche Stille. Frau Schmidt rasselte mit einem Eimer vor unserem Schlafzimmerfenster und führte laute Gespräche mit sich, von denen wir zornige Ausrufe verstanden. Als wir hinter dem Vorhang aus dem Fenster sahen, war sie damit beschäftigt, Zweige abzusägen, eine Arbeit, die üblicherweise immer wir für sie erledigten, auch diesmal hatten wir uns mit ihr darauf geeinigt. Sie kam ins Haus zurück und begann eine Reihe von Telefongesprächen zu führen, die sie immer wieder durch heftige Rufe unterbrach. Als wir aufstanden, bemerkten wir, daß sie dabei war, die Treppe zu putzen, auch das hatte sie noch nie an einem Sonntagmorgen getan. Ich traf sie wenig später im Treppenhaus und wollte grüßen, sie schaute mich aber nur eindringlich mit gerunzelter Stirn an. Nun stellten wir fest, daß sie auf die Truhe, die zu unserer Garderobe gehörte, eine Menge Zeitungen gelegt hatte, bei denen einzelne Artikel mit einem kräftigen roten Strich gekennzeichnet waren. Sie berichteten samt und sonders über Hauseinbrüche. Frau Schmidt verließ bald das Haus und schloß mehrfach auf und zu, mit beträchtlichem Lärm und Nachdruck. Bei ihrer Rückkehr ging sie mir offensichtlich aus dem Weg, obwohl sie sonst immer Gelegenheiten für ein Gespräch suchte. Ich hörte sie zum Boden hochsteigen, sogleich trat ich in den Flur, um sie endlich zu sprechen, sie hielt aber den Schritt an, als wäre sie gar nicht vorhanden. Kaum zog ich unten die Tür zu, ging sie trampelnd nach oben. Ich gewann den Eindruck, daß ihre Bewegungen heftiger wurden und in kürzeren Zeitabständen erfolgten. Sie tat nun eine Menge Dinge beinahe gleichzeitig: Sie stellte ihren Plattenspieler so laut wie möglich, schlug an unserem Küchenfenster einen Teppich aus, stürzte nach unten und forderte mit einem knappen Satz die Zeitungen zurück, starrte dabei mit forderndem Ausdruck den Fußboden an, rannte nach oben, schlug die Türen, rückte ihren schweren Tisch über den Boden des Zimmers und rief schließlich ins Treppenhaus, daß es nicht zu fassen sei.

:Wir wußten sehr gut, daß dies alles etwas zu bedeuten hatte, fanden aber nicht den Grund heraus, der sie zu all diesen Anzeichen bewog.

Ähnliches ereignete sich im Jahre 1972.

Hatten wir in den vergangenen Wochen an diese Frau gedacht und wenn, in welchem Zusammenhang? Wie waren die Abschiedsworte bei unserem letzten Telefongespräch? Machte sie bei unserem Besuch vor einem Jahr irgendwelche Bemerkungen über sich? Lachte sie bei lustigen Fernsehsendungen? Zeigte sie uns wie sonst ihre neuen Kleider? Hatte sie Ausreden erfunden, um nicht mit uns auf die Straße zu gehen? Waren in unseren Unterhaltungen Vergangenheit und Zukunft vorgekommen? Saß sie zusammengesunken oder in aufrechter Haltung am Tisch? Aß sie mit wirklichem Appetit? Waren ihre Putenkeulen wie sonst mit Liebe zubereitet? Erwähnte sie neue Bekannte? Ertrug sie es, daß man Dinge von ihrem Platz verrückte? Äußerte sie noch Wünsche oder Bedürfnisse? Sprach sie überhaupt von anderen Menschen? Nahm sie Veränderungen an uns wahr? Hatte sie ihre Fingernägel wie früher gepflegt? War ihr Gesicht starr oder bewegt beim Erzählen? Redete sie beim Abschied von unserem Wiederkommen? Winkte sie uns nach, damals, als wir ins Taxi stiegen, vom Küchenfenster im siebten Stock? Verspürten wir nicht auf der Autofahrt, bevor wir die Nachricht lasen, eine gewisse Nervosität? Unterhielten wir uns nicht über die eigentümliche Stimmung in der Landschaft nördlich von Bremen? Waren wir nicht schwermütig gewesen bei diesem zähen, gleichmäßig grauen Wetter? Kamen wir an einer Unfallstelle vorbei? Hatten wir nicht eine kaum erklärbare Sorge gehabt, nach Hause zu kommen? Erinnerten wir uns nicht, uns auch beim letzten Mal auf die Post gefreut zu haben und dann so enttäuscht worden zu sein? Spürte ich nicht bei dem Gespräch, das wir mit einem Bekannten über seine schwererkrankte Schwester führten, bei der Schilderung all der Symptome ein starkes Angstgefühl? Suchte ich nicht voller Unruhe nach einer Person, an die mich die stark empfundene Einsamkeit, die unbegründete Furcht, die

Sprachstörungen der Kranken denken ließen? War nicht durch die Abreise eines Sohnes ins Ausland ohne Abschied ein unglücklicher Ausgang ins Auge gefaßt worden? Auch durch einen kurze Zeit vorher erfolgten Streit mit einer Schwiegertochter?

: Die Schwester meines Vaters war einfach gestorben. Als wir es erfuhren, war sie schon eine Weile tot. Sie war nun tot, und es gab nichts mehr zu erledigen. Dieser Tod war eine kleine Mitteilung, und wir bemühten uns ergebnislos, ihm seine Wichtigkeit herzustellen.

Ähnliches ereignete sich im Jahre 1962.

Ich gab einem kleinen Jungen Nachhilfeunterricht, der jede Viertelstunde Milch trinken oder Kuchen essen wollte. Seine Mutter war eine dicke, weißhaarige Jugoslawin, die sich im Zimmer zu schaffen machte und halb weinend von Dubrovnik erzählte. Sie sprach nur sehr gebrochen Deutsch, jedesmal vergaß sie, daß ich ihre Muttersprache nicht verstand. Sie kaufte riesige Tortenstükke, die ich essen mußte, mit bunter Butterkremfüllung. Manchmal saß ein großer Bruder des Jungen im Zimmer. Er saß lächelnd in der Ecke, er saß auf dem Fußboden und hatte die Schuhe ausgezogen, auch die Strümpfe, er saß da im Winter mit nackten Füßen und hatte ein rundes, freundliches Gesicht. Er sagte nichts. Manchmal kam ein zweiter Bruder dazu, er war dünn und lachte immer hoch. Die beiden Großen sprachen manchmal jugoslawisch miteinander und kicherten. Dann kicherte der Kleine mit, und die Mutter lachte auch, es war ihr aber peinlich. Der dünne Bruder sprach öfter mit mir. Er spielte Schule und zeigte richtig auf. Der Junge schrieb oft lange komische Aufsätze. Es gab noch einen Bruder. Er war der größte und hatte ein kindliches Gesicht, er sah stark aus und war der schüchternste. Er stand manchmal im Flur und flüsterte dem Kleinen etwas zu, auch dann lächelte der Kleine mich an. Manchmal saßen alle drei im Zimmer und der kleine Junge und die Mutter. Sie machten sich da zu schaffen, und nach dem Unterricht mußte ich noch oft lange mit ihnen reden, und sie zeigten Fotografien und Postkarten aus Jugoslawien. An einem Abend schneite es, und der

Junge hatte einen großen Schneemann gebaut. Als wir ins Zimmer kamen, war uns ganz warm, wir hatten beide rote Gesichter. Der Junge wollte nichts mehr tun und schrieb schließlich etwas über den Schnee, eine verdrehte Geschichte, die er schließlich uns allen vorlas. Er hatte Fortschritte gemacht. Es herrschte eine gute Stimmung. Der Bruder mit den nackten Füßen bewegte seine Zehen im Takt und flötete leise, während wir Latein übten. Der andere Bruder tat so, als schriebe er auf seinem Handteller mit.

:Noch am gleichen Abend begegnete ich dem dritten, scheuen Bruder auf einer einsamen Straße beim Nachhauseweg. Er drehte sich um, und ich merkte, daß er hinter mir ging und mir folgte. Ich erkannte zum ersten Mal, daß er hinkte. Als er mich erreicht hatte, schlug er gleich mit den Fäusten und schreiend auf mich ein, auf den Kopf und den Rücken, bis die Leute ihn wegbrachten.

Ähnliches ereignete sich vor fünfzehn Jahren.

Meine Tante erwartete in bereits fortgeschrittenem Alter ihr erstes Kind. An dem Morgen, als man sie ins Krankenhaus brachte, war ein großer Teil der Familie versammelt, weil alle in derselben Stadt wohnten. Immer rief irgendeiner die anderen zur Ruhe auf. Mein Onkel stand vor dem Spiegel, ganz grau im Gesicht, seine Lippen zuckten in lächerlicher Weise, er hielt sie nicht geschlossen aufeinander, bemühte sich aber darum. Seine Hände zitterten, er wollte sich eine Krawatte umbinden. Er stand da, groß, breitbeinig wie immer. Er hatte die Krawatte um seinen Hals gelegt und auch die beiden Enden einmal übereinander. Es gelang ihm aber nicht, die erste Schlinge herzustellen. Er lächelte den Verwandten zu und versuchte es noch einmal. Er machte diese Bewegung mit dem Kopf, er streckte das Kinn vor und ruckte locker mit den Schultern, er wiegte sich in den Knien, er gab ein Schnalzen von sich, aber wieder fielen seine Hände an den Seiten herunter, und nun sahen wir, daß er ganz blaß im Gesicht geworden war. Er nahm sogleich die Hände hoch, aber es war ein wütender Ausdruck in seinem Gesicht. Er riß an der Krawatte, und nun schauten wir alle hin und hofften so sehr, daß es ihm gelingen würde, wir spürten plötzlich große

Angst, er könnte es nicht schaffen. Er stand noch immer breitbeinig da, aber nun schleuderte er die Krawatte zu Boden, stürzte sich auf die Kommode und senkte den Kopf, seine Schultern hüpften. Wir hörten ihn weinen, wir merkten jetzt auch, wie trostlos es in diesem Zimmer aussah. Es war aufgeräumt, alles an seinem Platz, jedoch wie in einem möblierten Zimmer, das einem neuen Mieter gezeigt werden soll. Ich dachte jetzt auch daran, wie merkwürdig das große Foto meiner Tante wirkte, das auf dem Schreibtisch stand. Sie lächelte, man konnte sie sich eigentlich nur auf diesem Foto denken, ja, ich merkte mit Entsetzen, daß ich mich in diesem Augenblick gar nicht anders an sie erinnern konnte. Ich sah dieses Foto, nicht dieses Gesicht als Erinnerungsstütze für ihr lebendiges, nur dieses Foto. Mir fiel auch auf, daß wir nie über die Zeit nach der Geburt gesprochen hatten an diesem Morgen, und flüsterten wir nicht alle? Ich dachte auch daran, daß ich mir meine Tante nie als Mutter vorgestellt hatte, weil sie so mädchenhaft war, so schmal und kindlich, und wie verunstaltend der große Bauch wirkte. Und ich sah vor mir dieses Bild, als sie mit ausgeschnittenem Nachthemd neben meinem Onkel im Bett lag und er ihr die Brille abnahm, so daß sie kaum noch sehen konnte, und er ihr einen Stempel mit seinem Namen zwischen die Brüste setzte und sie plötzlich beinahe weinte und er wütend wegsprang und ich lachte, damit es komisch wirken sollte und sie es begriffe, aber es war furchtbar, und nun sah ich sie überhaupt die vielen Male weinen, ich sah sie nicht mehr auf dem Foto, ich sah die vielen Augenblicke, nur noch solche jetzt, in denen sie weinte und immer darüber wegzulächeln versuchte, das versuchte sie immer, sobald jemand auftauchte und sie ansah, alle sollten denken, sie sei glücklich, und auf dem Foto konnte man es glauben, und ich merkte nun, daß ich dachte, dies sei ein Abschluß in ihrem Sinne, dieses übriggebliebene Foto.

:Noch in derselben Stunde meldete uns das Krankenhaus die Geburt einer gesunden Tochter, auch die Mutter sei wohlauf. Und alles war glücklich verlaufen.

Ähnliches ereignete sich im Laufe einiger Jahre.

In unserem Haus lebte ein kleiner Junge, der von seinen Eltern sehr verwöhnt wurde. Alle Geschäftsleute im Umkreis fürchteten ihn und gaben ihm, sobald er den Laden betrat, Wurst oder Bonbons. Sein Vater war launisch und streng. Manchmal quälte er den Hund seines Sohnes in dessen Gegenwart. Der Junge sah in den ersten Jahren sehr hübsch aus mit Locken und roten Backen, und er begriff bald, wie man alles durchsetzen kann, indem man mit den Augen klimpert. Er wurde im Laufe der Jahre immer dicker. Er bekam einen fleischigen Körper. Er war zärtlich veranlagt und schmuste gern. Er schmuste besonders gern mit seiner Mutter, aber er machte keine allzu großen Unterschiede. Er küßte auch alle Frauen, die ins Haus kamen. Männer schien er nicht zu mögen. Er hielt sich schon als wirklich kleiner Junge immer an die Frauen. Er mochte keinen Sport. Er hatte keine Freunde. Als seine Mutter starb, schmuste er noch mehr mit anderen Frauen herum. Er hielt sich am liebsten in der warmen Küche auf. Da er etwas größer geworden war, schob man ihn aber zurück. Es war den Tanten und seiner Lehrerin peinlich, überall seine nassen Küsse hinzubekommen. Er hatte oft feuchte Hände. Er war blaß und dick. Er tat eigentlich nichts besonders gern. Er las nicht, er spielte nicht mit den Jungen. Er zerstörte oft Sachen, man fürchtete ihn wegen seiner Streiche, nichts war im Haushalt vor ihm sicher. Er zeigte keine Empfindlichkeit, keinen Stolz. Wenn er zurückgewiesen wurde, kam er bald wieder. Er schien in dieser Hinsicht nicht zu lernen, schimpfte man ihn aus, nickte er und sah zu Boden. Bei Verdächtigungen rechtfertigte er sich niemals. Wenn ihn andere Jungen schlugen, lief er weg. Wenn man ihn darauf ansprach, blieb er stumm. Oft lachte er unbegründet vor sich hin. Er konnte nicht abschätzen, was Streiche waren und was als Unfug galt. Er sah gern Illustrierte an, wirklich nichts lieber als das, es war seine einzige Schwäche. Sein Geld gab er für Süßigkeiten aus. Dinge, die die körperliche Sauberkeit betrafen, wurden ihm ein Greuel. Er drückte sich davor, so gut es ging. Oft stieß er Schreie aus, so daß ihn manche Leute für geisteskrank hielten. Er sei aber durchaus intelligent, meinte die Lehrerin, nur faul und verspielt. Er hatte ein Gedächtnis für Witze, er erzählte Jüngeren gern Witze. Er spielte, wenn überhaupt, nur mit Jüngeren. Es waren keine richtigen Spiele. Er steckte mit ihnen zusammen, nie begriff man, was sie trieben. Mit der Zeit durften immer weniger Kinder mit ihm spielen. Wenn er lachte, war es eine Grimasse, er brüllte vor Lachen oder grinste. Er sah niemandem richtig in die Augen. Er hockte gern vor dem Fernseher. Er mochte Familienquiz und Reklamesendungen, bei Liebesszenen kicherte er vor sich hin und beobachtete heimlich die Erwachsenen. Er saß auch bei schönem Wetter stundenlang vor dem Fernseher. Sein Vater schlug ihn noch immer ins Gesicht. Er hatte Angst vor seinem Vater. Er war der einzige Mensch, den er zu fürchten schien. Wenn man seinen Vater erwähnte, wurde er vom Halsansatz bis zur Stirn rot. In dem Haus, in dem er wohnte, herrschte, was ihn betraf, eine gewisse Spannung. Jeder machte sich seine Gedanken.

:Noch ehe er vierzehn Jahre alt war, überraschte ihn ein alter Mann dabei, wie er im Garten zwei kleine Jungen auszog.

Ähnliches ereignete sich im Jahre 1969.

Die alte Frau hatte ohne Zweifel nichts als Ärger gemacht. Die Tochter war mit ihren eigenen Sorgen beschäftigt. Sie wohnten in einer vornehmen Gegend, in der sich alle Leute kannten. Die Tochter und ihr Mann stammten aus einfachen, beinahe anrüchigen Verhältnissen. Nun wohnten sie in dieser guten Gegend. Der Mann hatte eine Geliebte. Die Ehefrau war krank und einmal eine schöne Frau gewesen. Man wußte nicht recht, ob das Verhältnis ihres Mannes sie ärgerte oder ob es ihr schmeichelte. Seine Geliebte besaß eine ganze Reihe von Häusern und wertvollen Grundstücken. Die Tochter aß gern Reibekuchen. Sie spielte gern Skat. Sie hatte manchmal Halluzinationen, sie war eine kluge Frau, sie zog sich gut an, sie hatte einen harten Zug um den Mund. Manchmal war sie schrecklich geizig, dann wieder verschwenderisch. Für ihren Geiz und ihren Leichtsinn gab es kein System. Die Mutter war plump gebaut und machte oft das Bett voll und nichts als Ärger und

Arbeit. Die Mutter lud immer die Söhne und Töchter ein, die es nicht weit gebracht hatten. Die Mutter erzählte allen Leuten von der nicht vornehmen Vergangenheit ihrer Familie. Man wußte nie, ob sie es aus Harmlosigkeit oder aus Bosheit tat. Die Mutter hatte vor der Tochter Angst. Die Mutter liebte rote Kleider. Die Tochter aß gern Sahnekuchen, sie hatte eine ausgezeichnete Figur. Sie sah besser aus als die Geliebte ihres Mannes, sie wußte es, sie schien eine kühle Frau zu sein. Die Mutter belog ihre Tochter. Sie gebrauchte immer Ausreden und stritt alles ab. Die Tochter korrigierte anderen Leuten gegenüber die Aussagen ihrer Mutter. Einmal verreiste ihr Mann eine Woche mit seiner Geliebten, was der stillschweigenden Abmachung zuwiderlief. Die Tochter besaß einen gehätschelten Pudel. Manchmal ging sie monatelang jeden Morgen in die Kirche. Manchmal fuhr sie monatelang jeden Tag in die Stadt und brachte sich irgendetwas mit. Sie färbte ihre Haare schwarz. Sie litt bei Sonne an starken Kopfschmerzen. Sie konnte sehr liebenswürdig sein. Sie sammelte alte Zinnteller. Die Mutter machte immer wieder alles zunichte. Der Mutter fielen oft Gläser hin. Sie holte sich heimlich immer die besten Sachen aus dem Kühlschrank und stahl der Tochter manchmal Geld. Wenn Besuch da war, stand die Mutter plötzlich auf und erschien im Nachthemd vor den Gästen, nahm eine Salzstange und zog sich kichernd zurück. Wenn die Tochter mit ihr schimpfte, stellte sie sich schwerhörig oder erzählte es den Nachbarn. Eines Tages hatte sie mehrere Stunden auf einer Parkbank rumgelungert. Die Tochter steckte sie in die Badewanne, denn es war Winter. Der Hund fraß keine einfachen Kekse. Der Mann schien sich trotz allem gut mit seiner Frau zu verstehen. Sogar die Geliebte kam mit ihr ganz gut aus, sie fuhren manchmal zusammen in Waldcafés.

:Noch am selben Abend fand man die Mutter ertrunken in der Badewanne, die bis oben mit Wasser voll war. Die Mutter hatte sich nicht eingeschlossen. Man entdeckte sie mehrere Stunden nach Eintritt des Todes. Die Tochter war als einziger Mensch die gesamte Zeit über in der Wohnung gewesen. Es zeigte sich keine Spur von Gewaltanwendung. Man erkannte keine eindeutigen Anhaltspunkte. Das eine widersprach dem anderen. Niemand machte sich die Mühe, die Dinge schlüssig aneinanderzureihen.

Ähnliches ereignete sich im vergangenen Monat.

In unserem Haus wohnten zwei ältere unverheiratete Schwestern. Die Große, eine plumpe, unförmige Frau, nähte auf eine altmodische Weise solide Kleider für die Nachbarschaft, die andere war, wenn sie stand, zwergenhaft klein. Beide hatten ununterbrochen miteinander gelebt und benötigten einander. Die Kleine führte den Haushalt. Sie rochen ganz gleich. Einer beschützte den anderen. Die Dicke war selbstbewußt und wirkte immer etwas grimmig, die Kleine dagegen schüchtern und liebenswert und rotbackig in ihrem alten Gesicht. Die Große bewegte sich nur unter Schwierigkeiten, Bücken bedeutete für sie eine erhebliche Anstrengung, sie beschränkte ihren Tagesablauf auf die wichtigsten Beunruhigungen des Körpers, die Kleine rannte flink auf ihren krummen Beinen umher. Sie erzählten Leuten, denen sie vertrauten, wie sehr sie vom anderen benötigt wurden. Einer fühlte sich absolut für den anderen verantwortlich. Einmal ließ sich eine kurze Trennung nicht vermeiden. Die Kleine mußte zur Behandlung ihrer Beine in eine Kur. Für die Dicke wäre es zu mühsam gewesen, sie zu begleiten. Nur schweren Herzens, sogar weinend, verreiste die Kleine. Sie schaute beim Abschiednehmen etwas bekümmert auf ihren Koffer und sagte, man dürfe nie mit einem Koffer in ein Krankenhaus gehen, dann nämlich bleibe man dort für immer. Dies natürlich sei kein Krankenhaus, daher sei auch nichts zu befürchten. Mit diesem Trost fuhr sie ab. Als sie zurückkam, war ihre Schwester tot. Gleich nach der Abreise der Kleinen mußte man die Näherin wegen starker Leibschmerzen in ein Krankenhaus bringen. Um die Kleine nicht zu ängstigen, hatten die Nachbarn die Sache zunächst geheimgehalten. Nun stand sie allein da, und das Schlimmste war natürlich, daß sie sich Vorwürfe machte, der Schwester nicht beigestanden zu haben. Sie glaubte auch, die Große wäre nie gestorben in ihrer Gegenwart. Alles Reden der Nachbarn half nicht, ihr wenigstens diesen Teil ihres Kummers zu nehmen. Sie fühlte sich, wie immer in ihrem Leben, verantwortlich. Sie schien den Tod fast als gerechte Strafe für sich anzusehen.

:Noch in der gleichen Woche faßten die Nachbarn einen Entschluß. Sie teilten der Schwester mit, die Große wäre von vornherein mit einem Koffer ins Krankenhaus gegangen. Von nun an sprach die Kleine nur noch vom Schicksal ihrer Schwester. Sie war traurig, aber nicht länger verwirrt.

Ähnliches ereignete sich am 3. 11. 1972

1. Seit einiger Zeit spürte ich starke Zahnschmerzen. Aus Angst vor einer Behandlung verschob ich den Arztbesuch von Tag zu Tag, bis es schließlich nicht mehr zu ertragen war.

2. Man empfahl mir einen neuen Arzt, der wegen seiner Geschicklichkeit und Vorsicht großen Zulauf hatte.

3. Ich vereinbarte mit der Sprechstundenhilfe am Telefon einen Termin für den darauffolgenden Morgen um neun Uhr. Sie bat mich, um Wartezeiten zu vermeiden, pünktlich zu sein.

4. Beim Anziehen bemerkte ich ein Loch in der Strumpfhose. Dadurch verlor ich zwei Minuten. Ein Zeitungsartikel über einen Architekten fesselte mich so, daß ich zehn zusätzliche Minuten benötigte. Im Vorübergehen warf ich eine Blumenvase um. Es kostete mich drei Minuten, die Sache in Ordnung zu bringen. Ich konnte meine Handschuhe nicht finden und verbrachte fünf Minuten mit Suchen. Als ich das Haus verließ, begegnete mir am Tor der Paketbote. Er verlangte eine Gebühr, ich wollte das Päckchen unbedingt gleich öffnen und brauchte noch mal zehn Minuten. Damit hatte ich eine halbe Stunde Zeit verloren.

5. Um die Zeit wieder aufzuholen, verschob ich einen Gang, den ich vor dem Arztbesuch erledigen wollte, und sparte so zwanzig Minuten. Ich lief einen Teil des Weges, das brachte mir mindestens fünf Minuten, das Glück an den Ampeln dazugerechnet, sicher acht Minuten ein.

6. Als ich um wenige Schritte beim Arzt angelangt war, also noch gerade pünktlich, sah ich auf der gegenüberliegenden Seite einen Bekannten. Ich lief zu ihm hinüber.

7. Am Vorabend hatte ich mich mit einigen Leuten darüber unterhalten, welche Zahlen wir besonders liebten und ob wir gewisse Erfahrungen mit ihnen gemacht hätten, ob es nicht eine nachprüfbare Magie der Zahlen gäbe. Ich bevorzugte immer, schon von klein auf, die Sieben.

: In diesem Moment, als ich den Bekannten erreichte, fiel vor der Tür zur Praxis, also mir gegenüber, eine schwere Eisenstange von einem Baugerüst zu Boden und erschlug einen Hund.

Ende für einen Anfang

Wie beim Regen, wie beim Tortenessen / Plötzlich fiel der Regen kräftiger und straffer nach unten, plötzlich sah ich dem Regen zu, wie er senkrecht abwärtsschoß, ohne Umschweife herabströmte, wie rasend an allen richtungslos dastehenden Häusern, Autos, Laternenpfählen vorbei, in durch und durch regelmäßigen, wütenden Wiederholungen auf das Pflaster, immer nach unten, von oben nach unten, schon oben entschlossen, nach unten zu stürzen.

Ja, dachte ich, November, das ist ein angenehmer Monat. Schluß wird gemacht. Es geht auf den Nullpunkt los. Alles herunter von den Bäumen, die Straßen zunehmend glatt, die Vorgärten nun wieder platt und geometrisch, freie Durchsicht, ein Stadtviertel, ganz zu schweigen von den kleinen Parks, mit einem Blick durchschaut. Rigoros alles, Reduzierung auf das, was jetzt als wesentlich gilt, ein radikaler Umschwung, eine Fortbewegung mit sichtbarem Tempo auf ein kahles, kaltes Ende zu.

Und dann: Die Leute sitzen jetzt in Massen in den Cafés. Sie rükken an den Scheiben zusammen mit warmen Füßen in Kleidern und Anzügen, sehen ihren Kaffee und Kuchen an und die Fußgänger draußen, die in Mänteln gehen und eilig sind. Auf den Tellern liegen überall Tortenstücke neben Gabeln und kleinen Zetteln mit einer Nummer darauf und dem Preis. Die Tortenstücke sind sehr schmal, dafür meist enorm hoch, vorn spitz und hinten breit, wie ein Pfeil, der auf den Essenden weist. Im Anfang ißt man ganz genüßlich, die Hälfte der Entfernung zwischen Spitze und Ende ist im Nu zurückgelegt, aber nicht zurückgelegt ist die Hälfte des ganzen Stücks, der umfangreichere Teil kommt erst jetzt. Ganz hinten sitzt oft eine Nuß, eine Mandarine oder eine Schokoladenflocke. Auf die arbeite ich zu, zunehmend gesättigt, allmählich mit einem gewissen Überdruß fast, genug jetzt vom süßen Zeug, der Kaffee ist schon getrunken inzwischen, ich esse verbissen, zielbewußt, schnell, ohne zu schmecken. Es muß geschafft sein, ich will zum Ende, den Rest vertilgen, weg damit, ja, eine Art von Besessenheit, den Teller nun wieder leer zu haben. Schließlich ist es gelungen, mit Würgen und Mühe.

Ja, richtig: Man geht jetzt in steigendem Maß auf die Friedhöfe, die Gärtnereien stellen immergrüne Angebinde auf die Straße, Erika, Chrysanthemen, Islandmoos. Wer einen toten Anverwandten hat, einen »lieben Toten«, erinnert sich und geht an den flachen, kurzen Gräbern entlang durch diese künstlichen exakten Straßen mit ernstem Gesicht und trägt ein Gesteck oder einen Strauß in der Hand. Oft schmückt er das Grab seines Toten noch schöner, als das Nachbargrab geputzt ist. Man geht mit gemessenem, aber doch auch wieder raschem Schritt durch das Friedhofstor und kommt so von dem Ausflug in diese dicht besiedelte, stille, leuchtendbunte und feierliche Landschaft zurück. Viele lassen sich das vorzugsweise im November nicht nehmen. Für andere aber ist es das einzige Ziel für einen Spaziergang. Wenn sie zu einem Friedhof gehen und einen toten Ehemann besuchen, kann niemand es Zeitverschwendung, Herumlungern nennen, die Geschwindigkeit ihrer Schritte und auch deren Form und Sicherheit ist bestimmt durch das Grab, nach dem sie sich, sobald sie aus der Haustür kommen, richten. Wer kein Grab hat, geht oft in ähnlicher, von einem ziellosen Herumstreunen weit entfernten Weise mit einem Hund an den Fenstern und Hecken der Leute entlang, und nichts Zufälliges, Unordentliches ist an seinem Benehmen, es wird respektiert. Mir fiel aber die ganze Zeit über Frau Jerchel ein, die in dieser Stadt keinen Toten hat, keinen Hund, keine Freunde. Sie weiß, was sie tun muß in dieser Lage: Sie geht jeden Tag auf den Friedhof mit energischen, absolut glaubwürdigen Schritten, ja, flott an der Friedhofsmauer entlang, biegt durch das Tor, zögert kein bißchen zwischen den Grüften und strebt auf ein Grab zu, das sie sich ausdenkt, jeden Tag ein anderes Grab, das sie geplant hat. Alles sieht aus wie höchst natürlich, steht dort eine Weile, steif, wie leicht trauernd, und kommt zurück mit von der Luft geröteten Backen.

Ja, gewiß, ganz ähnlich war es doch mit dieser anderen Person. Vor den Kopf könnte ich mir schlagen! Natürlich: die gleiche Geschicklichkeit! Mein Großvater, der gegen Ende nur noch unbewegt in einer Ecke saß, in einem Rollstuhl am Fenster, immer gegenwärtig und Tag für Tag, dem nichts mehr zustieß außer der vorübersausenden Zeit. Welche Aufmerksamkeit! Welche Regsamkeit! Welche Fertigkeit! Wenn ich das Zimmer verließ, sagte er: »Hoffentlich brichst du dir mit den hohen Absätzen nicht ein Bein auf der Treppe!« Fuhr jemand mit dem Auto weg: »Mein Gott, ob du wirklich zuhause heil ankommst?« Kaufte sich jemand noch schnell abends ein Päckchen Zigaretten am Automaten: »Paß nur auf, daß dich niemand in der Dunkelheit überfällt!« Hustete ein Familienmitglied: »Schnell ins Bett mit dir, du holst dir den Tod!« Sah er einen Bekannten auf der Straße mit gesenktem Kopf: »Na, der wird auch nicht mehr lange machen!« Spielte ich mit einem Messer beim Essen: »Eines Tages hast du es dir in die Augen gestoßen, dann denkst du an mich!« Saß man ruhig auf einem Stuhl, über ein Buch gebeugt: »Später, wenn du mit einem krummen Rükken rumläufst, tut es dir leid!« Wenn eine kleine Wolke am Himmel stand: »Das wird heute noch ein schlimmes Unwetter geben!« Wehte im Oktober ein frischer Wind: »Bald ist der Winter da, ein strenger, früher Winter in diesem Jahr!« Aß er einen Teller Erbsensuppe: »Zur Strafe wird es morgen nicht mit der Verdauung klappen!« Ja, so war er, mit neunzig Jahren noch immer auf nichts als aufs Zukünftige aus, wohlweislich.

Und natürlich, Fritz, ein anderer Mensch, mit zehn, mit zwanzig, mit dreißig Jahren, ist nie zufrieden, würzt sich das Schmalzbrot mit allen Schikanen und schwärmt beim Essen der Schnitte von einer zukünftigen, die er sich einmal bereiten wird in der richtigen Stimmung, wenn er seine Prüfungen hinter sich hat, mal Abitur, mal Staatsexamen, wenn er wirklich frei und sorglos ist. Sitzt an allen erdenklichen Stränden und träumt vor sich hin, von einer ähnlichen Landschaft, nur vielleicht Ananas an den Bäumen, nur vielleicht endlich ein Boot dazu. Lebt schließlich mit allem Zubehör, mit Frau und Kind, Beruf und Haus, und redet noch immer von Expeditionen, fährt im Auto durch herbstliche Wälder und spricht von Gefahren in Kanada, von Blockhaus und Bären, sitzt mit Schnaps vor Fernsehfilmen im freundlichen Zimmer, schließt die Augen, hofft auf den Nordpol und auf den Urwald, sieht in den strahlenden Winterhimmel und ruft: »Hach, man müßte, man könnte, man sollte, ach, eines Tages, nach dieser Arbeit, nach dieser Anspannung: Freiheit, Leidenschaft, Glück, Gefahr.« Er ist unerschrocken in seiner Hoffnung, noch mit vierzig entflammt für Ziele, ganz prinzipiell. Ein Mensch, der wohltut.

Weiter: Und was erzählte mir Renate, die eine Zeitlang Verkäuferin war? Sie erinnerte sich, wenn sie den Leuten Waren anbot, an ihr Leben als Kundin, als Käuferin und stellte sich, während sie Kleider zeigte, vor, wie man sich fühlt, wenn man welche kauft, und zog sich vom Verkaufen zurück und vom Kleid und den Blusen und stand in der Ecke des Ladens und hing da ihren Gedanken nach und sah mit der Kundin im Raum herum, ob da vielleicht ein Verkäufer käme bedacht aufs Verkaufen und Überreden. Das passierte ihr oft, und sie schoß später schnell und wirklich trainiert zwischen den Absichten hin und her, und es strengte sie schließlich nicht mehr an, nach zwei sich bekämpfenden Zielen zu handeln, hin und her, wie einmal das rechte, dann das linke Auge geschlossen, alles nach einem Zweck geordnet und dann nach dem andern. Jetzt immer noch, wieder ausschließlich Kundin, probiert sie es aus, auf das Ziel zu verkaufen konzentriert, und vergißt für einen Moment ihren Vorteil, verkauft praktisch mit, und die Kundin, sie also, fügt sich von selbst, und das hin und her, immer aber mit fester Absicht und Perspektive, fixiert auf den Zweck, doch dieser wechselnd.

Ja, denke auch ich mir, ein schönes Leben, immer zu neuen Zielen zu reisen, als Kämpfer, Rebell, dies nur beispielsweise, von einem Unrecht rasch zum andern, immer gestrafft durch ein Ideal, ja richtig, von Kopf bis Fuß gespannt. Oder anders: Volkshochschulkurse in Massen belegen, Philosophie und Sprachen für alle, Gymnastik, überall Ziele, Vervollkommnungen, Schlag auf Schlag.

Und jetzt, schnell, auch dies noch: Spürte ich nicht kürzlich, als ich durch einen glimpflich verlaufenen Unfall meinen plötzlichen Tod vor Augen hatte, Wut? Ja, anläßlich dieser Konfrontation mit meinem unerwarteten Tod. Natürlich, für irgendwann war er vorgesehen, das wußte ich, aber nun schien, kurz vor dem letztenendes glücklichen Ausgang, mein Lebenslauf, die von mir entworfene, schön geschweifte, geschwungene Kurve Unsinn zu werden. Sie brach noch vor der Mitte ab, mir fehlte die Zeit, was bei längerer Krankheit ja möglich ist, alles zum plötzlichen Endpunkt zu formen, zu einem anderen, kürzeren Bogen. Alles wirbelte durcheinander, alle Ereignisse und Tage verließen den angewiesenen Platz, ich kriegte sie nicht mehr rasch genug zu einem frischen Schicksal zusammen. Dabei hätte eine Idee genügt als einziger, wirklich treffender Trost für die letzte Sekunde meines Lebens! Die Zeit und das Glück, in alles wieder Linie zu bringen, Zusammenhang, Bedeutung, Bestimmung, wäre den lebenden Freunden geblieben.

Und weiter, und wieder: Senkrecht schoß der Regen herab, strömte ohne Umschweife wie rasend an allen richtungslos dastehenden Häusern, Autos, Laternenpfählen vorbei, in durch und durch regelmäßigen, wütenden Wiederholungen auf das Pflaster, jedesmal und immer neu nach unten, absehbar, jedesmal schon oben entschlossen, nach unten zu stürzen.

Eine erfolgreiche Bemühung um Fräulein Block / Der Bus hielt an, die Türen sprangen auf und zu, der Bus fuhr los, hielt an, die Türen sprangen auf und zu. Ich stellte es fest ohne Interesse. Ohne Gedanken kuckte ich auf den die Lehne vor mir überragenden Kopf eines älteren Mannes. Die grauen Haare waren offenbar aus der Stirn einfach in den Nacken gekämmt, sie hingen zwischen den freibleibenden Ohren glatt, fast wie eine geschlossene Fläche herunter vom geradegehaltenen Kopf, beinahe bis in den Kragen. Ich bemerkte ihn, wie ich die Phasen der Busfahrt bemerkte, auf nichts anderes konzentriert, aber auch nicht auf dies. Einmal natürlich sah ich genauer hin, da nämlich, als der Mann sich erhob. Unwillkürlich und zwangsläufig, ein Reflex, weiter nichts. Er drehte sich ganz zu mir um, beschäftigt mit einem Gepäckstück, leicht schwankend, gestört vom ruckhaften Bremsen des Fahrers, jetzt aufgerichtet.

In diesem Moment hatte ich erkannt und erschrak, daß es eine Frau, nicht nur das, vielmehr Fräulein Block war, die jetzt mit klobigen Schuhen und dicken Strümpfen, nicht Hosen, das half nichts, in männlichen Schritten schon, in ihrem langen, in einer Art Kleppermantel, zur Tür ging. Ich sah sie nur diesen Moment von vorn, dies fahle, gelbe Gesicht, nun ganz geschnitten wie das eines Mannes, gelb und faltig, verkniffen, die Lippen zusammengefaltet. Es war dieses Fehlen von jeglicher Eitelkeit, dies Rationelle in ihrem Gesicht, diese schreckliche Ökonomie der Bewegung, diese nüchterne Abwesenheit, diese Verwandlung, die mich entsetzte, als sie, obschon Fräulein Block, nicht wieder zur Frau geworden, noch immer und, wie es schien, endgültig als verbitterter Mann aus dem Bus stieg. Eins wurde schlagartig sicher: ihr Unglück! So ändert sich jemand, erkannte ich gleich, nur wenn er nichts mehr erhofft. Ja, sagte ich mir, vernachlässigt wirkt sie nicht, viel schlimmer, sie hat sich abgefunden und lebt, was ihr bleibt, nun ab. In praktischer Kleidung hält sie ihr einsames Leben durch, in Gleichgültigkeit und Disziplin. Sechs Jahre hatte ich sie aber doch, im Gegensatz dazu, als sie in unserem Haus das erste Stockwerk bewohnte, von runden, reifenden Kindergärtnerinnen zu jeder Tageszeit aufgesucht und an Muttertagen symbolisch mit Blumensträußen gefeiert, strotzend und strahlend zum Ausgang der Sommerferien aus den Bergen zurückkommen sehen. Braun überall, und sie ließ die Bluse bereitwillig zwischen den Brüsten geschlitzt, so daß man die braune Haut auch seitlich gewölbt davon, wenn sie schräg stand, sah, und die Beine natürlich ohne Strümpfe. Sie roch aus allen Vertiefungen, bitter und wild, abstoßend stark, aber prall und vorhanden im ganzen Haus, mit plötzlich schönen Händen und Füßen, braun und verwöhnt von Sonne und Luft. Sie lag breithüftig auf dem Balkon im Bikini, ich sah es von meinem Fenster aus, die Beine hielt sie locker gespreizt, um die Sonne auch an die Schenkel zu lassen. Sie sonnte für den Rest des Urlaubs ungeniert den soliden Körper, den sinnlichen oder sinnlich spielenden, erdigen Körper. Sie stellte es deutlich und schamlos zur Schau, sie räkelte sich ganz lässig dort, und ich war schockiert, ein bißchen, als ich es mit ihr verglich, wie sie im Winter ins Seminar ging und Strohsterne bastelte mit ihren Schülern und Prüfungen abhielt. Ja, hatte sie nicht auch irgendwann von einer großen Liebe erzählt, durch den Krieg zerstört, und von Treue darüber hinaus? Und sie lachte mit kräftigen, weißen Zähnen im braunen Gesicht, und die Augen plötzlich, von Braun umgeben, strahlten blau, und sie war voll Lebenslust und Geruch und trug weiße Blusen, solange sie braun war, und hatte einmal gesagt: »Solange ich noch nicht fünfzig bin, kann ich überall meinen Körper zeigen, auch nackt.«

Nun also war all dies aufgegeben, niemand hatte sie sehen wollen, nun auch sie gewiß sich selbst nicht mehr. Gesiegt hatte dieser früher einmal geäußerte Haß, diese Verachtung zumindest für alle weibliche Dekoration, Schminke und Mode, sich, automatisch mit steigendem Alter, ein für allemal durchgesetzt. Nun wanderte sie, ich war sicher, nur der Gesundheit wegen aus eingeübtem Pflichtbewußtsein im Sommer über die Berge, ohne Hoffnung auf ein Interesse, wartete, bis das irgendwann ganz vorbei war, entschlossen, innen und außen, nur noch auf Zweckmäßigkeit reduziert, gleichgültig, ob es dauerte, das abzuleisten und durchzuhalten.

Während die Türen des Busses auf- und zuspringen, stelle ich mir jetzt ihr Leben vor, wie sie, erschöpft vom Anblick der immerzu reifenden, Mann und Kinder kriegenden Mädchen, dies Jahr um Jahr, wie sie in ihre Wohnung kommt, durchgefroren, die Strümpfe voll Spritzer, in ihre stumme, unveränderte Wohnung, auf dem Weg an den vielen Gesichtern vorbei, niemand betrachtet sie. Ja, wie sie in ihrer Gleichgültigkeit fast unsichtbar ist, zwischen den Männern und Frauen, manche stoßen sie an im Gedränge wie einen Gegenstand. Ja, ich denke jetzt, wie sie morgens, nach dem Erwachen, auf dem Rücken, bewegungslos, zugedeckt bis zum Kinn, die grauen Ecken des Zimmers ankuckt, alles ohne Geräusche, wie sie den Tag wieder ablaufen sieht. Hier ist sie, den Körper bis auf den Kopf verborgen, er hat noch gar nicht Gestalt angenommen, zerflossen noch unter der Decke, und dort der abzulebende Tag, eingeteilt mit Regeln und Pflichten und Ernsthaftigkeit, zu dieser Zeit noch ihr gegenüber, befremdlich und albern zu diesem Zeitpunkt.

Ja, ich erinnere mich nun plötzlich, wie ich selbst ja manchmal so liege, die Ecken des Zimmers, die voll sind mit grauer Luft, betrachte, wie ich das Bett nicht verlassen will, in dem ich, körperlos, noch ohne Verpflichtung, Gewicht, Figur, ohne Maße, nur gleichmäßig, gekörnt oder flüssig verteilt auf dem Laken bin und mich der Mühe, einmal aufgerichtet, Gestalt und Geschlecht anzunehmen, gerne entziehen, es wenigstens aufschieben will, auch, wie ich denke: Was wird sich geändert haben, wenn ich zehn Jahre älter bin oder dreißig? Aus diesen Augen, liegend, sehe ich dann im Zimmer herum, betrachte die Dinge, voller Angst vor dem Tod, gleichgültig aber zu leben und fast nicht lebendig. Ich sage mir Daten auf, betreffend – ich sage es auf wie ein Alphabet, und es hat mit mir auch nicht mehr zu tun – meine Person. Zu Geschlecht weiß ich weiblich, dazu dieses Wort nur in diesem Moment, dazu kein Gefühl. Einmal aufgestanden, da heißt es Brüste zu haben, die

Augen zu schminken, da heißt es mit heller Stimme zu reden, sofort, unverzüglich von allen als Frau erkannt zu werden. Da heißt es, ohne Ausflüchte, Frau zu sein mit weicherer Haut, mit in bestimmter, in weiblicher Weise erregbarem Körper und dort die Frauen und drüben auf einen Schlag die Männer zu sehen. Immerfort, ausnahmslos trifft es dann zu: Mann oder Frau. In diesem Moment scheint es mir undurchführbar zu sein, diesen neuen Tag immerzu mit der alten Unterscheidung zu leben, die Merkmale meines Geschlechts, meiner Instinkte, Empfindungen kann ich nicht alle behalten, es wird mir zu schwer sein, die Regeln alle gut zu befolgen. Noch schwimme ich unter den Kissen, nicht lange mehr, ich richte mich auf und bin also, welche Wahl hätte ich auch, eine Frau.

Ja, plötzlich sehe ich sie in ihrem Bett, umgeben von grauer Luft, jeden Morgen und immer öfter und immer beschwerlicher diese Mühe, die Kennzeichen wieder aufzunehmen, die keiner fordert, diese Anstrengung, für die kein Lob von andern kommt, und es wird immer mehr zur Arbeit, an alle Details zu denken, im richtigen Augenblick richtig zu lachen, zur Pflicht, die sich gegen den eigenen Körper wendet, er kann schließlich nichts mehr aus eigenem Antrieb, nichts aus Bedürfnis, alles wird jeden Morgen erlernt. Er sperrt sich, er will diese friedliche Neutralität, diese Wahrheit unter dem Oberbett, die nun täglich wird. Er will nicht die Verstellung.

Er sträubte sich, bis sie schließlich nachgab, und war nun, was ihr bisher unmöglich schien, etwas Drittes geworden, plötzlich die feste, sichere Form, die er spielend wie einmal die erste beherrschte, die ihm entsprach, neuerdings, die Neutralität.

Wie unfehlbar, vollkommen sich Fräulein Block in ihr bewegte, vom Sitz zur Bustür, schwankend zwischen Gepäck, doch eingemummt in ihr geheimes Geschlecht, aufgehoben, beschützt, darin eingeschlossen und unverletzlich. Diese Bestätigung, wenn sie mitten unter den Leuten fast unsichtbar bleibt, von niemandem als

Frau oder Mann angesprochen, flüssig immer unter der Decke, dem allen entrückt und bei sich, nichts als ein Gegenstand für die andern, ohne Zuneigung zu erwecken, ein kümmerliches Verwundern höchstens. Dies folgerichtige Durchsetzen meiner flüchtigen, ihrer wachsenden Neigung! Es fällt mir wie Schuppen nun von den Augen, wie sie, innerhalb dessen, zufrieden, lebendig, ja, glücklich ist.

Der entscheidende Augenblick / Besonders in diesem Garten mit den geraden, verhältnismäßig hohen Hecken habe ich das Bedürfnis, nur das von ihnen eingeschlossene Stück Fläche anzusehen, kein bißchen darüber hinaus, auch nicht darüber wegzuhören. Zwischen den Hecken ist alles grün und natürlich. Ich will nicht gestört werden. Wenn ich in der Stadt bin, probiere ich es manchmal mit Bäumen, ich kucke hoch in das Laub und bemühe mich, die darunter fahrenden Autos nicht wahrzunehmen, den Baum also ganz isoliert und abgeschnitten, sekundenlang wie einen richtigen Baum, konzentriert auf Blätter und Himmel. Auch früher, als ich im Ruhrgebiet wohnte, wollte ich auf Schulausflügen immer an Stellen, wo es nur noch Wiesen und Hügel und keine Schornsteine mehr gab, allenfalls Bauernhäuser. Ich wollte unbedingt auf dem Land sein und warf mich auf den Boden, um aus dieser Perspektive wenigstens so einen reinen Blick zu haben, eine Aussicht voller Natur, ein konsequentes Panorama.

Was mich jetzt beunruhigt, ist also vielleicht die Unsicherheit des Gartens, die prinzipielle Gefahr, die solchen Anblicken droht. Das also könnte meine ständige Nervosität angesichts der alten Obstbäume erklären, die meine Anstrengung, sie in Ruhe und für sich zu sehen, von vornherein unterläuft. Ich störe mich selbst.

Ein Sommermorgen, die Katze putzt sich, man könnte den Mund aufsperren und ihren kleinen Katzenkopf reinstopfen und abbeißen. Ich trinke eine Tasse Tee und kucke zum sonnigen Nebel zwischen den Butterblumen hin. Über der Wiese, dicht über den in eine Richtung gebeugten, jetzt noch beinahe weißen Halmen, fängt auch schon das Rauschen der Bäume an, als schwebte dort eine dichte Masse, ein großer Würfel aus zusammenhängenden Bläschen, so nah, anwesend, greifbar ist überall das Rauschen bis zu den Hecken rechts und links. Die Katze fließt ein Stück an meinem Knie runter, bleibt unterwegs hängen und verfestigt sich, ein dicker, zäher Tropfen, eine Vorderpfote, ohne daß ich es spüre, in eine Falte meiner weiten Hose gestemmt.

Die Unruhe unter meinem sicher friedlichen Lächeln, diese leichte Beschleunigung meines Herzschlages, könnte natürlich Angst vor den Nachbarn sein, die schon arbeiten, während ich hier faul und hartnäckig die Natur genieße. Das etwa: Furcht vor Beschwerden?: »Ihre Katze schreit nachts vor unsern Fenstern!« Ich denke mir eine Antwort aus: »Viel öfter und lauter bellt Ihr Hund.« Ein anderer Vorwurf: »Ihre Rolläden quietschen. Sie lassen sie abends viel zu spät runter!« Ich sage schnurstracks: »Ihr Leiterwagen quietscht viel schlimmer, das aber mindestens dreimal am Tag.« Vielleicht sagen sie: »Ihr Unkraut wächst unter unserm Zaun durch.« Auch das ist rasch zurückgegeben: »Unser Garten ist voll von Birkenkeimen, Birken stehen auf Ihrem Grundstück!«

Nein, etwas anderes ist gemeint mit dieser Besorgnis, diesem Zittern unter der Haut angesichts des großen, flimmernden Gartens. Der Garten ist jetzt eine blendende Fläche mit messerscharfen, gezackten, schwarzen Löchern, er befindet sich in einer starren Unruhe, ich sehe darauf, darüber hin. Schon wieder wünsche ich mir, ich säße jahrelang wie an diesem Morgen im Garten, der still und glitzernd vor mir ausgebreitet ist, ich rührte mich nicht mehr, mein Hintern würde immer dicker, die Hüften fett, die Beine schwerfällig und geschwollen, die Augen immer ausschließlich nach vorn ins Grün gerichtet. Dabei änderte sich, bis auf mein unbemerktes Altern, das ich nicht ansehe, nichts Wesentliches. Der Garten läge immer noch glitzernd, still und unerschöpflich vor meinen Augen. Ich würde sie nur noch nach vorn ins Grün richten, sie hätten schließlich das Drehen verlernt. Die Freude, den glänzenden Garten zu betrachten, bliebe dieselbe. Ich wäre ja nicht im Bild. Das Leben glitte mühelos, lautlos mit den Reizen der verschiedenen Jahreszeiten vorüber. Etwas unerlaubt Idyllisches, ein rücksichtsloses Genießen auf Kosten anderer? Eine Sache des schlechten Gewissens also? Etwa das?

Jetzt stapft jemand außen an der Hecke den Kiesweg entlang. Dabei entsteht ein lautes Knirschen, die Schritte nähern sich, und ich falle wieder darauf herein und meine, weil das Geräusch so dicht ist, jemand käme durch den Garten um das Haus und würde gleich um die Ecke biegen. Er bleibt noch unsichtbar, aber es ist genau abzusehen, daß er gleich hier erscheinen wird, plötzlich eine ausgewachsene Person vor dem flatternden, sonnigen Hintergrund, unaufhaltsam sich nähernd. Ein winziger Schrecken, fast ein Entsetzen. Ich weiß aber inzwischen: Alles spielt sich außerhalb des Gartens ab, und es war nicht der Schrecken, einen bestimmten Menschen zu treffen, sondern die Furcht vor einer Veränderung, schlagartig, dieses nicht rückgängig zu machende Sich-Nähern, dies Beziehen auf meine Person, ein Schrecken, wenn der Lehrer meinen Namen rief, nicht Angst vor der falschen Antwort oder dem Vorwurf, vielmehr vor dem Einbruch in meine Stille, dieses Herausreißen aus dem Schweigen, das mich inmitten der Schüler umgab, dieser gellende Anspruch, wenn mein Name genannt war, als wäre er ein schlimmes Geräusch, ich wartete mit klopfendem Herzen, daß es vom Lehrermund platzte und dröhnte.

Die Schritte haben sich entfernt, sie waren eben am lautesten, jetzt entfernen sie sich immer weiter und immer beruhigender, fast angenehm jetzt. Das Schreckliche: der Augenblick der Erwartung, nicht wirklich schrecklich natürlich, nur das Abbild des Schrekkens, die Struktur eines Entsetzens, das mir den Atem verschlug? Ja, ja gewiß. Diese Struktur ist es, die meine Unruhe angesichts des kräftigen, mit Schatten und flimmernden Blättern gefüllten Gartens, den ich unermüdlich anschauen muß, verursacht:

Eine Erwartung, nicht durch das Anschwellen eines Geräusches markiert, sondern durch eine sich straffende Stille, ein Raum, unbemerkt von der Luft entleert, eine sich allmählich ins Kreiseln versetzende Stille. Eine Erwartung also von einem Punkt auf den anderen gerichtet, ein Fortbewegen, ein Sog des Davonschießens, meines Zustandes und des Gartens, der lautlos und offen zwischen den Hecken liegt, zwiespältig nicht er, sondern ich, nein, jetzt schon nicht mehr zwiespältig, jetzt, da ich das andere Ende, den zweiten

Pol, gegen den die Stille gespannt ist, erkenne, hin- und hergerissen eher zwischen dem betäubenden Anblick des mit Gräsern und Licht vollgestellten Gartens und dem Kommenden. Es ist keine Bewegung, die sich langsam unter meinen Augen abspielt, von der einen zur andern Seite, ein Zerren eher an beiden Enden, das zunimmt, aber noch nichts zum Zerreißen bringt. Das ist es, von einem zum andern Augenblick wird dies alles etwas bedeuten:

Dies heitere, unerschöpfliche, wirbelnde Grün unter dem fest daran angefügten, robust-blauen Himmel, dies Vertrauenerweckende, dies Einschläfernde: dies Zucken unter der Oberfläche wie die Muskelstränge unter dem Katzenfell. Nichts wird sich ändern außer der Bedeutung in einem unvermuteten, von langer Hand vorbereiteten Augenblick, ein aufblitzender Moment wird es bringen. Etwas anderes wird gemeint sein mit all der Lieblichkeit. Der Garten wird stillhalten und sich auftun, reglos verwandelt in einen anderen Garten, der jetzt schon heimlich anwesend ist, ganz vorhanden in den Büschen, im Geruch des Buchsbaums und den steifen, stabilen Margeriten, in den Schatten, die der Buchsbaum auf das Moos darunter wirft:

Das Gegenteil nämlich.

Der Anblick des Gartens, der mich in friedliche Begeisterung versetzt, stellt dar zur gleichen Zeit: Ein Atemanhalten könnte das ungeänderte Bild seiner Heiterkeit zu einem des Entsetzens werden lassen. Die Süße wäre plötzlich umgekippt, alle krausen Bäume Zeichen plötzlich kreischender Verzweiflung. Von einem Atemzug zum andern kann es eintreten, nicht aufzuhalten, etwas Unschuldiges, etwas Hinterhältiges ist zwischen Hecke und Hecke ausgebreitet, weil ich weiß, es wird schlagartig unweigerlich für mich zum Zeichen des Grauens werden. Ein gräßliches Ereignis wird nicht nötig sein, die schreckliche Bedeutung dieser glatten, zufriedenen Natur muß sich nur durchsetzen, schon ist alles, jeder Ast noch immer an seinem Platz, ein Symptom, und mit ihm der ganze

Zusammenhang, für das Entsetzen. Gerade dieses Idyllisch-zur-Schaugestellte wird meine Ratlosigkeit verstärken, die Unzuverlässigkeit der Gegenstände, verhöhnen wird mich die ununterbrochene Schönheit, weil sie zur Verdeutlichung des Schreckens von einem zum andern Moment eingesetzt ist, und das unbeweisbar, für Fremde immer noch schön und geschätzt.

Da stehen die Bäume arglos und lauernd und das gebogene Gras. Faul steht alles herum, voll heimlicher Erwartung, träge aber, als hinge der Umschlag von mir ab. Noch rührt sich nichts, noch bedeutet ein schattiger Weg wirklich nur Gutes. Ich spüre am Körper das Zittern der Zeichen, die Zeichen vibrieren. Lautlos, gedehnt: der schwer zu ertragende Augenblick der Stille, des Zwischenraums, ja, der gespannte, kreischende Augenblick, daher die raschelnde Angst, der Stille zwischen getrennten Zusammenhängen, zweideutig wirklich nicht länger, kreischend vor Spannung. Doch, sage ich ruhiger atmend: wiederum endend in einer, wenn diesmal auch furchtbaren, *Deutung*, die ich erwarte, nervös, mit immer beschleunigtem Herzschlag, aber gefaßt, darüber hinaus. Ja, gefaßt und nun ruhiger atmend.

Ende für einen Anfang / Ich traf Frau Blöcker vor einem Käfig im Zoo. Schon vorher aber war mir das merkwürdige Wetter aufgefallen, ich hatte mir schon vorher gesagt: Ein eigentümliches, helles, graues, warmes, aber unbeweglich stehendes Wetter, ein angebrüteter Tag, wie jemand über ein anderes Wetter, vielmehr das gleiche an einem früheren Tag, bemerkte. Ja, dies Wort war mir eingefallen, ich glaube, daß ich dachte: Jetzt kann man diesen Ausdruck wieder gebrauchen, man fühlt sich nicht wohl in seiner Haut, die eigene Haut ist einem lästig. Wenn man sich rührt, ist es, als würde man festgehalten. Man kommt leicht dagegen an, man wird ja nicht einmal angefaßt, aber doch von der Luft befühlt. Das Ermüdende ist dieser ununterbrochene Versuch der Luft, des Wetters, ein Stehenbleiben zu erzwingen. Bliebe man aber tatsächlich daraufhin stehen, würde man bis auf die eigenen Knie hinunterfallen und nur mit Mühe wieder hochkommen. Ich stand also nur still, wenn ich es wirklich selbst wollte, vor jedem Käfig oder Gehege, eine Weile. Meist ging ich weiter, wenn auch andere Leute neben mir in Bewegung gerieten. Als ich Frau Blöcker traf, als sie mich am Ärmel faßte, sah ich angestrengt in einen ziemlich dunklen Käfig aus Maschendraht mit einem großen, entrindeten Ast quer darinliegend und einigen Felsstücken im Hintergrund. Ich hatte, wie es mir oft in Zoos passiert, einen exotischen Namen auf der Stirnseite des Behälters, auf einem dort angebrachten Schild gelesen und versucht, das Tier, von dem ich nicht wußte, ob es groß oder klein, hell oder dunkel sein würde, hinter dem Baumstück oder zwischen den Steinen zu finden. Nichts rührte sich, vielleicht schlief es, vielleicht verfügte es über eine Tarnfarbe, und man konnte es nur bei der Fütterung sehen. Ich war so weit wie möglich um den Käfig herumgegangen und rüttelte am Draht, um das Tier aus seiner Nische zu locken. Oder war es längst gestorben und man ließ aus Vergeßlichkeit oder Prahlerei den schönen Namen hängen? Ich konnte mich nicht davon trennen und verdächtigte jeden Erdhaufen, jede Unebenheit, jeden Schatten, anfangs sogar den ganzen Ast, nur, weil es nun einmal so versprochen war und sich rechtmäßigerweise das Tier in dieser toten Behausung lebendig aufhalten mußte. Ein

Ergebnis, ein Inhalt. Ich hatte, als ich Frau Blöckers Hand plötzlich an meinem Ärmel spürte, noch nichts entdeckt. Sie zog mich gleich energisch fort und sprach auf mich ein, so daß ich nicht länger suchen konnte.

Jetzt aber, in diesem Augenblick, natürlich, jetzt zum ersten Mal wird mir bewußt, daß außer dem Wetter auch dies, dieses Forschen nach einem Tier für den Namen, diese Erwartung, ein Stein, ein Blatt würde plötzlich lebendig, ein vorweggenommener Anfang war, dieses Hoffen auf eine Regung, auf einen Fortgang.

»Ich weiß nicht«, sagte Frau Blöcker, »mein Mann ist so komisch in letzter Zeit. Ich sage ihm was, er hört nicht hin. Manchmal, da will man sein Herz ausschütten. Zwanzig Jahre sind wir nun verheiratet, eigentlich muß man sich da doch kennen. Er ist so bockig und lacht überhaupt nicht. Frauen wollen doch auch mal Scherze. Die Menschen müssen auch leicht sein können, nicht alles und jedes immer behalten. Vielleicht hat er im Körper ja was, was Quälendes, doch er spricht nicht darüber, zu mir kein Wort. Man muß sich aber auch anpassen können, so furchtbar viel Ernst vertrag ich nicht. Er ist doch schließlich in seiner Heimat, hier sind seine Freunde, hier ist er geboren. Was ist denn mit mir? Ich mußte weg, Hals über Kopf vor den Russen geflohen. Nichts ist von der alten Heimat geblieben, nur meine Eltern. Sie liegen hier beide auf dem Friedhof, nahe bei mir. Die Leute sagen schon: Hilde, wie machst du das eigentlich? Daß du noch immer so fröhlich bist, wie schaffst du das nur? Nicht alles so schwernehmen, sage ich dann. Ich denke aber in Wirklichkeit: Lange halte ich das nicht mehr aus, diese Traurigkeit beim Mittagessen. Er kuckt vor sich hin und hält den Mund. Dieses Schweigen! Ja, kuckt man denn in den Menschen rein? Wie soll man da helfen? Hat nicht jeder seine eigenen Sorgen? Man muß doch auch einmal fertig werden. Es geht ihm doch gut, er hat seine kleine Anstreicherfirma und seine Familie und sein Auskommen. Wirklich, wir können davon doch leben. Sonntags fahren wir immer raus. Das muß man doch sehen. Er nimmt jetzt neuerdings

Aufträge an, von alten Kunden, verspricht zu kommen und rührt sich dann nicht. Die rufen hinterher bei mir an: Frau Blöcker, Ihr Mann ist ja nicht gekommen! Was antworte ich den Kunden da! Wissen Sie, er ist ja losgegangen, doch nicht zu denen. Spazierengegangen ist er vielleicht! Auch dies ist doch für ihn was Gutes: Er hat keinen Chef. Die Zeit kann er sich selbst einteilen. Da müßte die Schwerfälligkeit doch mal platzen.«

Mir fiel jetzt auf, daß die Schnee-Eule so unzufrieden auf ihrer Stange saß, als würde sie frieren, allein in ihrem großen Käfig. Wie sollte sie da auch anders sitzen als mit diesem Ausdruck, dachte ich plötzlich, doch an dieser Stelle zum ersten Mal. Es war mir ein unangenehmer Anblick. Ich selbst fing an, mich wie auf dieser Stange zu fühlen. Ich drehte mich weg. In der Nähe die Bisons: Sie standen wie steinerne Wurzeln herum, abgetrennt von riesigen Bäumen, bewegungslos mit geöffneten Augen. Sie lasteten auf dem rissigen Boden, melancholische Tiere, trostlos zwischen Essen und Starren. Es blieb ihnen nichts. Die schreckliche Trauer, die von ihnen ausging. Plötzlich begriff ich die tropfende Monotonie ihres Lebens, die Qual, mit der sie manchmal und unendlich langsam die schweren Körper bewegten, diese Erschöpfung und Stummheit. Sie standen und lagen wie Denkmäler für eine unerträgliche Einsicht, wie angekettet, um immerzu diese Schwermut, die mich schon erfaßte, hinter den Zäunen darzustellen, doch ebenfalls dies zum ersten Mal auf dem heutigen Gang. Das Schlimmste aber: Man konnte nicht sagen: Das liegt am Zoo! So sind die in der Gefangenschaft! Ihnen fehlt die Freiheit! Man spürte, man wußte: Auch dort verhielten sie sich nicht anders. Ihr Leben ist trostlos, das Gras, das Fressen, die Paarung, die Jungen. Zu kurze Momente, sie reichen nicht aus. Sie begreifen es, sie entsetzen sich. Wohin ich auch sah: Etwas weiter stürzte ein junger Puma mit großen Sprüngen nach vorn ins Gehege. Er hielt ein Stück frisches Fleisch mit den Zähnen. Der Wärter versuchte, ihn mit einem Stock nach hinten zu drängen, in den steinernen Bau, wo die anderen fraßen. Das Tier aber, das ihm entwischt war, sprang mit weichen und hohen Sprüngen, turnte über den Stock und warf sein Fleisch mit der Schnauze hoch. Ein lustiges Bild, auch der Wärter lachte und drohte zum Spaß. Dann ging er weg. Der Puma stand einen Augenblick still, blickte ihm nach. Es war nun ganz ruhig in seinem Käfig, es war nun lautlos um ihn her, nur wir beide sahen durch den Draht. Er kuckte zu der eisernen Tür, stand immer noch reglos, sprang dann hoch, warf nun das Fleisch, das rasch eine graue Färbung annahm, wälzte es wild im Staub herum, sich dazu, verfolgte keuchend das tote Stück Fleisch, fing es und warf es, duckend und schleichend und springend, als nähme ihm jemand die Beute weg, und stand still in der stummsten Ecke des Zoos, lauschend, und zuckte zusammen, das Fleisch an sich reißend, hoch auf den Stamm und herunterstürzend, das Fleisch von sich stoßend und mit den Tatzen im Fluge packend. Das Tier lag heftig atmend am Boden, es gab kein anderes Geräusch, und raffte sich schnell zu neuen, lustigen Sprüngen auf. Wir standen wortlos und lächelnd davor. Ich spürte genau, wir dachten das gleiche, wir sahen uns aber nicht an dabei, einzig das verzweifelte Tier. »Jetzt noch die Tiger!« sagte Frau Blöcker. »Ich will Unterhaltung.« Auch die Tiger fraßen. Sie lagen eng hinter den eisernen Gittern in einem Haus, in einer schmalen Baracke eher, nebeneinandergestapelt, manche zu zweit, die meisten einzeln, sie sahen sich nicht, die Blicke gingen nach vorn zum Betrachter, er sah sie alle, sie lagen sämtlich auf dem Boden, der hoch wie ein Tisch war, zwischen den Vordertatzen ein Schädel, schillernde Kiefer mit allen Zähnen. Sie rollten ständig über das Holz, man hörte das Rollen und dann die rauhen, schürfenden Zungen, nur dies, man roch das Fleisch und die Tiere. Sie hoben manchmal aber die Augen, man sah ihre hellen, zerstreuten Blicke, und immer war das Rollen zu hören und dicht die Tiere in dieser heißen, gespannten Luft auf dem engen Gang, beinahe lichtlos. Nach ein, zwei Schritten waren die Tiere schon hinterm Rücken des Besuchers. Ein Tiger kuckte uns wirklich an, mit klaffendem Maul, wir senkten die Blicke, um ihn nicht zu reizen. Wir zogen uns rückwärts zur Tür zurück, weg von den nebeneinandergezwängten, hinter die Stangen, vor die blutigen Schädel gepreßten Tiere. Wir standen schon wieder auf der Schwelle, als plötzlich der starrende Tiger sprang, die Tatzen gegen das Gitter schlug und in schrecklicher Höhe über uns fauchte, die Käfigreihe schien zu beben, die dürftigen Bretter, die dünnen Stäbe.

Wir standen draußen, die Luft war noch dämmender geworden, wir trieben vorwärts. Ich hörte, wie schon seit einiger Zeit, als wir von Käfig zu Käfig gingen, das Ende von Sätzen, ich hörte Schlüsse: ... eines langsam verdämmernden Verstandes, ... was sich schon damals verhängnisvoll zeigte . . ., den vermuteten, unausweichlichen Fortgang . . ., ein an diesem Punkt vielleicht noch vermeidbares Schicksal ... Das Subjekt fehlte fast immer, aber die Bewegung eines Ablaufs auf eine Katastrophe hin sagte sich in mir auf, gelesene Schlüsse, die in meinen Ohren ratterten, ich konnte meine Erinnerung nicht davor verschließen. Von den düsteren Ankündigungen ringsum geforderte Entsprechungen, eine von klein auf gelernte Logik. Keinen Satz konnte ich in dieser Luft, zwischen den trauernden Tieren neben Frau Blöcker mehr denken, der nicht Teil einer sich fortbewegenden, einmal in Gang gebrachten, nun panisch vor sich hinschiebenden Geschichte war. Überall Anzeichen lauernder Abläufe, ja, etwas Lauerndes lag in der Luft, dies alles strebte einem vom Anfang angezettelten Ende zu. Überall Keime eines Geschehens.

»Frau Blöcker«, sagte ich schließlich, »wissen Sie was? Sie müssen aufpassen, daß nichts geschieht: mit Ihrem Mann! Überlegen Sie mal, etwas liegt in der Luft! Was wollen Sie tun? Irgendwas wird sich bestimmt ereignen. Was Sie erzählen, war nur der Anfang, es wird sich entwickeln. Sie werden sehen! Es strudelt, es strömt, gleich wird es blitzen, es drängt auf ein Ergebnis hin, ein Anhaltspunkt nach dem anderen. Frau Blöcker, dies alles hat eine Richtung.«

Ja, sagte ich mir, mit erschrecktem Ausdruck, im stillen erleichtert, das Ende fixierend, das Ganze ist in Bewegung geraten. Herrn

Blöckers Selbstmord noch heute abend könnte vielleicht die Lösung sein, dazu ein Gewitter. Und morgen wieder ein frischer Tag mit frei in der Landschaft sich fühlenden Tieren.

Eine Art Leistung nach der Natur/Ich habe mir einen Plan gemacht. Nach einer Stunde Hausarbeit will ich einkaufen, dann bis zum Mittagessen und nachmittags an einer vor längerer Zeit entstandenen Erzählung arbeiten und am Abend weiter im »Historischen Roman« von Lukács lesen. Dazwischen werden jeweils die Vorbereitungen für die Mahlzeiten liegen, das Wegräumen und Säubern des Geschirrs am Ende. Der Garten scheint von Tag zu Tag mehr zuzuwuchern, und Moos bildet sich überall. Eine Vermehrung auch über dem Erdboden, eine grüne Masse in der Luft, die grünen Mengen des Laubes, die Bäume, die sich nun plötzlich berühren und ineinanderdringen. Ich bleibe einige Minuten dort stehen und kucke auf der gegenüberliegenden Straßenseite den großen Kastanienbaum an und über der Einfahrt zur Garage die Ulme. Beide sind runde, massive Helme. Jedesmal, wenn ich sie sehe, halte ich das für die prinzipiell von diesen Bäumen zu erwartende Gestalt. Ich freue mich jedesmal, als wäre es etwas Erstrebenswertes für sie, so zu wachsen, und als läge ein Verdienst von meiner Seite darin, diese Form bei ihnen zu entdecken, als gäbe es auch bei ihnen eine Art Leistung und als wäre meine Aufmerksamkeit bei der Unterscheidung ebenfalls eine. Als ich einige Zeit später bei einer Tasse Kaffee in der Küche einen Blick in die Zeitung werfe, sehe ich die Wäsche auf der Leine, bisher als einziges Zeichen von Arbeit an diesem Tag, leise schaukelnd die schweren Tücher, naß noch, vor und zurück, manchmal heftiger, wie ganz allein vom Wind ausgesucht und erfaßt ein einzelnes Hemd wild sich an seinem Bügel drehend und die leeren Ärmel schleudernd, wie lebendig von hinten angestoßen in der trägen Umgebung. Dann plötzlich ein Wirbel, der die Wäsche schräg stellt. Ich lege die Zeitung weg, räume das Geschirr fort und gehe für einen Moment an das Küchenfenster, dann will ich zum Supermarkt gegenüber. Die Vögel fliegen im Innern des Laubes, schwarz im hellen Schatten der Blätter, und von da in die frische Dunkelheit der Gebüsche. Ich merke, daß ich nun schon eine Weile dagestanden habe, die Hände zwischen den Blumen der Fensterbank aufgestützt, den Kopf soweit wie möglich nach draußen gestreckt. Ich höre die ganze Zeit über ununterbrochen die

Straßenbaumaschinen und in der Nähe, hinter der Hecke zum Nachbarn, das Klirren der Staniolstreifen gegen die Spatzen. Ich denke also an die mittlerweile sicher schon staubige Hitze in der Stadt, an den aufgerissenen Asphalt in unserer Straße und überlege, ob es sich nicht doch vermeiden läßt, heute aus dem Haus zu gehen. Ich ändere meinen Plan und suche nach einer Konserve für das Mittagessen. Dazu das Dröhnen der Straßenbaumaschinen, die ich immer, bevor sie mir als solche bewußt werden, für die der Müllabfuhr halte, so daß ich mir die in orangene Westen gekleideten Männer vorstelle, mit der Erzeugung des Geräusches beschäftigt. Ich mache Klo und Waschbecken sauber, lege die Betten zu, gieße die Blumen und gehe jetzt in den Wintergarten, in Wirklichkeit ein kleiner Raum, aus Brettern an die Rückfront des Hauses montiert, wo schon alles für die Weiterarbeit an der Erzählung bereitliegt. Ich öffne aber das Fenster hinter der Schreibmaschine und sehe geradewegs auf den von grünen Pflanzen aufgebrochenen Betonboden vor dem Rosenbeet, jedenfalls haben sie sich in den Rissen angesiedelt, kommen überall durch mit kleinen, schirmartigen Blättern, und nach einer flüchtigen Überlegung, ob es sich um wirkliche Pflanzen oder um Unkraut handelt, kucke ich beunruhigt auf die grünen Schirme und die kräftigen, winzigen, einzelnen Schatten, die sie werfen, ich führe diese stille Aufregung plötzlich, den leichten, aufgeregten Schmerz, diese Unruhe, die von den grünen Gebüschen und ihren Schatten und dem Geruch ausgeht, auf die Erinnerung an die Kindheit zurück, das sich Zurückversetztfühlen und doch nicht Zurückkönnen. Es war damals die Angst vor irgendwelchen unbekannten Versäumnissen, solche Augenblicke, als ich das alles ganz nah vor mir hatte und es so oft an Sommernachmittagen ansah auf den Trümmern, und ich fühle also den Schmerz, die Neugierde, die Erwartung, die mich erfaßt in der Erinnerung an die Kindheit im Sommer, mit dem Grün und dem Schatten, alles in so niedriger Nähe, in der gleichen Stimmung auch etwas später noch, wenn die Bäume schwarze, fette Schatten auf die Wiese warfen und sie dann voller Flecken war. Damals dachte ich an das Erwachsensein als etwas Abenteuerliches, das mir bevorstand, als den

Schlüssel zu dieser ganzen Aufregung. Alle Aufregungen an solchen Nachmittagen und Abenden, die ich ja nicht deuten konnte, schob ich auf die Zukunft. Dann kippte es aber um, und ich schob auf einmal dieselbe Sache auf die Kindheit, auf die Erinnerung an die ersten Jahre. Schon immer fand ich es unerträglich also, dies gegenwärtig zu erleben und erklären zu müssen. Ich sage alle diese Begriffe, Neugierde, Kindheit, Erwartung laut vor mich hin, die sofort auf meinen Zustand passen. Ich lasse mich mit guten Absichten etwas nach hinten fallen und lege die Hände auf die Schreibmaschine. Ich habe aber kein Papier eingespannt, und die Mappe mit den beschriebenen Blättern bleibt noch immer geschlossen. Ich kann mich noch nicht trennen von diesem dürftigen Garten, in dem alles auf so engem Raum, aber tatsächlich vorhanden ist, das ganze pflichtgemäße Inventar mit der schon nicht mehr morgendlichen Temperatur, ein paar Meter von der Straße weg. Zwei Eisenstühle mit roten und blauen Plastikbändern stehen leer unter dem gestutzten Pflaumenbaum in einem runden Schatten, und das leuchtende weiße Gestänge macht diese kleine Insel noch kühler und den Gegensatz zu der heißen Umgebung deutlicher. Ich betrachte jetzt den wandernden, sich verkürzenden Schatten der Friedhofssäule in der Mitte des Gartens, die eigentlich in dem starken Licht nicht schwarz ist, sondern mit ihrer glatten Oberfläche die roten Geranien spiegelt. Die Vögel scheinen an bestimmten Stellen in der Luft zu sein, halten sich aber nie dort auf, wenn man hinsieht, sie schreien und kreischen. Ich höre plötzlich auch kreischende Kinderstimmen wie in hektischer Aufregung von einem Schulhof, der nahebei hinter Häusern und fünf, sechs Bäumen liegt. Ich erinnere mich wieder. Es war früher die Angst, die Pause sei immer noch kürzer als angenommen und man könnte versäumen, alles mögliche zu tun mit dieser knappen Zeit, die ständige Angst vor der Klingel, und je kürzer die Pause war, desto lauter schrien wir, ohne irgendwas von dem Geplanten zu tun. Wir schrien und bewegten uns fortwährend und hastig über den Schulhof, als ließe sich die Zeit so handgreiflich aufhalten und abwehren. Bei einer heftigen Luftbewegung rauschen die Bäume, sie verfügen längst über genug Blätter dazu, schwappend, wie tätschelnd, aber nie einheitlich, als sollten die Äste alle in verschiedenen Richtungen und in anderem Rhythmus dem Anstoß folgen, und so werden die Bewegungen immer gestört, besonders bei den breitausladenden Bäumen. Am Boden machen die Schatten mit, aber ruhiger, als sei mit der verlorengegangenen Dimension auch die Fähigkeit, die Kraft des plötzlichen Windes nachzubilden, abhanden gekommen. Dann plötzlich Mittag, der Morgen also endgültig vorbei, Klo, Händewaschen. Ich habe aus einer Konservendose geschnittene Bohnen genommen, sie erhitzt, etwas Kartoffelpürree dazugeschüttet und gebratenen Speck mit Zwiebeln. Nach dem Essen, Unterhaltung mit meinem Mann, Tasse Kaffee, gehe ich an meinen Platz zurück und will nun wirklich mit der Arbeit anfangen. Die Mücken sind in der Sonne schwarze, feste, punktartige Körper, umgeben von den durchleuchteten, zu Kreisen gewirbelten Flügeln. Während links, zwei Gärten entfernt, ununterbrochen schwere Lastzüge über die Kreuzung fahren und rechts immerfort eine Frau in einem dunkelblauen Nylonkittel mit einem Kind in verstellter Stimme spricht, wie eine schwachsinnige alte Taube lockt und gurrt und gackert und schnalzt, wölbt sich dazwischen der Himmel, hoch und blaßblau. An den Rändern sind die hellen Spitzen von Birken und Obstbäumen leicht in einem schwach duftenden Wind bewegt, und hier, genau dazwischen also, so daß ich mich kaum wegwenden kann, scheint Stille zu sein, und die Schwalben gleiten auf der sanften, ruhigen Luft in großer Höhe, man muß dorthin sehen, in die Höhe und Stille, es ist nicht Stille, aber so sehr das Bild der Stille und der reinen, wohltuenden Luft, daß ich es daraufhin als Stille empfinde, und obschon mir die Leute von rechts und links jeden Augenblick bewußt sind, fühle ich Stille und die ununterbrochene Ekstase der bewegten, ruhig leuchtenden Blätter mit ihren Schatten und den sich bewegenden Vögeln, die sich drehen und wenden und fallen und steigen, als spürten sie die Luft angenehm wie Wasser an ihrem Körper und tauchten und schwämmen darin und fühlten an Brust und Bauch und unter den Flügeln immerzu einen bedrängenden Widerstand. Ich muß die Bäume ansehen. Sie sind der Inbegriff des Sommers, wenn sie vor einem wolkenlosen, heißen Himmel stehen, mit umgekrempelten Blättern, die ihre helle Unterhaut zeigen, wie voller Wut und Begeisterung nach außen gestülpt und an den Rand der Silhouette gepreßt, ja, ein bis zum äußersten von Laub gefüllter Umriß, wie gegen diese begrenzende Linie gestemmt, um sie mit aller Kraft zu sprengen, ganz bewegt alles und in den Himmel geschnitten, die Blätter flirrend und zitternd, so daß die Luft darum zu rieseln scheint, der Baum insgesamt aber wirkt erstarrt und entrückt in die Bläue, die gebleicht von der Sonne ist und daher noch ferner und höher. Ich habe mich bequem hingesetzt und die Schreibmaschine weggeschoben, um die Ellenbogen besser aufstützen zu können. Ab und zu werden Autos auf den benachbarten Hof gefahren. Der Geruch, wenn sie mit laufendem Motor vor der Garage stehen, kommt ans Fenster. Früher, denke ich, als ich nicht wußte, wie schädlich die Abgase waren, gehörte dies zu meinen Lieblingsgerüchen, heißer Teer auf den Straßen und das Benzin und die Gerüche der Autos. Ich selbst sitze im kühlen, schattigen Wintergarten, aus dem Fenster geradezu auf den Horizont sehend, seitlich die Äste des Apfelbaums und des Flieders, erst schattig auch, dann auf dem Weg nach hinten sonniges, hellgrünes Laub, ein sehr hoher Nadelbaum und alles flimmernd. Doch dann, entrückt, wie auf den Himmel gemalt, wie aus einer anderen Gegend ruhig und mächtig plötzlich riesige Laubbäume und also, da sie so groß erscheinen, gar nicht so entfernt, wie einer wirklichen Gegenwart zugehörig, hinter den zuckenden Blättern des Vordergrundes, unbewegt und gewaltig, wie von einer anderen Luft umgeben, und auch die Vögel, hier vorn zwitschernd, sich stürzend und steigend, werden, wenn sie sich zu diesen Bäumen schwingen, stumm und hoch und materialisieren für Sekunden die unsichtbaren Bögen und Bahnen, bis sie sich auflösen oder noch tiefer in den Horizont dringen. Ich fühle mich beinahe ertrunken. Obschon ich die Schreibmaschine wieder gerade gerückt und die Mappe aufgeschlagen habe, sitze ich noch immer faul an meinem Platz und wachsam. Nun ist auch schon der Nachmittag vorbei, und ich warte auf eine mir vertraute Nervosität und Unzufriedenheit, ja, mir wird bewußt, daß ich den ganzen Tag schon beinahe vertrödelt habe. Ich rutsche aber tief in den Sessel, im Rücken die harten Rippen der Lehne, die Beine gegen die Fensterbank gestemmt, und sehe die Dächer an, die am Abend immer so rot werden, während die heftigen Farben der Wiese und der Blumen abnehmen, auch das Glänzen im unteren Laub der Bäume, es sind jetzt nur noch die Spitzen hell, so daß ich unwillkürlich nach oben schaue. In mir breitet sich ein Vergnügen aus, eine Ruhe, der Himmel, die Zone der besonnten Spitzen verkleinert sich stetig, ist noch durchdrungen von einem freundlichen Licht, auch die Luft, man sieht es, wenn ein Vogel hindurchfliegt und das Licht auf ihn trifft und sich auf seiner Brust einen Augenblick sichtbar macht. Ich fühle mich komischerweise richtig zufrieden, als ich nun wieder bereits in die Küche gehe, um den Tisch für das Abendbrot zu decken, ja, natürlich, nun schon Abend! Den Himmel überzieht ein dunstiger Schleier, man kann schließlich nicht mehr unterscheiden, ob das Licht einfach nur herausgesickert ist oder ob sich eine Wolkenschicht gebildet hat. Ich gehe zwischen den Schränken hin und her und sehe dabei nach draußen. Das helle Grün mancher Bäume gegen den dunklen Himmel hebt die strahlenden weißen Wolken hervor, klein und einzeln vor dem gleichmäßigen Grau, in dem sich ein Regen zu sammeln scheint, ein Grau, das sich zunehmend konzentriert auf ein Ziel hin, hinter der festen Oberfläche ein Drängen, ein Druck, es ist nicht das hermetische Grau, das sich oft über Tage ereignislos hinzieht. Die Äste des Apfelbaums aus der Dunkelheit leuchtend, Blüten manchmal in Bündeln am Ende der langen, gebogenen Zweige wie weißes Papier, hingehalten wie auf einer Bühne, wie in einer Operette. Der leichte Wind, der in duftenden Stößen die warme Luft heranwirft. Man erschrickt beinahe und gerät in Unruhe über seine Wärme. Ich sehe die Bewegung der Äste vor dem Himmel und erwarte angesichts der ziehenden Wolken die gewohnte Kühle bei einem Luftzug und richte mich darauf ein, und es kommt nur das sanfte, zärtliche, schummrige Schieben, das Andrängen eines Stoffes, der träge vorbeistreicht und durch die Kleidung kriecht und an der Haut entlangfühlt, der sich in die Poren schwemmt und mich in eine angenehme Aufregung versetzt. Das Licht aus dem Küchenfenster beleuchtet die hochgebogenen Enden der Äste, und beinahe unheimlich durchwuchert der Geruch des Flieders den Garten, bleibt aber selbst ganz im Dunkeln. Ich gehe zurück in den Wintergarten nach Klo, Händewaschen, Abendessen, Unterhaltung mit meinem Mann. Die Luft steht unbewegt an der Fensteröffnung, aber als ich den Kopf rausstrecke, spüre ich, daß sie jetzt kühl ist. Nahebei, ein Stückchen nur von mir entfernt, die Bäume vom Nachmittag wie schwarze Dächer eines riesigen Hauses. Ich entdecke, als ich steil hochsehe und mich an die Dunkelheit gewöhnt habe, einen kleinen, spitz schimmernden Stern, rolle mich im Sessel zusammen, atme tief und absichtlich durch, als sei es meine wohlverdiente Ruhe nach einem arbeitsreichen und anstrengenden Tag.

Wenn nicht dies, dann das! / Heute kündigte es sich hinter den Schrebergärten an, am kleinen Flußufer zwischen den beiden Schrebergartenkolonien. Keine Menschen waren in den Gärten, ich sah Flußweiden, rötliche Sonne, im Rücken die Gärten also, und dahinter die Wohnblocks und am Berg gestaffelt die Wohntürme, schnell fließendes Wasser, ein Junge, auf der Brücke etwas flußabwärts, trat regelmäßig auf das Gaspedal seines Motorrads. Ein pulsierendes Geräusch, wie gedankenlos hergestellt oder um die Stille, dieses Starren auf das unter ihm strömende Wasser zu unterbrechen, ein Taktschlagen, er schaffte es auch, schon richtete sich die Gegend danach. Nun ein Auf- und Abschwellen, ein Vor- und Zurückspringen der Weiden am Ufer entlang, ein wechselndes Wirbeln an der Wasseroberfläche, ein Gleiten und Prallen des Flußverlaufs, und auch auf der Brücke sah ich nun die Autos so fahren von rechts, dann von links, das löste sich ab. Aha, sagte ich zu mir, heute also so, kein Tag wie der Tag gestern.

Ich machte schnell die Augen zu, denn ich kannte, was nun folgen würde. Kein Tag, sagte ich mir, wie die, wo alles von selbst geschieht, schlafwandlerisch klären sich alle Situationen von selbst, alle Personen sind typisch und bekannt, zu allem gibt es einen bereits vertrauten Lauf, automatisch spulen sich die Geschichten ab von Mann und Frau in der U-Bahn, von Hund und Frau auf einem Plakat, von Kellnerin mit geschwollenen Beinen und vollem Tablett, von Mann mit Aktentasche und Hut an der Ampel, von leuchtender Schlafzimmerfenstersäule hoch wie ein Hochhaus, vom Müllmann in strahlender Uniform, die Ereignisse, die eine Straßenecke, eine Hausfront mit Pfeil in der Zeitung zu einem Schauplatz machen, von mir, in der Schaufensterscheibe gespiegelt, daneben Schuhe, daneben Würstchen, von einer älteren Frau im Zug, ein kleines Kind unterwürfig betrachtend, das also nicht, nicht ein Tag, wo mir ununterbrochen zu jedem Satz, zu jeder Handlung eine Entschlüsselung einfällt, ein pausenloses Erklären und Deuten in meinem Ohr aus dem Schatz der Volksweisheit, zu jeder Stirnfalte die spielend leichte Interpretation, nicht ein Tag, wo die Namen für die Tätigkeiten und Gefühle rascher zur Hand sind als die Gefühle selbst, wo alles, auch mein eigenes Leben, als unentwegte Beschreibung vorliegt, ohne Überraschung, ein Exemplar aus allgemein dürftigem Sortiment, ein Tag also nicht, wo ich weiß, daß in der ausgetrunkenen Tasse nichts als ein Rest Zucker sein wird und das unvermutet zärtliche Tanzen von Herrn Strings mit seiner Frau, wie wir alle wissen, ein schlechtes Gewissen verrät.

Ein Tag vielmehr, wo sich die Gedanken im Kopf zunehmend konzentrieren. Wenn man gerade im Zug sitzt, stellt sich ein Zwang ein, die Dinge nachdrücklich und einzeln zu bemerken, jeden Baum, die fernen Autos, die Hochöfen, die Einfamilienhäuser, die Hunde auf dem Feld, alles muß man sich aufzählen, ein pausenloses Wörtlichmachen der Gegenstände, ein Drang zum Benennen aller Dinge vor meinen Augen, ein Strom in meinem Kopf, immer mitzusprechen beim Sehen, den ich nicht stoppen kann, ein Sitzen mit verdrehten Augen und gerunzelter Stirn, um hinter den Zusammenhang zu kommen, der ganz offensichtlich vorhanden ist, aber plötzlich nicht erkennbar, weil sich jedes Exemplar einzeln aufspielt, jedes verlangt einen prächtigen Auftritt für sich allein. Dann diese anstrengende, unwillkürliche Spezialisierung des Gehirns, des Wahrnehmungsapparates, ohne Entspannung zu beobachten und einzuordnen. Nichts wird als zufällig oder gewohnt, nichts als nicht erwähnenswert hingenommen, eine Ausschließlichkeit jeder Geste, jedes Gesichts, jedes Falls der Zigarettenasche, jeder Falte eines Plakates. Hingerissen bin ich plötzlich von jedem Schatten, jeder Hebung und Senkung in einem Satz, dies alles übersteigert, deutlich und überragend, mit speziellen Sinnen wahrgenommen, diese unerträgliche, strapazierende Aufmerksamkeit. Alles ist wichtig, alles drängt sich, strahlend und isoliert, messerscharf aus dem Hintergrund geschnitten, herrschsüchtig und bedeutsam ins Gehirn, alles will seinen Platz und seine Anordnung. Ein Tag also, wo ein Hochhaus plötzlich aus allen seinen einzelnen Zimmern besteht, gefüllt mit Familien, jede für sich, bestehend aus unterschiedlichen Menschen, mit eigentümlichen, in dieser Weise noch nicht existierenden Lebenspartikeln, unmöglich, es Schicksal zu nennen, angesichts der Neuartigkeit eines möglichen, unvergleichbaren Zusammenhangs. Ebenso die Stühle, leer um den Tisch versammelt, scheinbar gleich, aber jeder für sich, mit Luft um sich herum unter der Lampe, von ihr beschienen und deutlich gemacht, hölzern, glänzend, keiner den anderen berührend, ganz steif, in sich ruhend und doch in Beziehung zu allem rundum, zu mir, der Decke, dem Teppich, und plötzlich diese Bedeutung des Deckels von nebenan, der über dem kochenden Wasser gegen den Topfrand schlägt, und wenig später: Draußen der blitzende Wagen der Müllabfuhr über der Fensterbank sichtbar, jetzt drüben ein Kind auf einem Dreirad, die Luft verdrängend und spitz der Kopf, nach unten die bunte Figur verbreitert, und schließlich: Der Mann mit der Aschentonne ruft über den ausgestreckten Arm: »Heute gibts Gulasch!« Plötzlich über allem der Satz. Dann vor mir in der Zeitung Schwarzes und Weißes, ungleichmäßig verteilt, und die Stühle lautlos und jeder für sich um den Tisch. Ein Tag also, wo alles auseinanderrückt, im Kopf aber sich drängt, im Kopf versammeln sich die Gegenstände, alle beachtet und getrennt aufgeführt und neu zu verbinden. Immer dichter und schwerer wird es im Kopf, alles in einer unaufhörlichen Konzentration und auf einer Erwähnung beharrend. So ein Tag also, erkannte ich sofort, wo nicht für mich gearbeitet wird, ein Tag, wo ich selbst zupacken muß, wenn nicht einer wie gestern, dann einer wie heute. Oder wie vor kurzem, im Grünen, an einem heißen Tag, an dem ich wegen der Hitze, die eng um meine Stirn getürmt war, immer zu Boden geschaut hatte. Endlich, als es kühler wurde, hob ich den Kopf. Ich sah bis hin zum Wald und dort einen Schmetterling in der Höhe der obersten der vier Stacheldrähte den langen Weg bis zu dessen Ende fliegen und staunte, daß man ihn bis dahin sah, über die ganze Wiese hinweg, und dann: daß man über die Wiese bis zu mir her das Geräusch der fressenden Kühe so laut, ihr Rupfen, ihr Kauen, hören konnte. Damit war es losgegangen und jetzt hier also: Das Wachsen und Verwelken, das Trockene und das Nasse, das Ein- und Ausatmen, das Aufheulen des Motors und das Leisewerden. Ich wußte ja gleich, ich sage es ja: Immerzu: das Eine oder das Andere.

Entweder die Dinge werden fertig geliefert und häufen sich im Kopf, und man muß dem Runtergerassel der ewig gleichen Geschichten zuhören, oder die Sachen drängen sich herein und häufen sich im Kopf, und man muß sie alle aufzählen und sich eine pausenlose Anordnung machen, aus eigener Kraft. Wenn nicht dies Gewisse, dann das Gewisse.

Die Verletzung / Ganz zu Anfang, nicht länger als zwei Sekunden vielleicht, schien die Haut ringsum noch ganz geschlossen zu sein. Ich wartete gespannt, doch ohne Schmerz, daß sie nun reißen würde, diese zwei Sekunden lang, in unbeteiligter Neugier, fast stolz, ja, einen Augenblick lang stolz und beinahe froh über das zu erwartende Schauspiel, das unausweichlich nun eintreten mußte, so wie man bei Säuglingen, die nach einem Schreck ihr Gesicht anschwellen lassen, ganz stumm, während der aufgerissene Mund das Fleisch der Backen nach oben preßt, so daß die Augen zurückgedrängt werden, den fälligen Schrei längst prophezeit sieht. Ich wartete ungeduldig und zuversichtlich auf den Schmerz und die zutage tretende Verletzung, die nach dem Sturz erheblich sein konnte, als Entschädigung sozusagen für mein Erschrecken, das größer war als jede andere Empfindung in diesem Moment, eine Rechtfertigung, eine Belohnung, denn mit dem Schmerz und dem Blut zugleich entstände ein Anspruch auf Aufmerksamkeit, auf Trost. Dies alles war freilich nur in der Erinnerung deutlich und zu unterscheiden, denn jetzt war der Schmerz da, überall auf dem Körper verteilt, und nun endlich wurde es an vier oder fünf Stellen sichtbar, in einem widerlichen künstlichen Ton, ja, ein unglaubwürdiges Rot, hatte seinen Weg gefunden, nun nicht mehr aufzuhalten, platzte aus den Adern, so daß ich nicht erkennen konnte, wo es wirklich austrat, vielleicht überall unter den Bahnen, die rasch und juckend mein Fleisch einteilten. Im Nu und von selbst waren Verzweigungen hergestellt, nicht immer da, wo der Schmerz saß. Ich dachte zunächst, er folge dem Blut, das zitternde Linien aus mir spulte, noch an keiner Stelle verwischt, eine umgekehrte, stechende Sonne, die Strahlen liefen von außen ins Zentrum, und dort saß der Schmerz, konzentriert, von den Rissen der Oberfläche gespeist, doch dann schien es, als sei er außerhalb, über der Haut, über die aufrecht stehenden Härchen verteilt, außerhalb, doch nicht abzulösen.

Ja, nun wurde gefragt, nun fing dies alles an, nun kümmerte man sich um mich, nun machte man sich, angesichts meiner zerrissenen

Haut, Sorgen um mich. O, wurde gesagt. Wehgetan?, die Frage dazu. Und ganz verblüfft die Antwort: Nicht besonders. Ich dachte: Jetzt aber folgt die richtige Anteilnahme, die Frage ein erster Reflex so gut wie die Antwort. Nun aber: Man wird sich neben mich knien, das Blut abwischen, mich behutsam auf eine Decke legen, dies alles nun doch! Aber: Das habe vielleicht noch Zeit, einen Augenblick nur, dort drüben sei ein Geräusch entstanden, gleich sei es sicher zu spät und man sähe nicht mehr, was geschehen sei, es habe wirklich nicht wehgetan? Wie gut! Dann könne er ruhig also und eilig natürlich prüfen, was drüben – ich sah nun auch einen Mann in komplettem Taucheranzug mit einer Sauerstoffbombe beschäftigt, ich hörte den pfeifenden Ton – eigentlich passiert sei. Der Mann stand schimpfend, doch heil und mit einer schützenden Gummihaut sicher verwahrt, vor seinem Behälter, man sah es: doch vollkommen unverletzt! Ich aber hockte noch immer dort, wo ich hingestürzt war. Ich bewegte mich nicht, nur meinen Mund jetzt zum Weggeschickten: Geh nur! Und jetzt meine Augen, sie drehten sich hinter ihm her, wie er erleichtert und springend beinahe mit kaum verborgener Sensationslust in jene Richtung davonging. Dieser Moment, diese Entscheidung: Man muß überlegen, was einem wegläuft, dies oder jenes? Jenes. Also die Wahl für das Wichtigere, das war nicht ich, dieser Moment war die Gegenwart, schlagartig eine Veränderung, unaufhaltsam, ich spürte: aller Dinge. Dies zweifellos war die Mitte, das große Augenöffnen. Was blieb, war ein grundsätzlich neues Licht. Bestimmtes hätte geschehen, gesagt werden müssen, als Zeichen. Ein Sturz ist ein Sturz. Liebe ist Liebe. Jetzt also: ein anderes Zeichen, ein Zeichen demnach für anderes.

Nun aber quoll das Blut stärker und verschwenderisch aus den Rissen, zu heftig, um in der anfänglichen Spur zu bleiben, es spritzte zu Boden. Netze und Gitter entstanden, die sich bald überschnitten, Figuren auf dem unebenen Grund, der abschüssig genug war, um fortstürzende Bäche ineinander zu biegen.

Nun, mit einem Mal, erkannte ich die Bedeutung unseres ersten gemeinsamen Abends. Nie hatte ich so klar diesen Vorfall begriffen wie nun endlich, ein paar Jahre später. Ich war nun an der Stelle, auf die jene Situation so unmißverständlich hingewiesen hatte, für mich aber damals ein Zeigen ins Leere, ich zog nichts zusammen zu einer Warnung. Doch jetzt riß der Sinn, der zugrundelag, die Einzelheiten, auf die es ankam, mühelos wieder ans Licht. Meine Hände solle er sich ansehen. Nichts falle ihm auf? Alles sei ja noch dran? Zehn Finger, zehn Fingernägel? Gewiß. Den großen Granatring, zu allem ein Erbstück, vermisse er nicht, den hatte er vorher noch gar nicht bemerkt? Der fehle nun aber, liege, durch seine Grobheit, was sonst, hier im Gras, das sei sicher. Doch wie, in der Dämmerung, fände man ihn? Man müsse nun suchen, augenblicklich. Ich hinge doch dran! Das sei unmöglich und müsse, falls nicht ein Zufall, wie unwahrscheinlich, uns helfe, erfolglos bleiben. Weg sei weg! Ein lästiges Tasten, ein paar Minuten. Ja, weg sei weg. Das beste, auf den Schreck zu rauchen. Ich rauchte nicht. Als hätte er es darauf abgesehen: Beim nächsten Mal, später, gewiß, doch das zweite Bezeichnende, das mir jetzt einfiel, warf er die Vase, und wieder ein Erinnerungsstück, daher unersetzlich, die sorgsam hinter den Gläsern stand, zu Boden, in Scherben, die man, es waren drei glatte Teile, doch kleben konnte. Nein, rief er. Passiert ist passiert! Griff pfeifend zur Schaufel, ich griff nach den Trümmern, ich wollte versuchen, die Vase zu retten, ruhige Hände brauchte man da, die hatte ich jetzt natürlich nicht: Also, ich sähe, es gehe nicht mehr, eine neue, ähnliche ließe sich finden, auch seien genügend Vasen im Haus. Ja, natürlich, kein Beinbruch, keine der vielen Situationen, sie alle nicht, plötzlich aber wie aufgereiht und voller Beziehung und eine an die andere geknüpft und unübersehbar nun der Hinweis. Der rote Faden zeichnet sich ab, selbst wenn ich mich sträube. Die Dinge bilden schlagartig unsere Vergangenheit, die nun schlüssig wird, die sich nun in einer Entwicklung befindet.

Es nimmt die Farbe natürlichen Blutes an, zuckende Fliegen nähren sich schon, angelockt von einem für mich nicht wahrnehmbaren Geruch, winzige Schmutzteile fließen mit ihm nach unten. Ich versuche es jetzt mit der rechten, auch mit der linken Handkante abzustreifen, wobei ich die Trennung von roter Linie und unberührten Bereichen aufhebe zugunsten eines wüsteren Anblicks. Bis an die Haare verschmiert wahrscheinlich, stehe ich nun aufrecht, weiß noch immer nicht, wo ich den Ursprung suchen soll, und, wenn ich die entscheidende Verletzung endlich gefunden habe, wie kann ich das aus seinem Kreislauf befreite Blut, sonst gezwungen, bei mir zu bleiben, halten. Es drängt immerzu begierig an die Risse, die ihm den Ausbruch ermöglichen. Warm, ungehindert tropft es heraus, verläßt mich blindlings.

Und jetzt, zwingt sich mir nicht eine Einsicht auf, gegen die ich mich aussichtslos wehre? Sind nicht mittlerweile die Geschehnisse unausweichlich aneinandergeleimt zu Indizien? Wird mir nicht deutlich, daß mein Körper es offenbar früher wußte? Seit längerer Zeit eine scheinbar unbegründete Nervosität, eine Ängstlichkeit, mangelndes, würde man sagen, Selbstvertrauen? So, als fehle ein Rückhalt, als sei der Boden wankend geworden, auf dem ich stehe. Habe ich nicht schon häufig Anzeichen für eine, ich sage nun ruhig, ich weiß ja nun endlich, schleichende Krankheit gespürt, mit hartnäckigen Träumen, die über das Erwachen hinausgreifen und eine eigene Folgerichtigkeit durchsetzen? Die den Tag fast verschwinden lassen, er schmilzt zwischen Morgen und Abend, bedeutungslos fast zwischen den Nächten, mit der plötzlichen Erkenntnis auch, am Tage, auf der Straße, nicht mehr automatisch gehen zu können, so daß jede Aktion der Beine in viele kleine Taten zerfällt, die ich einzeln anordnen muß, und auf diese Weise komme ich nur mit großer Mühe voran. Es wird sich verschlimmern, ja, jetzt bin ich sicher, es wird seinen Gang nehmen, unaufhaltsam wird alles eine sich abzeichnende Richtung nehmen. Meine Einsicht, von diesem Moment an, wird die Handlung beschleunigen. Abgehandelt wird etwas Bestimmtes. Man kann nicht vor Schlüssigkeiten den Kopf in den Sand stecken. Man wird mich kennen an den abgehackten Schritten, am eingezogenen Kopf, ich werde immer zu Boden sehen, ich ertrage die Blicke Entgegenkommender in meine Augen nicht mehr. Mein Herz klopft, sobald mir bewußt wird, daß es geschieht. Ich vermeide es also von vornherein. Auch bleibt der Kopf gesenkt, vielmehr: hauptsächlich, weil ich die Bordsteinkante als Richtschnur benutze. Ich werde mich dann bald an Laternenpfählen festhalten, an den Mauern entlangtasten, an Papierkörben eine unauffällige Rast einlegen, verstohlen, dann nicht mehr verstohlen. Ich werde Leute um Hilfe bitten, mich über die Straße zu führen. Es schreitet nun fort. Es wäre zu unterbinden, gewiß, noch immer, zu bessern, zu heilen. Er hätte sich darum kümmern müssen, ja, diese Zurückgezogenheit, diese Isolation in den letzten Jahren, diese Abwesenheit. Er dürfte es nicht auf die leichte Schulter nehmen.

Ja, gewiß, die Verletzung sieht schlimmer aus, als sie ist. Ich denke daran, daß ich in einem Restaurant einmal gesehen habe, wie ein Milchkännchen vom Tablett des Kellners fiel, auf die Steinfliesen. Die Milch aus der winzigen Kanne färbte alle Stuhlbeine und Anzugbeine im weiten Umkreis. Auch ein Wal, der getroffen wird, färbt das Meer über eine große Fläche hinweg rot. Es sei das einfachste, den Schaden abzuwaschen, ich werde schon sehen, wie belanglos die Wunden seien. Außerdem müsse ich still sitzen, liegen, und bald würden sich Krusten oder Häute, vermutlich nicht einmal Narben bilden. Zu spät! Mittlerweile drängt sich die Zukunft auf!

Der Zeitpunkt wird kommen, wo mir nicht mehr zu helfen ist. Ich werde nicht mehr das Haus verlassen, nicht mehr das Zimmer, nicht mehr das Bett. Ich werde den Kopf auch dort nicht mehr heben, die Hände nicht rühren, die Augen nicht öffnen, nicht sprechen. Die Gedanken werden sich langsam im Körper auflösen. Ich lausche nutzlos, verlerne auch das. Bilde mir mit äußerster Anstrengung die Nähe eines Gesichtes ein, das reines Gewissen und Unbefangenheit ausdrückt, während es meine Sinne und den Verstand bereits überfordert, ein Kissen, das sich senkt, ein Messer, das sich spitzt, eine Mündung, die zielt, zu identifizieren. Zehn Fingernägel bläulich, stellt er schließlich, am Ende fest, zehn Finger steif!

Das Bemerken der Tage / Nach einigen Tagen hatte ich mich schon ganz an die Umgebung gewöhnt, an die wenigen Stücke, aus denen sie bestand und die mich neugierig machten, zugleich aber auch einschläferten, die immer um mich herum waren, immer anzusehen als große Flächen, das Meer, das still hinter den ansteigenden Wiesen lag, es waren Himmel, Wiese, Meer, die ich um mich herum hatte, die im Licht glänzten, so daß ich rauf und runter sah und manchmal bis zum Meer ging, und ich begnügte mich damit. Ich war bewußtlos von der Natur um mich herum, schlaff und überschwemmt.

Aber dann stellte ich plötzlich fest, daß die Tage anfingen und im Handumdrehen wieder zuende waren, sie gingen auf und zu, als wäre es immer der gleiche Tag, aber ich wußte ja genau, daß sie hintereinander wegschwanden, und ich erschrak mit einem Mal darüber, daß ich gar nicht richtig aufpaßte, wie sie so schnell und ergebnislos vorüberglitten und wie ich selbst mich ja mit ihnen vorwärtsbewegen mußte, wenn es auch wirkte, als träten wir hier verschwenderisch mit der Zeit und genügsam mit Handlungen auf der Stelle, und wie ich gar nicht versucht hatte, sie festzuhalten. Ich merkte nun auch, daß ich mich nicht einmal mehr erinnern konnte, nur an eine einzige Anhäufung von Stunden in der Wiese und am Meer, der Himmel darüber und daran anschließend. Diese Feststellung erzeugte augenblicklich ein Gefühl der Unzufriedenheit und Angst in mir, und während ich auf die weite, von meinen Füßen bis zum Horizont reichende Grasfläche sah oder, auf dem Rücken liegend, durch die Sonnenbrille den großen blauen Himmel ankuckte, an dessen Rändern manchmal Wolken ganz ruhig standen, oder auch auf das Meer schaute, das so dünn und einfach den riesigen Bereich bis zur nächsten Horizontlinie ausfüllte, bemühte ich mich, die Wochentage auseinanderzuhalten. Ich nahm die Namen der Tage zuhilfe und die verschiedenen Mahlzeiten, aber es gelang mir nicht. Ich wußte, eine Woche war schon vergangen, und alles schwamm ineinander. Ich hatte mich betäuben lassen und wirklich beinahe nichts anderes gemacht, als Meer, Himmel und Gras anzusehen, aber nun war ich rausgerissen und fand keinen Sinn darin und hatte fast einen Ekel davor und wollte sofort etwas tun, um nicht so vorangetrieben zu werden, so voranzuschwimmen ohne deutliche Trennung der Tage, ohne Ereignisse, die ich behalten konnte.

Ich wußte aber nicht, welche Vorsätze ich daraufhin fassen sollte. Auch bis zum Abend des nächsten Tages geschah nichts. Mir fiel allerdings auf, als ich zurückdachte, wie lange ich die Lerchen beobachtet hatte, die sich seit dem frühen Morgen mit wirbelnden Flügeln in der Luft zu halten versuchten, immerfort Töne ausstoßend und immer höher kletternd über den Wiesen. Die Luft war wie ein Kissen, in das jemand an verschiedenen Orten stach, damit die Töne rausspritzten. Die Luft mit den Lerchen ein mit Tönen gefüllter Körper, von einer äußerst gespannten Haut überzogen, in die von allen Seiten gestochen wurde mit spitzen Nadeln. Durch die Öffnungen drängte es voller Gewalt und Willen, und ohne daß der Druck, der sie stieß, abnahm. Ich hatte den Vögeln, während ich genauso untätig wie an den Vortagen zwischen den hohen Grashalmen lag, oft aufmerksam zugehört, um mir die Bewegung ihres stufenweisen Aufsteigens und steilen Absturzes einzuprägen, und mir die Töne wie aus einem Kissen platzend vorgestellt. Ich wußte nun plötzlich, wie ich mir diesen Tag würde merken können, der genauso verschwommen war insgesamt wie die vorangegangenen. Ich hatte mich auf diese eine Sache wenigstens zeitweise konzentriert, und ich konnte mich an sie erinnern. Mir kam jetzt der Gedanke, daß ich es, wenn der Urlaub vorüber wäre, sehr gut und gründlich tun würde und es daher eigentlich auch nützlich sei, sich jeden Tag eine angenehme Sache zu merken, um später ein angenehmes Bild vor sich hinstellen zu können. Ich wurde, je länger ich darüber nachdachte, von dieser Idee immer begeisterter. Mir schwebte nun ein richtiger Plan vor. Ich wollte mir schon vorbeugend für die Zeit nach dem Urlaub, wo ich doch gewöhnlich den vergangenen Wochen nachtrauere, ein Rezept herstellen. Vielleicht, dachte ich, gelingt es mir auf diese Weise, auch die Ferien aus ihrer Fremdheit zu den übrigen Tagen des Jahres zu lösen und ihre deshalb so schwerwiegende und letztenendes trostlose Bedeutung zu schwächen, indem ich die Zeit ausdehne. Das Beste aber war zweifellos, daß ich einen festen Willen, eine klare Absicht hatte.

Am nächsten Tag wurde mir während einer Autofahrt bewußt, wie sehr die zahlreichen Horizonte der Insel mir gefielen. Ja, ich entdeckte, daß es hier mehr Horizonte als in anderen Gegenden gab und wie dieser Umstand ganz nachdrücklich hervorgehoben wurde. Die gelben, hochstehenden Ähren stiegen auf plötzlichen Hügeln an und riegelten so den Gesichtskreis nah und unvermittelt ab. Es waren diese einfachen, gelben Flächen, an die sich überall der Himmel anschloß, die mich in eine stille Spannung versetzten, denn das Primitive und Natürliche der gegeneinandergestellten Wände, auf denen sich nichts ereignete, gewissermaßen nackt bis auf die Farbe, hatte zugleich etwas sehr Künstliches, Unnatürliches, etwas Kulissenhaftes und Absichtsvolles. Es war hier alles so deutlich auf das Wesentliche des Horizonts reduziert, daß man es in dieser absoluten Gestalt zunächst gar nicht für echt halten wollte. Die Landschaft blieb nicht wie gewöhnlich einsehbar, wenn man sich mitten im Grünen befand, und wurde nicht langsam, mit größerer Entfernung, verschwommener und kleiner, von Anfang an also bekannt und geöffnet, sondern jedesmal versperrt auf die einfältigste Weise, zugemacht, oben und unten, in beinahe ausnahmslos der gleichen, bescheidenen Art, abgeschlossen, so daß sich alles dahinter konzentrieren konnte und man daraufhin ganz erwartungsvoll wurde, und immer war der gezeigte Raum sehr klein, und immer wieder kam der strenge Strich, der Schluß mit ihr machte, die Linie, wo Himmel und Erde zusammenklappten. Der Betrachter und die Landschaft, die sich dahinter staute, gewaltsam zurückgehalten, sammelten neue Kräfte. Ich konnte nicht genug davon kriegen, mich dieser Vorschrift zu fügen und sie so ausnahmslos und hartnäckig aufgestellt und zwangsweise durchgeführt zu sehen, während wir ohne Ziel über die Insel fuhren.

Ich merkte mir nun auch, obwohl ich wieder nichts getan hatte, als diese Sache anzusehen und mir einzuprägen, den zweiten Tag und unterschied ihn von den anderen. Er war nicht so schnell und spurlos entlanggeschossen. Am dritten Tag entdeckte ich zwischen zwei gegen den Himmel steigenden Rübenfeldern eine Wiese, über der hinten, weil sie tiefer lag als die sie umgebenden Felder, ein Stück Meer sichtbar blieb, ein Streifen. Und von da aus kam der Himmel wieder langsam und sich erhebend auf mich zu. Die Wiese war weiß und rot. Ich sah zuerst nur die roten Linien und die Anhäufung des Mohns, die Punkte und die manchmal versickernden, untergehenden Flächen und die Kamillenblüten, die sich ausbreiteten, wo kein Mohn wuchs. Aber es bestand ein vollkommenes Gleichgewicht wie bei zwei sich nicht mischenden Flüssigkeiten, die also, ohne ihre ursprüngliche Farbe aufzugeben, zueinanderflossen und stillstanden in der Vertiefung, so daß sich Pfützen mit Rot und Weiß ergaben. Ein weißer Nebel, der an einigen Stellen über einem roten Untergrund aufriß zu vollkommener Klarheit. Es waren lauter einzelne Blüten, alle von Luft umgeben, und bei schärferem Hinsehen erkannte ich vereinzelte Glockenblumen und kräftige Grashalme dazwischen, lauter in einem freien Raum wachsende Blüten, an der Oberfläche unverbunden, obschon die wie eine Decke wirkte, eine geschlossene, wenn auch lockere Masse: ein Mohnfeld mit Kamillen, von der Sonne schräg beleuchtet, bildeten sie doch alle gleichzeitig, denn sie waren zueinandergehäuft, die weißen, roten, blauen Blumen. In einer ganz unregelmäßigen und ausgewogenen Verteilung erstreckten sie sich, wobei ich nur ihren obersten Teil, ihre Blüten und diese als Schicht, in die alles eingeschmolzen wurde, wahrnahm. Sie waren insgesamt in ihrer Mischung, in ihrer Menge an Einzelteilchen und der so gelassen und sicher angedeuteten Zufälligkeit ihrer Ordnung ein Anblick, in den ich versinken konnte, am Straßenrand stehend, ein bißchen frierend schon. Ich kuckte immerfort hin und sah über die Fläche zum Meer und dann wie von oben auf die Blüten und im Vordergrund die einzelnen Mohnblätter und hinten das Rote und das Weiße.

Am nächsten Tag lag ich in einer Kuhle im Gras, auf dem Rücken zunächst, und erinnerte mich an die vielen früheren Tage, die ich bis auf diese letzten ganz ausschließlich so verbracht hatte, ich erinnerte mich nicht einzeln an sie, indem ich sie voneinander unterschied, sondern ich dachte an sie als an einen schwammigen, warmen Körper, in den ich damals eingeschlossen war, durch den ich mich fraß mit geschlossenen Augen, und nur an meiner Haut spürte ich die Berührung mit einer Materie außerhalb meines Körpers. Ich sah jetzt, als ich mich halbwegs aufrichtete, direkt über den Spitzen der Halme zwei weiße Schmetterlinge, die zusammen hochflatterten mit schnellen Schlägen und gleich abwärtssanken unter die Zone dieses kleinen Horizonts. Im nächsten Moment tauchten sie aber wieder dort auf, standen strahlend im Himmel zwischen den Gräserspitzen und verschwanden, und dies immer wieder und neu, und manchmal schienen es auch mehr als zwei zu sein. Aber nun entdeckte ich, daß viel weiter entfernt, am richtigen Horizont, dort, wo die Grasflächen gegen den Himmel stießen, Möwen hochschossen, einen Augenblick standen, einen Bogen machten, flatterten und hinter der Linie des Grases verschwanden und wieder hervorkamen und aufstiegen und an diesem Horizont auf- und niederschwangen. Vor mir sah ich die Schmetterlinge, die ich schon die ganze Zeit mit den Möwen gemischt haben konnte, und ich duckte und streckte mich von dem einen zum andern Horizont, immer auf und nieder, um das eine und das andere zu sehen, und blieb auf halber Höhe und sah, wie es sich verband, und duckte mich und sah die Schmetterlinge allein und streckte mich und sah die Möwen und trennte so beides und kniff die Augen zusammen und ließ es sich vermengen.

Am Abend des nächsten Tages kamen wieder die hellen Kühe auf den Berg neben dem Ferienhaus. Es war ein sehr niedriger Hügel, aber er hatte so sehr die Gestalt eines richtigen Berges vor dem leuchtenden Himmel, daß man ihn auf den ersten Blick immer für einen richtigen Berg hielt, den man ganz aus der Ferne sah. Als nun die Kühe langsam darauf hochstiegen, erschienen sie natürlich in ihrer normalen Größe, lange Kühe und junge Kälber, beige und weiß alle, und sie waren mit ein paar Schritten den Berg hochgekommen. Es ergab ein widersprüchliches und beunruhigendes Bild, die Tiere in ihrer gewöhnlichen Größe auf dem winzigen Hügel mit der Form eines mächtigen Berges, so daß die Kühe riesig wurden, dazu von der abendlichen Sonne beschienen und nun auch hintereinander aufgereiht mit erhobenen und wie in ein tief unten ausgebreitetes Tal von oben herabschauenden Köpfen auf der Kuppe des Berges, so daß man ihre Umrisse so gewaltig und deutlich, nämlich ganz nah auf dem Hügel, dessen ebenmäßige Wölbung durch die Entfernung, dies Runde, Abgeschliffene, vorgetäuscht zu sein schien, erkannte. Es gelang nicht, diesen Anblick wirklich zu entspannen, sofort ging eine Unsicherheit davon aus, entweder schrumpfte der Berg unter den Hufen der Tiere, oder sie waren ins Übermäßige gewuchert, ohne aber ihre eigentliche Form im geringsten verändert zu haben. Es war jedesmal unmöglich, sie gleich richtig zu sehen. Ich dachte daran, wie wichtig mir das Klären dieser täglichen Beobachtung geworden war und wie es mit den Lerchen begonnen hatte, die mit spitzen Tönen kleine Verspannungen und Zelte in der Luft errichteten, als wäre jeder Ton ein Nagel, ein Punkt, von dem eine Linie, ein Seil zum nächsten führte in den Himmel, in der durchsichtigen Luft, die aufgrund der Töne aber gegenständlich, materiell, räumlich greifbar, kissenartig wurde, ja, wie ein unsichtbarer, aber betastbarer Urwald, oder ein Labyrinth, das sie bauten und in dem sie sich zurechtzufinden versuchten, ein gewaltiges Hin und Her von Wegen und Beziehungen, an dem sie arbeiteten, ein Netz, ein System, an dem sie unermüdlich bastelten, um es aufrecht zu erhalten, da es natürlich, so bald sie schwiegen, zusammensackte. Und ich saß im Gras, hinter mir hörte ich das Meer gleichmäßig und anhaltend rauschen, ohne daß ich es sehen konnte. Ich schloß die Augen und hörte das leichte, durchlässige, poröse Rauschen der trockenen Halme und dachte an die vielen Ansichten der Insel, und ich fand überall Punkte, an denen ich gern gewesen wäre, und erfaßte sie in meinen Gedanken.

Ich stellte mir alles vor, diese schönen, besonderen Stellen an den verschiedenen Stränden zu den verschiedenen Jahreszeiten, während ich den Wind herandrängend und stillhaltend und zurückweichend an meiner Haut spürte. Ich war jetzt glücklich, weil ich so vieles deutlich und prall in meinem Kopf hatte. Ich rührte mich nicht und dachte mir dies alles nacheinander, und diese Insel, dieses Glück, hier zu sein, so gegenwärtig in mir und vor Augen.

Von einem Zustand rasch in den nächsten / Plötzlich, von einem zum andern Augenblick, aus heiterem Himmel habe ich diesen entscheidenden, wirklich entscheidenden und nicht mehr rückgängig zu machenden Schritt getan. Beim Aufwachen, während einer Autofahrt, beim Durchblättern des neuen Quellekatalogs? Es ist einer von diesen Momenten gewesen, eine Erfahrung, die sich, von mir unbemerkt, vorbereitete. Ja, es passierte beim Ansehen des Quellekatalogs, auf der Seite 59, beim Anblick von vier Frauen in langen Kleidern, mit kurzem, mittelblondem Haar, obendrein alle vollkommen ähnlich.

Es waren Fotos von Frauen mit runden, weiblichen Oberarmen. Sie lächelten und wirkten sehr sauber, man konnte sich denken, man mußte automatisch denken, daß sie an ihrem ganzen Körper sehr reinlich sein würden, auch inwendig. Ich habe diese Frauen nie als die Bilder von lebendigen erkennen können, obschon gerade sie so aussehen, wie viele auf den Straßen und in den Kaufhäusern, auf Urlaubsfahrten, Festen und in Konzerten, gerade so sehen sie aus. Aber auch diese wirken ja nie lebendig in dem Sinne, daß man sie an einer Stelle auf sich beziehen könnte. Sie sind wie eine andere Rasse, vor allem habe ich nie ihr Alter schätzen können, ja, das war es in der Hauptsache: Diese Frauen hatten den typischen, unverwechselbaren Zustand des Erwachsenseins erreicht, die ausgemachten Erwachsenen, so, wie ich sie mir auch als Kind schon immer vorgestellt habe. Keine Mode konnte ihnen die Abzeichen nehmen, sie sahen in jedem Frühjahr, in jedem Pelzmantel, hinter allen Schürzen gleich aus, diese Frauen eines fernen Alters, weit von mir gerückt, die ich auf der Straße mit den Kinderwagen sah. Und natürlich diese Männer, in ihren Anzügen, die an Brüstungen lehnten und in den Händen Sportbeutel trugen oder ihr Auto reparierten, oder lachend abgedruckt in elastischen Schlafanzügen, die typisch erwachsenen Männer. Dann gab es die älteren Frauen, mollig und oft in rosa Korsetts mit Schnüren und Klappen, durchgehend, oft champagnerfarben, in kesser Haltung mit glänzend geglätteten Gesichtern über den eingezwängten Körpern, lächelnd jedoch, als mache es ihnen nichts aus. Auf der Straße sah ich sie oft mit Einkaufstaschen, erwachsenen Töchtern, auch mit viel Schmuck saßen sie nachmittags in Cafés, alle in ähnlicher Kleidung und immer mit Frauen ihres Alters zusammen, manchmal fünf an einem Tisch, und beugten die geschmückten Nacken schwerfällig über Kaffee und Kuchen. Es war dasselbe, ob ich sie nun in den Katalogen oder auf der Straße sah.

Immer die gleiche Art, eine so wirklich wie die andere, keine ging mir näher als die andere, ich hatte nichts gegen sie, aber sie waren aus einem anderen Material, erwachsene Menschen, die herumgingen und lebten, ja sicher, wie ich, aber ich sah nichts als Körper von Erwachsenen, Körper, einmal zwei-, einmal dreidimensional, die standen oder sich bewegten, ich sprach mit ihnen, aber sie stellten etwas ganz anderes dar, so wie Leute in Uniform, Polizisten, Kontrolleure, nur mit äußerster Anstrengung und gutem Willen als leibhaftige Menschen zu erkennen sind, die atmen und schwitzen. Diese Männer und Frauen waren die Träger ihrer typischen Eigenschaft, ich konnte sie dahinter nicht in einer wesentlicheren Substanz entdecken, sie steckten in ihren speziellen Ausprägungen, die sich auf das Erwachsensein bezogen. Es blieben feste Figuren, alle aus dem gleichen Stoff, es gab auch innerhalb der Personen keine Schichten, sie waren innen wie außen, vom Bauch bis zum Rükken durchgehend und vom Haar bis zu den Fußsohlen. Man erkannte sie mit einem Blick, diese fremden, alle Straßen bevölkernden Wesen. So wie Kinder in erster Linie Kinder sind und sehr alte Leute hauptsächlich das, waren diese voll im Leben Stehenden, diese Menschen, die richtig existierten, die, die man eigentlich mit Bevölkerung meinte, die, die man vor Augen hatte, wenn man von *dem Mann* und *der Frau* sprach, nichts weiter als Erwachsene, so sehr, so rundum und ausschließlich, daß sie auch nichts anderes mehr sein konnten. Ich befand mich außerhalb dessen. Es gab keine Berührungspunkte. Es gab sie neben mir. Sie waren nicht aus Beton, obschon ich den Eindruck hatte, sie bestünden aus etwas Konservierbarerem als Fleisch. Sie änderten sich ja nicht, sie alterten nicht, sie sahen noch genau aus wie damals, als ich sie mit fünf Jahren betrachtete oder eher gegen sie stieß, immer mit einem leichten Widerwillen, einer Art Ekel beinahe schon, der sich auf die Homogenität ihrer Kaste bezog: Erwachsene, Frauen und Männer zwar, viel weniger männlich und weiblich aber als Jungen und Mädchen, auch als alte Leute, sie schafften es nicht, etwas anderes zu sein als im Grunde dasselbe, nicht geschieden in zwei Geschlechter. In erster Linie: Erwachsene.

Plötzlich, in diesem Augenblick also, beim Betrachten dieser hübschen, fülligen Frauen mit ihrem starren Lächeln auf allen Seiten, erkenne ich mich.

Es ist ein ganz kurzer, nicht wegzuleugnender, ja, nun weiß ich, folgenreicher Moment: Ich sehe plötzlich: Sie sind nicht mehr älter als ich! Ich könnte es selbst sein. Ich sehe hin. Ich bemerke diese Veränderung in ihren Gesichtern, diese Lebendigkeit plötzlich, dieses Erwachen meiner Aufmerksamkeit, eine Bewegung in ihren Zügen: Meine Freundinnen fast schon, dieser Mann im Pyjama jünger inzwischen als mein Mann, ja, Fotografien von Menschen aus richtig gewachsenem Fleisch. Ich kann nicht mehr leugnen, ich kann nicht vertuschen, sie in diesem Moment erkannt zu haben. Ich sehe mich jetzt in ihnen allen! Aufgehoben die Grenze, sie treten an mich heran. Ich gehöre nun plötzlich einfach zu ihnen. Sie können jetzt mit mir sprechen wie untereinander. Auch auf der Straße: Die Mütter sind nicht mehr nur Mütter, unübersehbar ist ihre Jugend. Ich lerne zu schätzen. Manche sind zehn Jahre jünger als ich. Ja, eine Sache der Entwicklung, weiter nichts! Das begreife ich nun rasch. Ein langsames Schreiten in eine Richtung. Vom Jungen zum Alten. Und nun: Von mir ist die Rede, wenn von der Frau schlechthin gesprochen wird, von meinem Kopf, meinen Knochen und Muskeln. Jetzt beziehen sich diese Passanten auf mich. Ich lasse mich nicht mehr verblüffen von Locken über kahlen Nacken, von Einkaufstaschen und diesem Schmuck und den steifen Kleidern, nicht von den Kindern an ihren Händen. Ich entdecke jetzt in meinem

Gesicht die Neigung zu ihrer Faltenart. Ich sehe jetzt scharf die Gesichter an, die Frauen und ihre rundlichen Männer, ich erkenne plötzlich dies Glatte, Junge, trotz Kleidung und Spaziergängerschritt. Ich bin endgültig eine von ihnen, ich lerne sie auseinanderzuhalten, wir denken ähnlich mit einem Mal. Ich fühle mich beinah schon zuhause. Ich denke mir diese Personen jetzt als Kind, als Greis, vor und zurück, verlängert mit Geschichte und Schicksal. Ja, besser, sie sind mir keine Fremdkörper mehr, nichts Lebloses, Unbegreifliches. Ich sehe sie gerecht und sachverständig von innen. Ich erfasse nun den Zusammenhang, ihre Vergangenheit und Zukunft. Es ist nun die Wahrheit, nichts streite ich ab: Ich bin ein Erwachsener wie sie! Ich bewege mich mitten unter ihnen, zwischen ihren Altersstufen wachse ich ruhig von einer auf die andere zu. Nichts als ein Ding der Entfernung und Nähe. Es hilft nichts, ich kann sie mir nicht vom Halse halten, ich bin ein für alle Mal aufgenommen. Nun endlich, verspätet, begreife ich. Ich bin mit ihnen von diesem Moment an für immer vermischt. Durchlässig bin ich. Diese Verwirrung, dies Durcheinander jetzt auf der Straße, die vielen lebendigen, nahen Menschen, die ich jetzt treffe, auf Bürgersteigen, an Ampeln, vom Auto aus, dies Nahe, Intime, plötzlich dies Aufschlußreiche, Vertraute in Mengen und von allen Seiten. Ich bin beigetreten. Ich beginne ihre Ansicht zu teilen. Ich sehe Erfahrungen als solche an, ziehe Schlüsse, in einer Entwicklung von Einsichten befinde ich mich. Man fließt durch die Gitter, ja, so ist es, die Formen bestehen immer weiter, man selbst aber fließt von einem Viereck, kriechend, zum nächsten. Nun bin ich da. Nun weiß ich Bescheid.

Ich sehe die Leute in den Katalogen an, ich sehe die Leute auf der Straße, ich sehe mich, wir alle sind die Erwachsenen. Wir sind alle aus dem gleichen Stoff gemacht. Wir sind eine bestimmte vorherrschende Altersklasse. Wir befinden uns in einem vergleichbaren Zustand. Man kann uns der Einfachheit halber als die Erwachsenen bezeichnen. Wir stimmen dem zu. Wir nicken und sind angesprochen. Es ist, trotz unserer individuellen Eigenheiten, ein spezieller und totaler Zustand, der anhält. Für Kinder sind wir etwas vollkommen anderes als sie. Nicht etwas Entferntes, sondern etwas wie Papier oder Beton, etwas Gleichförmiges. Alles, was wir machen, ist in ihren Augen etwas, das nichts mit ihnen zu tun hat. Nichts, was wir machen, können sie mit dem, was sie tun, zur Dekkung bringen. Sie versuchen es auch nicht. Sie kommen gar nicht auf den Gedanken. Für sie ist es sicher, daß wir eine andere Rasse sind, etwas Fix und Fertiges, dem Leben nachgebaute Figuren, so wie ich es, eben noch außerhalb und nun unwiederbringlich: früher einmal, annahm. Ich denke zurück, ich bemühe mich, ein anstrengender Vorgang: So wie damals ich nicht auf die Idee kam, wie jetzt sie nicht auf die Idee kämen, die verschiedenartigen, beweglichen Fische eines Aquariums mit dem natürlichen, still liegenden Sand darin zu vergleichen.

Ein Tag im Leben Ben Witters / Herr Witter, sage ich, Herr Witter, wenn ich in einem Zimmer sitze, und das Licht brennt, und ich höre plötzlich jemanden auf dem Flur, dann spüre ich sofort den Drang, das Licht zu löschen, um ihn zu täuschen, oder mich noch rasch im Schrank, hinter den Vorhängen, in irgendeinem Winkel zu verstekken, um gesucht zu werden.

Jetzt sieht er mich an, mit großen, nachdenklichen Augen. Es ist schön, erkannt zu werden, darum sage ich es auch freiwillig. Früher allerdings passierte mir das, ja, es stieß mir zu: In Buchhandlungen beispielsweise wurde ich im voraus rot, wenn ich ein Buch verlangte, weil ich dachte, die Verkäufer zögen Rückschlüsse, erführen alles über mich, nur weil ich einen Titel nannte.

Herr Witter, sage ich, wissen Sie was? Früher war es für mich furchtbar schwer, mich überhaupt irgendwie zu verhalten. Er lächelt und sieht auf meine Hände dabei. Ich fahre aber fort: Es war mir auch kein Benehmen der anderen, zum Beispiel meiner Mitschülerinnen, verständlich, ich trat immer ins Fettnäpfchen, weil ich nicht begriff, was sie durch eine bestimmte Geste anzeigten, nichts war mir nachvollziehbar an ihnen, nichts natürlich, eins merkwürdig wie das andere. Ich mußte mich unauffällig unter sie mischen. Ich ahmte sie nach, alle ihre Verhaltensweisen, da ich ja auch nicht wußte, wie ich mich einzeln aufführen sollte, das höchstens, wenn ich allein war, hintereinander. Der Reihe nach probte ich ihr Lächeln, ihre Art, Sätze zu betonen, zu tuscheln, die Schultern her- und wegzudrehen, durch. Ich reagierte wie Hildegard Gabler und Karin Zobelmann, wöchentlich anders, nie mit Überzeugung, nie überzeugend. Ich fürchte, es ist rausgekommen. Was hat sich inzwischen geändert? Dabei habe ich immer gedacht, es könne ein Punkt erreicht werden, wo mir ein charakteristisches Verhalten ohne Gedankenarbeit glatt von der Hand geht.

Ben Witter schweigt.

Ich sage: Sie schweigen. Zu Recht! Das verlockt mich zum Weiterreden, auch wie Sie mich ankucken mit Ihren Augen. Er sieht zum Fenster, aber er sieht mich in Wirklichkeit mit dem Hinterkopf an, er sagt: Bitte noch eine Tasse Tee! Aber das ist keine echte Unterbrechung seines aufmerksamen Schweigens.

Vielleicht dies noch, Herr Witter: Sehr lange habe ich mich täuschen lassen durch das strenge, wichtige Benehmen der Amtmänner in ihren Büros, wie sie Bleistifte spitzen. Auch durch die pflichtbewußten, kurzen, energischen Schritte der Frauen mit Hund, wenn sie die Tiere frühmorgens, spätabends zum Pinkeln führen. Jetzt immer noch, wenn ich nicht aufpasse, falle ich auf die so überzeugend vorgetragene Wichtigkeit herein. Wenn der Postbeamte die Briefmarken auf meinem Päckchen so ernsthaft entwertet, zweifle ich nie, wenn ich träumerisch, wie ja meist, am Schalter stehe, an der unerhörten Bedeutung der Arbeit.

Herr Witter schaut auf meinen Mund. Er hat so wissende, dabei unbewegliche Augen, dieser Blick, schon beginne ich zu stottern, er schaut auf meine Hände. Schon zittern sie. Herr Witter, sage ich, etwas ist komisch: Das wirkliche Anzeichen für einen Sommertag ist nach meiner Meinung ein ganz blauer Himmel mit einem sehr hoch fliegenden, stillen Flugzeug darin. Letztens, im April, habe ich beides da oben entdeckt. Plötzlich befand ich mich mitten im Sommer. Es war aber gar nicht besonders warm. Ich konnte in dem Moment diesen Apriltag als erlebten Sommertag abhaken, ich meine damit, mir kam es so vor, als würde mich nun der angebliche Höhepunkt, so ein brüllend heißer Augusttag nur noch langweilen. Der Augenblick des intensivsten Erkennens war für dieses Jahr vorbei. Dieser bestimmte Himmel mit dem kleinen fernen Flugzeug darin war die Hauptsache. Ich dachte, ich wäre nun ganz unempfindlich für alles andere, was einen Sommertag typisch macht. Verstehen Sie: Ich kucke hoch, sehe diese beiden Sachen, und schon ist der diesjährige Sommer vorbei, und es tut mir gar nicht leid. Nun konnte der Herbst, gegen Ende April, ruhig kommen.

Ben Witter betrachtet währenddessen die Blumen auf der Fensterbank. Er scheint die Abstände zwischen den Töpfen zu vergleichen. Vielleicht ist er darauf aus, eine übertrieben exakte Anordnung festzustellen?

Hören Sie nur, Herr Witter, so dumm bin ich aber inzwischen auch nicht mehr. Ich habe gelernt. Ich kenne jetzt mittlerweile auch einige Dinge, die Rückschlüsse zulassen, eine kleine Kriminalistik, eine kleine Psychologie. Zum Beispiel war kürzlich ein Mann bei uns, ach, ich wußte kaum etwas über ihn. Ich habe ihn aber beobachtet, unauffällig, damit er sich ungeniert benähme. Auf einmal bohrte er in der Nase, gedankenverloren, selbstverständlich, gründlich und dabei weitersprechend von einem Dichter. Dann hatte er das Ergebnis am Finger. Doch nun erschrak er offensichtlich. Man sah, wie er zögerte, wie die Geste steckenblieb, diese Bewegung der Hand zum unteren Stuhlrand, wie er es gewohnt war. Er spürte unsere Blicke und wußte nun nicht mehr wohin damit. Ich schloß daraus: Dies ist ein Junggeselle, jemand, der meistens einsam lebt in seinem Zimmer und hier versehentlich seiner gewohnten Beschäftigung nachging. Ach, oft erkenne ich solche Sachen. Man kann daraus schließen.

Herr Witter lächelt, trinkt noch einmal aus seiner Tasse und schaut zur Tür. Schon tritt die Katze leise ins Zimmer, springt mir locker über die Knie, ich will sie halten, er sieht, wie ich mich vergeblich bemühe, und lächelt immer noch vor sich hin.

Jetzt will ich Ihnen mal was sagen, Herr Witter, man muß mit den Zeichen vorsichtig sein. Bei einer Leidenschaft beispielsweise. Das ist oft begleitet von Kratzen und Stöhnen. Sie wissen das sicher, und es passiert ganz unwillkürlich. Erst hinterher wird es einem bewußt, man tut es einfach in diesen Momenten. Doch später, das habe ich gemerkt, erinnert man sich, wenn die Leidenschaft nicht mehr so feurig ist, an diese Symptome. Man denkt: Sie waren die Zeichen der Leidenschaft, man trauert darum, man denkt sehnsüchtig daran zurück. Dann meint man vielleicht, man könne durch Kratzen und Stöhnen, umgekehrt quasi, die Leidenschaft wieder zurückbekommen. Doch das ist Unfug, das ist entsetzlich: Man spürt die gegenwärtige Kälte nur deutlicher, die Zeichen hängen in der Luft, getrennt von den Körpern, die unangenehm aneinanderstoßen.

Herr Witter bewegt sich nicht und schweigt. Ich kann keine Schlüsse ziehen, er sitzt nur da mit geöffneten Augen, nichts zuckt in seinem Gesicht. Alles merkt er und zwingt mich, immer weiter zu reden.

Sehen Sie, ist Ihnen das schon aufgefallen, Herr Witter: Die Wut, wenn ein Symptom nicht verstanden wird? Jemand versucht, wie gewohnt, mit einem bedeutsame Blicke zu wechseln. Man selbst aber sagt: Was gibt es? Man tut, als verstünde man nicht. Man sagt: Ist was mit meiner Lippe los? Ein Krümel? Verschmierter Lippenstift? Man spürt sofort die Beschämung des andern. Wenn mir das passiert, bin ich zornig, daß mein wichtiger Blick, dieser Augenaufschlag nicht landen kann. Etwas Schlimmes geschieht, wenn ein Zeichen nicht mehr verstanden wird.

Ich sehe Herrn Witter in die Augen. Er schaut zurück, still wie ein Stock, ganz ungerührt, doch nichts entgeht ihm. Er scheint nicht auf meine Worte zu hören. Er fällt aus Routine auf gar nichts rein. Ja, das ist es, er schaut so unbestechlich in die Gegend. Ich kann es aber noch immer nicht lassen.

Das Schönste ist doch die Ehrlichkeit, die Natürlichkeit: Welches Aufatmen, welche Entspannung, wenn man irgendwann in sich zurücksinkt wie in ein weiches, warmes Sofa, alt, verschlissen, aber bequem, und sich sagt: Was soll das Getue, so bin ich eben, so und nicht anders. Ja, wirklich. Ich habe Leute, beneidenswerte, reden hören: So bin ich eben. Die glücklichen, bescheidenen Menschen. So bin ich eben, sehr liebenswert nicht, interessant nur für wenige, doch an Interesse auch kaum interessiert. Welche Entspannung, es nicht mehr darauf anzulegen, Herr Witter, von vielen Leuten geliebt zu werden!

Nun müßte er doch verlegen sein! Doch er zeigt es nicht. Er hütet sich, auf dem Stuhl zu rutschen oder sich auf die Lippen zu beißen. Herr Witter ist nur auf Gesten aus. Er sammelt Symptomatisches.

Herr Witter, fahre ich nun uneingeschüchtert fort, im Gegenteil, jetzt noch mutiger, selbstbewußter: Herr Witter, das Wichtigste habe ich Ihnen noch gar nicht gesagt. Er wird nicht aufmerksamer. Sein Blick wandert nicht von den Büchern, die er seit einer Weile schon mustert, her zu mir. Jetzt aber doch, aber nur, weil ich aus dem Fenster raus einen Mann mit grauen Haaren grüße.

Herr Witter, nun sehen Sie mich einmal an: Ich runzle die Stirn. Was bedeutet das wohl? Ich schlage jetzt mit der Faust auf den Tisch. Ich strecke Ihnen die Zunge raus. Ich starre Sie an mit offenem Mund: Was bedeutet das wohl? Für Sie ist das keine Schwierigkeit, gut, Sie wissen auch das. Aber sehen Sie, andere Leute nicht. Ich sitze in einem Lokal, ich schaue den Kellner plötzlich an, wie hingerissen. Ich frage ihn jedesmal irgendwas, wenn er nur in meine Nähe kommt. Ich lasse mir zu einem Essen raten, bitte um Feuer, ich sehe auf seinen Mund, seine Hände. Was wird er denken, was denken die Leute am Nachbartisch? Das Falsche! Herr Witter. Ich bin an dem Mann gar nicht interessiert. Oder ich sitze in einem Vortrag. Ich schüttele plötzlich meinen Kopf, ich gähne, ich mache die Augen zu, ich lache, ich halte die Hand vor den Mund, immer noch lachend. Was wird der Vortragende vermuten? Wieder das Falsche! Ich höre überhaupt nicht hin, ich finde ihn weder komisch noch ernsthaft. Ich weiß, es ist kindisch. Verstehen Sie aber: Es hilft mir so, falsche Zeichen zu machen. Ich lasse die Finger jetzt unruhig werden. Man müßte, man kann gar nicht anders, denken, ich sei nervös. Ich stottere ihnen Sätze vor, ich erzähle ungefragt vor mich hin, ich schütte mein Herz aus über die Kindheit, über

Probleme der Gegenwart. Schon wird man Geläufiges behaupten. Ich sitze zufrieden in meinem Stuhl und sehe der Ohnmacht der anderen zu. Sie stolpern in den Symptomen rum, sie verfangen sich, ich aber hantiere vor ihren Augen, zusammenhanglos. Welche Erfrischung, ich atme freier, ein Gefühl von Überlegenheit. Jetzt passieren die Zeichen nicht mehr mir, sondern den andern. Ich ziehe mich dabei zurück.

Herr Witter lächelt. Er weiß ja Bescheid. Er fiele auf solche Spuren nicht rein. Er liest in meinem Zimmer und mir unbeirrt vor sich hin, sammelt, verbindet.

Nun aber endgültig raus mit der Sprache! Herr Witter, das Schönste ist das noch nicht. Das Schönste ist dies: Ich weiß, was Sie können. Sie sehen die Oberfläche an und kennen den Grund. Sie können die Dinge zusammenrechnen. Was eine Person auch vor Ihnen tut: Sie wittern die geheime Bedeutung, Sie sehen Logik und Symbol, eine winkende Hand, ein Blumenstrauß, ein Stückchen Käse, ein Tropfen Schweiß des Ehemannes! Sie sind nicht auf Gesten angewiesen, nicht einmal das. Wer würde Sie schon hintergehen mit Vorsatz und Absicht und Erfolg? Sie finden die Fährte ganz woanders, am Rande, Sie schätzen den Nebenweg. Sie spüren dem Zufall, dem Unwillkürlichen immer nach, vertrauensvoll und erfinderisch. Herr Witter, Sie fügen Getrenntes zusammen, als wäre es Dichtung, steif und geordnet.

Ben Witter ist auch nur ein Mensch. Das muß er gern hören, es wird ihn ein bißchen, zumindest, rühren. Er sieht mich bewegungslos an, gibt sich keine Blöße, nur gegenwärtig durch sein Zuhören, sein schweigendes Beobachten. Man könnte seine Anwesenheit vergessen, übersehen, so zurückhaltend benimmt er sich schon seit Stunden. Ja, er ist unentbehrlich. Hinter seiner ruhigen Stirn braut er die Einzelheiten zusammen. Man fühlt sich heil und beschützt und gereimt in seiner heftigen Aufmerksamkeit.

Herr Witter, ein Letztes. Das, was ich Ihnen die ganze Zeit sagen wollte. An manchen Tagen bin ich aufgrund all dieser Ihrer Vorzüge, des eben genannten am meisten, ganz auf Sie angewiesen. Die verschiedensten Dinge, die ich tu, bringen Sie unter ein Dach. Ich stelle Sie mir vor, wie Sie da sitzen und mich verfolgen, registrierend und schließend. Schon bin ich wie aus einem Stück, mit Umriß und schlagend als Person. Ein wunderbares Gefühl! Was ich mache, ist von geheimem Belang durch Ihre Anwesenheit, Ihr Vermerken und Ordnen, als würde mir beim Friseur stundenlang und behutsam in warmer, nach Schampoo riechender Luft in schaumigen Wolken der Kopf massiert. Ich bin so sicher, auch dieser Tag mit meinen unterschiedlichen Sätzen ergibt dank Ihrer Bemühung längst einen Extra-Sinn.

Tageslauf mit Unterbrechung und Gegner / Früher (gestern noch), wenn die Katze so lange bewegungslos schlafend zwischen den Kissen lag, konnte ich nicht wirklich konzentriert arbeiten in dem kleinen Raum, in dem wir beide dann allein atmeten. Sie rührte sich nicht, lag nur da, schwarz zwischen sechs schwarzen und gemusterten Kissen, in weniger als kissengroßer Ausdehnung, und wenn es wirklich stimmte, daß sie lebendig war und also atmete, atmeten vielleicht ebensogut die Kissen leise vor sich hin, etwas größere Lebewesen, stumm zusammengerollt. Hätte man sie aber aufgeschlitzt mit einer Schere, wären natürlich als Beweis für das Gegenteil Federn hervorgequollen, ebensogut hätte man die stumm in eine Ecke gedrückte Katze aufschlitzen können, und natürlich wäre dann Blut zum Vorschein gekommen, und man würde also in diesem Fall auf richtiges, echtes Leben stoßen. Der Anblick aber war so zweideutig, daß ich immer wieder zu ihr hinsehen mußte, wobei ich sie manchmal auf dem dämmrigen Sofa gar nicht erkannte. Ich wußte oft nicht, ohne mich, um den Effekt auszukosten, absichtlich dumm zu stellen, ob ich nun ein Stück Kissen ansah oder die Katze. Die Atemlosigkeit regte mich auf, diese täuschende Stille auf dem Sofa. Einer der schwarzen Flecken bestand aus Muskeln, Knochen, Blut, Nerven, aber schien doch nun ganz aus Stoff und Federn zu sein, ohne Empfindung und innen ausgestopft, ein zugenähter Lappen und zu keiner Reaktion fähig und nur benutzbar und sonst ganz ohne Sinn und Wert. Ich wußte, daß es auf dem schattigen Sofa ein Zentrum gab, für das diese Behauptung nicht galt, ich konnte mir vorsprechen, daß dort ein kleiner, lebendiger, schmerzempfindlicher Körper lag, aber ich meinte vielleicht dabei den falschen, es machte vom Kucken her gar keinen Unterschied. Ein eingebildeter Unterschied, den ich mir in meinem Kopf dahersagte, ohne angesichts des steifen Sofas mit seinen Kissen daran zu glauben. Ich traute dem Augenschein, ich verglich die Katze mit den Kissen, ich fragte mich, inwieweit sie tatsächlich nicht aus Stoff, sondern lebendig war, dann, wenn sie ununterscheidbar von ihrer Umgebung schlief. Ich fragte mich, wie groß ihre Bewußtlosigkeit sei, ob sie, wenigstens in diesen Momenten für sich selbst nicht vorhanden war, nichts anderes als die mit Federn gefüllten Quadrate um sie her. Eine unangenehme, nämlich zweideutige Gegenwart, etwas Unmoralisches in dieser augenscheinlichen Kissenhaftigkeit eines lebendigen Wesens. Das gleiche Gefühl überkommt mich, wenn ich hinter einer dicken Glasscheibe von oben aus einem Büro oder Eßlokal die Vorübergehenden betrachte, man vergißt – und sagt es sich daher dauernd –, daß es richtige Menschen sind, nicht nur bewegliche Gegenstände, man sagt sich, daß sie verletzlich und persönlich sind, gegen den Augenschein, nicht also nur beliebige, aufrechte, bewegbare Ausstülpungen der Fläche, die man in die Fläche zurückstülpen möchte.

Wenn die Katze wach wurde, schienen aber immer zwei Lebewesen wach und gegenwärtig zu sein, eines sichtbar, eines unsichtbar. Nie sah die Katze dann ruhig vor sich hin. Sie forschte sogleich nach einem Gegner, der sich in jedem Winkel verbarg, sie schaute im Zimmer herum und hatte ihn plötzlich fixiert. Immer, wenn sie ihn brauchte, war der Gegner zur Stelle, in jedem Raum, unter Stühlen und in der Luft, und blitzschnell schlug sie zu, im Sprung das nächste Opfer erkennend und die Wohnung mit Schleichen und Sprüngen füllend, mit diesen sich überstürzenden Läufen, mit flüchtigen, steilen Höhepunkten. Ich erfuhr alles durch den schnellenden Katzenkörper, ich saß faul in meinem Stuhl und sah zu, wie sie an den Wänden entlanghetzte, die Luft um sie her bevölkert mit Beute, kein Blick ging jemals ins Leere, immer traf er ein Ziel, das den Körper anspornte zur Jagd in derselben Sekunde. Ich begriff, sie erledigte die Aktionen in rasender Schnelligkeit, um eine zusammenhängende Handlung zu Ende führen zu können, da sie so leicht – jeder Blick, jede Verzögerung riß sie in eine sich überschlagende Folge – abgelenkt wurde, daher der kurze Anlauf, das rasche Ermatten, die Reihenfolge war eingehalten, sie konnte die Augen bewegen, den Kopf zur neuen Beute drehen. Nie also kam sie durch das Zimmer, ohne ein Ziel fest im Auge zu haben, alles Nähern war Anschleichen, Ansprung, angesaugt wurde sie, hergerissen von einem Feind, einem Widersacher, nie ruhten Gegenstände gleichmütig um sie herum. Sie befand sich in unentwegter Verfolgung, dies dank ihrer Erfindungskraft, ihr eigenes Werk, sie unterhielt sich, nie in das ungeordnete Nebeneinander der Stücke eines Raumes entlassen, vielmehr von einem Ziel zum andern gezwungen, ein gestrafftes, sortiertes Zimmer also. Oft natürlich ersetze ich ihr dies alles. Sie faßt mich ins Auge, lauert, zum Sprung gekauert, ein Bein angehoben, springt, die anderen drei vom Boden lösend, in die Luft. Dies abwechselnd, eben noch auf Konkretes stürzend, jetzt aber wieder auf Unsichtbares, in ungeminderter Leidenschaft, funkelnd und abwesend, nach innen gerichtet der Blick, vollkommen anwesend, mich ansehend, aber nicht mich: nach innen sehend: etwas, dessen sie bedarf, ansehend. Der Blick: auf den Boden, auf mich, auf den Schwamm, ein konzentrierter, mich flüchtig treffender Blick. Sie macht sich was aus dem geringsten Anhaltspunkt, von mir braucht sie nur die kleinste Bewegung, dieses Tuch interessiert sie, läßt sie kalt, sie schweift ab auf Tauglicheres, taxiert mich auf meinen Nutzen, sie teilt mich ein und ist nicht abzulenken von meinen Schuhen auf meine Person, treu keinem Ding, nur einer Funktion, der Beute, dem Gegner, dem Höhepunkt, ein kurzer Ansprung, schon läuft sie locker, entspannt, neugierig, beschäftigt, gefordert zum nächsten. Ich bleibe benutzt zurück. Immer diese Zerstreutheit des Blicks, mich fixierend, aber wie blind gegen mich, gefesselt von etwas anderem. Nie meint sie mich. Ich kenne den Blick von Müttern, die Kinder in großen Taschen tragen, sie sitzen im Zimmer und sehen sie an, sie lächeln zerstreut, sofern das Lächeln und Hören nicht jenen verpackten Wesen gilt. Sie nehmen nur Oberflächen wahr, denen sie strahlend entgegenlächeln, abwesend aber, von nichts zu treffen, das einzig Wesentliche in Taschen, auf Decken, in Ställen, konzentriert, mit dem nackten, eisigen Blick, unverhüllt in ihr Lächeln gefaßt, durch nichts mehr zu rühren, wie der einer Möwe, die stehend, hoch in der Luft, aus der wirren Umgebung die Beute geschält hat.

Aber hier, an diesem Punkt, wurde mir heute klar, ja, ich sah ein, daß es eine Parallelität gibt, eine direkte Vergleichbarkeit, die gegenseitige Stillung eines Bedürfnisses, eine exakte Entsprechung, so drückt die eine Erkenntnis die andere ab, zwei Hälften: Ich falte ein Stück Papier dreimal und reiße es nach jedem Falten einmal durch. Die Katze öffnet dreimal die Augen. Ich hole sie aus ihrem stehenden Dasein in ihr gerichtetes, ich hole sie in mein leeres, widerstandsloses, ungeordnetes Zimmer, mit der schrecklichen Gleichberechtigung aller Dinge, aufgereiht nebeneinander. Ich lehne mich schlaff zurück. Die Katze beginnt im Nu mein Zimmer zu füllen, sie pumpt die Luft voll mit Handlung und Leidenschaft, voll mit Zielen, voll mit Ergebnissen, Anfängen, Schlüssen, eine Ordnung, plötzlich, eine Vergangenheit und Zukunft plötzlich, ein Nacheinander der Vorkommnisse, eine Auswahl unter den Dingen, eine Detaillierung meines Raumes, meiner Person. Ich rühre mich nicht und lasse die Katze sich ducken und strecken. Ich lasse sie alle Handlungen ausführen und zuende bringen. Ich mache nicht den Finger krumm, während die Katze sich abmüht für mich, das Schauspiel zustandebringt, eine Aktion von A bis Z jeweils. Ich kann mich ausruhen in dieser Zeit, ganz entspannt sein. Sie tut es für mich. Sie tut es gut. Das ist sonst meine Sache: dies Aufrechterhalten, die Sichtbarmachung von Anfang und Ende, dieses Erfinden einer Bewegung hin auf ein Ziel, die Gleichförmigkeit, die Gleichzeitigkeit zu zerstören durch Vorwärtsleben. Sie leistet es ab, stellvertretend. Sie drückt mich aus. Die Ordnung besteht, denke ich mir, sehe ganz lässig, wie sie den Raum mit Ereignissen vollstopft, wie ich versinke, ja, spiegelbildlich, das ist die Lösung, und jetzt mit Lust, in Apathie, nicht lebend, nur atmend, ununterscheidbar mit meiner Umgebung – ein Gleichgewicht des Benutzens also – vermengt.

Ein Spaziergang zum Ausgangspunkt zurück / Kurz nachdem wir uns in den Schatten gesetzt hatten, an den Weg, ins Gras, auf dem die Decke zunächst ganz locker lag, dreißig Zentimeter über dem Boden, von den Halmen gestützt, den starr stehenden, bläulich-grünen Ähren gegenüber, die anstiegen und so mühelos bis zum Horizont reichten, auch weil sich ja unsere Augen so nah über dem Erdboden befanden, und während wir noch von unserem Platz aus herumsahen, auf die Gegend im sichtbaren Umkreis, kam ein Pferd von links den Pfad hoch mit einem Reiter in schwarzer Hose und weißem, an den Armen aufgekrempeltem Hemd. Sein Kopf war stark gerötet, und es folgten ihm noch zwei ebenso gekleidete, plumpe Männer. In einigem Abstand ritten wieder drei Männer, diese nun aber eleganter. Die ersten hatten uns irgendeinen biederen Scherz zugerufen, diese nahmen keine Notiz von uns, sahen neben uns auf eine viereckige, plattgedrückte Stelle, sagten leise etwas zueinander und entfernten sich lachend, den anderen weiterhin folgend, den Weg hochreitend und nach fünfzig Metern an der Gabelung wie jene nach links schwenkend, und wir kuckten ihnen nach, wie die Pferde allmählich im Korn zu versinken schienen, die Köpfe der Reiter aber noch immer im gewohnten Rhythmus vorankamen. Dann tauchten sie wieder auf, denn sie ritten nach rechts hoch zum Wald, und erst viel später, nach mehrfachem plötzlichem Auftauchen und Verschwinden, verloren wir sie aus den Augen. Wir sahen nun wieder die geraden Kanten des bläulichen Korns an, das im Gegensatz zum Gras, in dem wir lagen, so aufrecht und kräftig und beinahe lückenlos nach oben wuchs und beinahe auch in der gleichen Geschwindigkeit, so daß sich eine gleichmäßige Oberfläche ergab. Aber schon bald drehten wir uns auf die rechte Seite, weil wir aus dieser Richtung Stimmen hörten. Es dauerte eine Weile, bis die Leute, die miteinander gesprochen hatten, sichtbar wurden. Sie seufzten und atmeten schwer, als sie sich näherten, wir hörten sie keuchen. Sie senkten den Blick aufs Gras, es war ein Mann mit einer Frau, beide braungebrannt und in Sandalen. Wir sahen sie in dem Moment, als sie auf die Gabelung stießen. Die Frau folgte dem Mann. Sie blieben dort einen Augenblick und wischten sich den

Schweiß von der Stirn. Die Frau sagte, ihre Sandalen seien von innen ganz feucht. Der Mann antwortete, ob sie etwa denke, daß es bei ihm anders sei. Die Frau schwieg und keuchte wieder. Sie gingen an uns vorbei. Mein Mann meinte, diese Leute hätten einen langen Spaziergang gemacht, den ganzen weiten Bogen um das große Ährenfeld am fernen Wald entlang, der oben kraus und unten gerade zwischen Feld und Himmel stand. Sie seien diesen großen Kreis gegangen. Er behauptete es einfach, ohne es eigentlich zu wissen, und ich wunderte mich, daß er es so bestimmt sagte, wie eine Tatsache, nicht wie eine Vermutung. Wir sahen nun keine Menschen mehr, aber wir hörten die Lerchen, die bis zum äußersten erschöpft in die Felder zurückfielen. Dort war es zum Platzen gefüllt mit Lerchen, die unsichtbar darinsteckten und ohne Pause zwitscherten und glucksten. Wir kuckten auf die Weizenfelder, die wir hier vorn senkrecht und ohne Umwege emporwachsen sahen und dann nur noch Reihe für Reihe, wie mit einem harten Stift hintereinander angestrengt hingekratzt, Linie für Linie unendlich fleißig und gewissenhaft, wie von einem Wahnsinnigen, der eine Seite Geschriebenes nachzuahmen versucht. Ein Baum, der mitten im Weizen stand, warf einen runden, unbewegten Schatten auf die durchlässige Fläche wie auf festen Grund, der Weizen aber, der ihn von allen Seiten umgab, war dort in der Entfernung weder einzeln noch als leicht gezackte, unentwegte Linie zu sehen, sondern als schichtartig über den Boden gestrichene, blaugrüne, steif geschlagene oder auch zum Gelieren gebrachte Masse. Wir ließen unsere Decke im Gras liegen und gingen am Zaun entlang, der eine Weide abgrenzte, auf der, wie wir erst jetzt, stehend, erkannten, einige junge Kühe mit winzigen Eutern standen, aber zu entfernt, als daß wir sie beim Abreißen des Grases, das sie mit den Zungen umschwenkten, vorher hätten hören können. Während wir uns der Gabelung vor dem gelben Gerstenfeld näherten, kuckten wir uns noch einige Male nach ihnen um, und die ganze Zeit über ließ eine von ihnen einen schrägen, straffen Strahl unter ihrem erhobenen Schwanz ins Gras herunter. Als wir uns, bevor wir uns nach rechts wandten, also entgegengesetzt zu den Reitern, in die Richtung, aus der jener schwitzende Mann mit seiner Frau gekommen war, zum letzten Mal umdrehten, sank der Schwanz allmählich, wobei er eigentümlich schlaff und gespannt zugleich war, in unglaubwürdiger Haltung, eigentlich sinkend, aber in der Bewegung gestoppt, nach unten. Wir gingen jetzt zwischen zwei Wiesen, Steine lagen auf dem heißen Weg, immer am Zaun entlang, der durch schiefstehende Pfosten gehalten wurde. Plötzlich tauchte ein Mann im Gras auf, hinter dem rechten Zaun, und rüttelte an jedem Pfosten, während er uns entgegenkam. Wenn ein Pfosten nachgab, schlug er ihn mit dem Hammer fester in die Erde. Es war dann wieder ganz still, wir sahen nichts anderes mehr als das hohe Gras, den Weg und den Himmel, wir hörten die Hummeln in an- und abschwellendem Sausen, und ich dachte in dieser Stille einen Augenblick lang, meine Ohren seien nicht in Ordnung, es gab so ein dumpfes Gefühl darin, als halte man Kissen davor oder als hätte ich eine Badekappe auf, als müsse ich etwas von meinem Kopf reißen oder wegstemmen. Aber als ich an den Ohren rüttelte und darauf drückte, blieb die Stille unverändert. Wir gingen immer neben dem Zaun auf dem Weg über die ausgetrockneten Spuren von Pferdehufen, die einmal bei matschigem Boden tief eingesunken waren. Nach einer Kurve lag rechts plötzlich ein kleiner Wald, der anstieg und in den man wie von hinten hineinsehen konnte, und links rückten die Wiesen aus dem Blickfeld. Wir befanden uns also ganz unvermittelt in einer Gasse, in der es auch sogleich kühl, beinahe feucht war, und es roch auch anders, nach aromatisch Verfaulendem, nach kochendem Obst, nach Dünsten dieser Art, nach warmem Laub voll schlammiger Tiere, süß und sauer. Wir gingen in der Gasse hintereinander, und schlagartig hörten Wald und Böschung auf, traten zurück. Zu beiden Seiten des Pfades lag eine Schonung. Unter den Bäumen wuchsen gebogene, breite Blätter. Der ganze Bewuchs an Bäumen war knorrig und kräftig, niedrig und gekrümmt. Die Sonne schien auf alles heiß nach unten. Es roch trocken, nach Nadelhölzern, nach Haaren, Haut und Bitterem, nach Hitze auf Stein und Sand. Wir gingen gerade auf dem Weg zwischen den Teilen der Schonung auf eine Hecke zu, die aber dann doch eine Öffnung hatte. Dahinter wieder ein schmaler, gassenartiger Wald, eine Abfolge verschiedenartiger Räume mit Schatten und Licht und nassen Gerüchen, die ich sofort in meinem Bauch spürte und die Hungergefühle in mir weckten, und trockenen, die mich fast zwangen, mich zum Schlafen in das helle, breite Gras zu legen. Dann aber stießen wir wieder auf das Gerstenfeld. Man sah nur noch das Feld, schnell gegen den Himmel steigend, es füllte einen Winkel, dessen beide Schenkel der Wald bildete. Wir standen jetzt im Schnittpunkt, und es war wirklich wie ein kleines, leeres Zimmer, es war freie Natur, aber hier nur aus den nahen, ruhigen Flächen gebildet. Wir waren eingeschlossen, ohne Geräusche zwischen den vier Flächen, der doppelten des Waldes, dem Himmel und dem Feld. Unser Weg entfernte sich aber sogleich daraus, und nun begann eine neue Landschaft mit riesigen, schirmartigen Blättern, die den Boden überwucherten und mich an eine Flußgegend erinnerten. Es waren alles wüste, schnell wachsende Pflanzen, ringsum etwas Übertriebenes, ausschweifend Urtümliches, Längstvergangenes. Man konnte nicht mehr erkennen, was unter der Oberfläche der Blätter saß oder kroch. Sie wölbte sich als geschlossene Decke hoch. Wir schauten uns an dieser Stelle um, hinter uns gab es nur die rauhen Gebüsche der Brennnesseln. Dann änderte sich die Gegend, und wir befanden uns wieder am Eingang zu einem wesentlich verbreiterten Laubwald mit stark bewachsenem Boden. Über uns war der Himmel jedoch ganz frei, wir hörten die Vögel laut und vielfältig rufen, es hallte aus Kammern und Fluren in der Luft. Wir setzten uns auf einen querliegenden Baumstamm und sahen die kleinen Früchte der Frühjahrsblumen und das unterschiedliche Licht an den Stämmen und das Laub der Bäume. Der Weg lief noch immer weiter und ließ bereits eine neue Form der Landschaft vermuten. Wir aber wollten in dem schönen Bogen am Feld entlang zurückkommen. Wir merkten, während wir saßen und den Weg ansahen, daß wir es uns als sehr schön vorstellten und es auf jeden Fall machen wollten. Darum kehrten wir um zu den groben Flußgewächsen, wo es gleich wärmer wurde, weil es von den Hüften an aufwärts keinen Schatten mehr gab, und wir stießen auf den Schnittpunkt der beiden

Waldbereiche, die dunkel, aber etwas dunstig das Gerstenfeld begrenzten. Wir stiegen nun an der zweiten Waldseite hoch, und zunächst unabsehbar dehnte sich das Feld vor uns. Es roch stark nach Honig, so daß ich ihn fast auf der Zunge schmeckte und im Kopf betäubt wurde von soviel Süße und ein Widerwillen in mir aufkam. Ich kuckte, als wir am Feld gingen, auf die strahlende Fläche, die aber weicher und lückenhafter als die des Weizens war. Nach einer Weile konnten wir ein Ende absehen. Wir stellten fest, daß der Weg einen scharfen Knick machte, und wir wanderten jetzt also zu unserem Hinweg parallel, auf dem Rückweg jetzt, aber noch immer zwischen Feld und Wald, in den kleine Gänge führten, die nach wenigen Metern einfach aufhörten. Nun ersetzten Hecken und große Gebüsche den Wald auf der rechten Seite, und ich entdeckte in der vor uns liegenden Landschaft, die mich einen Augenblick durcheinanderbrachte, weil ich nicht sicher war, ob wir tatsächlich einen Bogen beschreiben würden, einen blauen Lastwagen, und mir fiel ein, daß ich ihn auch von unserem Liegeplatz aus gesehen hatte. Wir gingen darauf zu, und von dort aus konnten wir unseren roten VW in den Wiesen erkennen. Ich erinnerte mich, daß dies der Weg war, den die Reiter gewählt hatten, als sie sich von uns entfernten. Wir kamen nun rasch voran, denn der Weg wurde breit wie eine Straße. Man konnte bis zur Bundesstraße und darüber hinaussehen, bis zum dunstigen, jenseitigen Wald am Horizont. Als wir an unserem Ausgangspunkt ankamen, fiel uns auf, daß die Sonne gerade den von uns als Zeichen für die Heimfahrt bestimmten Zaunpfahl erreichte. Sie war in der Zwischenzeit zwei Abstände weitergewandert. Wir sahen dann noch, bevor wir ins Auto stiegen, den großen, aber von hier aus nur unvollständig sichtbaren Bogen an, ja, mir wurde bewußt, daß man ihn nie ganz hatte übersehen können. Wir sagten, daß so ein Gang im weiten Kreis besonders schön sei. Ohne die Gegend zu kennen, war es uns gelungen. Ja, ja, sagten wir noch ein paarmal auf der Heimfahrt, es ist doch ein Vergnügen, im Kreis zu gehen, solche Spaziergänge sind immer die besten, warum weiß der Kuckuck. Aber da verglich ich es wenigstens mit der tiefen Zufriedenheit, die sich ergibt bei der

Lektüre eines Kriminalromans, wenn der Täter sich am Ende als einer herausstellt, der von Anfang an als Person bekannt war.

Das Wunder einer Hypothese / Plötzlich ein Straffen, plötzlich eine ausschließliche Bedeutung, an der in entsprechender Reihenfolge jedes Stück dieses Hauses teilhat. Plötzlich betrete ich, versunken in diese Vorstellung, eine in ihrer Folgerichtigkeit plötzlich bekehrte, künstliche, wenn auch nach ihren Gegenständen unveränderte Welt. Mit etwas Konzentration gelingt es mir, die gleichgültigen Einzelheiten mit einem Ruck wie Würfel auf einen Tisch zu setzen, ihre zufällige Anordnung zu einem Ergebnis zu machen, als hätte ich den Becher von ihnen gerissen und sie lägen nun, unterschiedlich wichtig, aber als Auskunft voneinander abhängig, offen vor mir.

Den kurzen Weg auf die Haustür zu, über die unregelmäßig gebrochenen Platten, zwischen der kleinen Rasenfläche und den drei hintereinandergepflanzten Rhododendronbüschen, werde ich viele Jahre täglich einige Male gegangen sein. Während ich mit einer Hand nach dem Schlüssel suchte, drückte ich mit der anderen, um mich anzukündigen, auf den Klingelknopf. Dabei stellte ich jedesmal den linken Fuß auf die Schwelle und stemmte die Tasche auf den waagerechten Oberschenkel, den metallenen Türknauf vor Augen. An ihm zog ich leicht, wenn ich den Schlüssel im Loch gedreht hatte. Dann, als die Tür nach hinten aufgedrückt war: Diese abgenutzte Matte, die man erneuern sollte – doch wird man es angesichts der Umstände so leicht übers Herz bringen? –, ist auch von meinen Schuhen abgenutzt, ebenso der braune Läufer, auf dem ich direkt zur Küche gehe, wenn ich meinen Mantel an die Garderobe neben der Tür gehängt habe, mit einem Blick auf die kleine Kommode links von mir jetzt, neben dem jetzt zur Hälfte zurückgelegten Läuferweg nach Zeitungen oder Post. Von dort kommt mir meist meine Mutter entgegen, oder ein anderer Familienangehöriger ruft ein Erkennungswort aus einem der oberen Zimmer. Dieses Klingeln zusammen mit dem Geräusch der sich öffnenden Tür, dieser dadurch ausgelöste Reflex! Ich werde mich unwiederbringlich auf den neben der Küchentür stehenden Stuhl gesetzt haben, wenigstens für einen Augenblick. Ich sah auf die Gardine vor der

Tür zum Garten, oder, wenn sie offenstand, auf die Terrasse und das nahe Ende der Grünfläche, wo schon der nächste Garten begann. Auf dieser Terrasse saß ich mit ihnen, in diesem rostigen Eisenstuhl und schaukelte auf den hinteren Beinen. Auf die aus Plastikfäden gemachte Sitzfläche legte ich immer dieses flache Kissen, das ich aus einem alten Kleid genäht habe. Dieses unter den Arm geklemmte Kissen in Verbindung mit einer Sonnenbrille und einem Buch und dem viereckigen Aschenbecher mit einer roten Zigarettenreklame! Vielleicht wären sie nicht einmal sicher, welche Marke es war. Lux? Fox? Aber sie haben ihn ja vor Augen, sie werden sich erinnern, wie er vor mir stand und einen Haufen Blätter beschwerte. Dieser Hintergrund, den sie dann, wenn sie mir gegenübersaßen, anschauten, das Geländer der Kellertreppe und die Milchglasscheiben mit der nächsten Terrasse dahinter. Natürlich, diese Nachmittage und Abende an sich! Sie werden weiter stattfinden, aber alle auf mich verweisen. Sie alle stehen ja nun plötzlich in Beziehung zu mir, sie sind an ein Datum, an ein Davor und Danach gebunden, nicht also nur dieser Platz, diese Decke, die ich um meine Schultern legte, sondern diese ganze Situation, diese Stimmen und Geräusche sind jetzt auf einmal, allen bewußt, mit mir verknüpft, für mich aber, von meinem gegenwärtigen Standpunkt aus, von mir gleichzeitig total abgelöst, entfernt, deutlich und intensiv wie sonst nie. Zweifellos auch etwas feierlich, ja, je nach Gegenstand ins Pompöse gesteigert. Aber das schadet nichts, es entsteht eben eine Hierarchie der Menschen und Dinge, die allerdings der gebräuchlichen, wo man die Menschen wie natürlich vor den Dingen anordnet, widerspricht.

Es wird ein kleiner, unbeachteter Zettel sein, mit Kritzeleien bedeckt, der die Spitze einnimmt, sobald man ihn gefunden hat.

Man wird in diesem Wohnzimmer mit dem Blumenfenster, mit Tisch, Stuhl und Teppich sitzen, man wird herumkucken auf das friedliche, bedeutungslose Nebeneinander der Möbel und Pflanzen. Plötzlich schiebt sich etwas nach vorn, plötzlich wird dieser Sessel hier an einer anderen Stelle stehen, ich werde ihn an der Lehne hinter mir herziehend dorthin gestellt haben, den Anwesenden jetzt im Profil zugekehrt. Sie werden plötzlich diesen Sessel anstarren, er wird auf einen Schlag der wichtigste, grellste Gegenstand in diesem lautlosen Zimmer sein, er wird alles andere, auch die üppig blühenden Kakteen vor den heruntergezogenen Rolläden übertrumpfen in seinem massiven Hinweis. Mein Sessel also! Mein Platz also. Dieses unauffällige Quadrat auf dem Teppich gewinnt plötzlich Einfluß. Niemand wird umhinkönnen, es anzuerkennen. Aber natürlich, es gibt Wichtigeres, nämlich oben im Haus den Blick aus dem Mansardenfenster. Dieses wirklich vieljährige Panorama! Zunächst wird es auch hier nur der Platz am Fenster sein, dieses von mir eingenommene Stück Raum, das sich nach vorn drängt, dann jedoch alles von diesem Fleck aus Sichtbare, die ganze Fläche über die schmalen Nachbargärten weg, das schräge, schief ins Bild kommende Stück Allee, die Häuser bis zum Horizont, der Himmel, dies alles in dieser speziellen Zusammenstellung. Sie werden nicht umhinkönnen, plötzlich die Bedeutung dieses Ausblicks zu bemerken und für wesentlich zu halten. Sie werden es – und auch ich tue es jetzt selbst, und das ist ja der Sinn – zum ersten Mal richtig erkennen als etwas Geschlossenes, Vollständiges, ja, wie Eingefrorenes, das wird es sein, sie werden die Bäume mit allem Zittern des Laubes, die Vögel über den Büschen, die rennenden Kinder zwischen den Beeten als etwas Starres, Endgültiges zu begreifen lernen, in dieser Sicht, von hier oben, diesen kompletten Inhalt, dies Inventar meines am meisten geschätzten Ausblicks. Natürlich, es wird ihnen das nicht häufig gelingen, es fordert nicht nur von mir, sondern auch von ihnen innerhalb meiner Konzentration eine große Sammlung. Leichter ist es mit diesen Dingen: die Waschmaschine unten im Keller, die Wäsche, die dort auf der Leine hängt, die noch tropfenden Hemden, sie werden unerhört deutlich den Vorrat an Dosen und Gläsern erfassen. Die Küche gewiß, alle Muster der Decken, der Wecker, der Spülstein, die Kaffeekanne, der Kaffeegeruch im ganzen Haus. Meine Einholtasche, die Rechnungen, die Zettel darin. An meinen Schuhen der Dreck, der Geruch meines Halstuchs, ja, dies gewinnt sicher Oberhand: die Kleidung, vielleicht noch das Bett, ja, ausgerechnet dies Bett, in dem ich so viele Stunden bewußtlos schlafe, das Telefon. Plötzlich beginnt auch das Telefon sich auf mich zu beziehen. Wie der Hörer nun auf der Gabel liegt, als hätte ich ihn noch eben in meiner Hand gehalten, als wäre der Griff noch warm von mir. Ich sehe es ihm jetzt an, den Moment, nur kurz vor dem jetzigen, wo ich ihn auf die Gabel legte, ich kucke herum in diesem geschlossenen Raum. Dieser Vorhang, den ich eben zuzog, Bücher, die ich vor kurzem aufschlug, die Seite vor mir, gerade gelesen. Diese Schere rechts, von mir eben benutzt, endgültig eben benutzt. Diese Blätter Papier, von mir gerade angestoßen, verschoben und zu Boden gefallen. Dieses zufällige, nun festgehaltene, zerstreute Liegen der Blätter auf dem Boden, dieses Bild mir gegenüber, noch in diesem selben Moment betrachtet: ein von mir ehemals betrachtetes! Diese Schreibmaschine, in diesem gegenwärtigen Augenblick von mir benutzt: eine von mir benutzte, ein ein für allemal von mir benutztes Objekt. Dieser Pullover, diese Hose, dieser Körper, ja, dieser Körper, dessen Gaumen ich mit meiner Zunge betaste, dessen linke Hand in die rechte kneift, dessen Finger diese Buchstaben drücken, dessen Augen auf dieses sich füllende, hinter der Walze verschwindende und vor ihr herausgeschobene Blatt sehen! An diesem Platz habe ich gesessen, hier gearbeitet und diese Dinge, dieses Foto einer Plastik von Gertrude Stein, diese italienischen Bleistifte, diese irgendwo mitgenommenen Kugelschreiber angesehen. Diese Apfelsinenschalen werde ich dann in die vorher ausgetrunkene, mit Blüten bedruckte Tasse, die eben mit Kaffee gefüllt war, gestopft haben. Nichts auf diesem unordentlichen Schreibtisch, die Gruppierung der Bleistiftspäne, der Zigarettenasche, wird neben seiner Zufälligkeit nicht auch besonders, bedeutsam sein.

Und nun dieser Zettel, der unbeschrieben vor mir liegt, die abgerissene Hälfte eines Blattes, auf den ich jetzt, in dieser Minute einige Wörter schreibe, ohne nachzudenken: Kugelschreiber, Name, Blumentopf, Radio. Ich male darunter zwei Figuren, im Profil einen

Mann mit einer Feder am Hut, eine Frau von vorn mit großen Lippen. Ich kritzle jetzt darüber weg. Ich zerknülle den Zettel und stekke ihn zu den Apfelsinenschalen in die Tasse. Ich nehme ihn wieder raus. Er ist fleckig geworden. Ich glätte ihn, er riecht nach der eben gegessenen Apfelsine. Ich lege ihn neben die Schreibmaschine und den Bleistift schräg über das Blatt. Ich könnte nun von diesem Platz aufstehen, ich könnte alles in dieser Anordnung zurücklassen, den Stuhl noch vom Aufstehen weggeschoben. Ich könnte es, ich mache es mir für einen Moment bedeutungsvoll. Mit etwas Konzentration gelingt es mir, dies zu meinem letzten Augenblick zu machen, dies zum wichtigsten Detail.

Und nun ist es genug. Ich entspanne mich. Ich lasse den für diese kurze Zeit an mich gerafften Dingen wieder den freien, zerstreuten Lauf.

Fräulein Deschner erzählt / Von einem Heruntерzucken der Wimpern zum nächsten wird es draußen dunkler. Je schneller ich schlage, desto geschwinder wird es finster. Das Kribbeln in meinen eingeschlafenen Beinen setzt sich plötzlich draußen fort im Surren der Bäume. Da muß ich an Fräulein Deschner denken. Jetzt will ich mich auch schon richtig an sie erinnern.

Eines Tages, eines Winterabends war sie wieder auf mich zugekommen, an mich herangetreten mit in der Luft schwingenden Händen, die mir, daran war ich ja schon gewöhnt, wenn ich sie pakken wollte zur Begrüßung, jedesmal um ein Haar entwischten, was aber nicht in ihrer Absicht lag, im Gegenteil. »Ach«, sagte sie sofort, »es geht mir ja so schlecht.« Auch ihr Gesicht war von einem Augenblick zum anderen an verschiedenen Stellen, manchmal tauchte es auf zwischen Armen, klein, noch faltenlos, aber schon ganz das eines alten Fräuleins, der Mund verkniffen und schief, die Augen sanft und von solcher Schwäche, daß man, wenn man in sie hineinsah, glaubte, einem Ohnmächtigwerden zuzuschauen. Es lag an den vielen Leuten, die sich um die Theke drängelten, daß man sie nur hin und wieder sah, bis sie sich herangewühlt hatte. Noch vor Anstrengung keuchend, sagte sie, als sie dicht bei mir stand: »Es geht mir so schlecht. Wie geht es Ihnen, ach, es geht mir leider gar nicht gut.« Dazu schüttelte sie heftig den Kopf, und während sie sprach, bewegte sich der Mund viel schneller und in der falschen Richtung, die Lippenstellungen paßten gar nicht zu den Wörtern. Sie war deshalb auch so erschöpft, als sie den Satz gesagt hatte, und stand nur da und ließ die Schultern ein paarmal hoch- und runterrutschen und drehte den Kopf zwischen ihnen. »Fräulein Deschner, was ist denn passiert?« habe ich mich erkundigt, wie immer ihr gegenüber etwas unsicher. Sie war nur äußerlich eine Erwachsene, und ich fürchtete, sie durch Sätze, die sie vielleicht nicht verstand, zu kränken. »Ach«, sagte sie wieder und hielt wie alle hier ein Glas Bier in der Hand und balancierte damit wie alle, weil man dauernd angestoßen wurde. »Es ist mal wieder so schlimm, verstehen Sie?« Ich versuchte, ihr mein Gesicht noch stärker zu nähern. »Sind Sie krank?« »Ach, ach, nein, die alte Geschichte«, aber sie brauchte eine Weile, bis sie diese Wörter alle gesagt hatte, und machte in der Zwischenzeit, als wären sie auf diese Art hervorzupressen, Verrenkungen der Arme, des Halses und des Brustkorbs wie eine Stumme. Neben mir erzählte ein Mann einer Frau, er habe Polizeifotos gesehen. Ein Hilfsarbeiter habe seine Frau getötet, überall aufgeschlitzt, schreckliche Bilder, natürlich geheim, alles aufgeschlitzt, Mund, Brüste, Bauch, Schenkel. Zwei Wochen sei sie wegen einer Operation im Krankenhaus gewesen. Er hatte, um sie zu überraschen, einen Kühlschrank gekauft. Der stand noch ganz neu in der Küche. In einer Art Blutrausch, hervorgerufen durch die vorausgegangene Abwesenheit der Frau, während des Geschlechtsverkehrs mußte es zur Tat gekommen sein. Neben der blutüberströmten Leiche war er fassungslos aufgefunden worden. Die Frau, der er es erzählte, stöhnte einige Male, dann machte der Mann eine Pause. »Nein«, sagte Fräulein Deschner, ganz auf ihre Angelegenheit konzentriert, »oh, oh, wirklich nicht, es geht mir wirklich nicht gut. Das ist kein Wunder.« Sie versuchte, mit aller Kraft etwas aus sich herauszulassen. Ich spürte, daß ich selbst anfing, vor Anstrengung Grimassen zu schneiden, weil ich jetzt immer in ihr verkrampftes Gesicht sah. Mein Nachbar berichtete einen anderen Fall. Um ihm nicht aus Versehen zuzuhören, stellte ich laut eine Frage: »War was mit Ihren Kolleginnen?« Da sackte sie in sich zusammen, so nachdrücklich, so wüst nickte sie. Als sie sich wieder aufrichtete, sagte sie: »Ach, Sie glauben ja gar nicht, wie schlecht es mir geht.« Sie stieß den Kopf vor bei jedem Wort. »Die haben noch schuld! Das sage ich Ihnen, die haben noch schuld!« Der Mann neben mir erzählte von einer Flugblattaktion, einer dabei entstandenen Schlägerei, ein anderer von einer Scheidung. »Wollen Sie wissen, was mit mir war?« Wir hielten uns beide einen Augenblick aneinander fest, so grob wurden wir angestoßen. Verbissen starrten wir uns ins Gesicht. »Die machen mich so fertig. So war das alles. Dieses Weib. Verstehen Sie? Wie soll es mir da jetzt gut gehen?« Sie wischte sich mit allen fünf Fingern der freien Hand den Schweiß weg und die Haare aus der Stirn, daß es klatschte. »Und noch alles Gute«, sagte sie dann, und wir ließen uns durch Leute, die zur Theke drängten, ohne Widerstand trennen.

Das Surren der Bäume setzt sich jetzt, spielerisch leicht auf den Anfang zurückkommend, vom Nacken in die Kopfmitte eindringend, fort.

Das Generationsmerkmal / Ja, gut! Die Leute, die im Fernsehen ihren Verwandten zuwinken, gut, ich verstehe, was sie da machen, ich verstehe sie ausgezeichnet, auch solche, die, sobald die Kamera auf sie gerichtet ist, die Zunge rausstrecken müssen. Und sonst? Ich gebe mir Mühe, scharf nachzudenken.

Es würde mir sehr gefallen, in einem Sessel zu sitzen und in leicht altertümlichem Ton schmerzliche Erkenntnisse, die mir eben erst durch unerhörte Aufmerksamkeit bewußt wurden, wie schöne, sichere Lebensweisheiten, also durchaus existenzberechtigte Wahrheiten und Empfindungen refrainhaft von mir zu geben. Z. B., angehängt an einen Exkurs, in dieser Weise endend: »... so wie man bei einer heftigen Leidenschaft ja auch, wenn man ihren Gegenstand dauernd um sich hat, oft die Augen vor ihm verschließt, sich blindlings in belanglose Streitereien verwickelt. Einmal, um die Leidenschaft nicht allzu schnell aufzubrauchen, und andererseits, um sich Abwesenheit zu gönnen von der ständigen Aufregung von Haut und Haar, und doch wie über einen Fluß weg, von der gereizten Fremdheit oder nervösen Vertrautheit, über den Abstand weg, als prinzipielle Möglichkeit den Charakter der Leidenschaft, des Stimmungsvollen, wie an einer Stange weggestemmt, immer in Sichtweite zu haben.«

Ja, manchmal vertreibe, nein, formuliere ich mir die Zeit, indem ich neue Sprichwörter, Bauernregeln erfinde, z. B. über den Zusammenhang von Essen und Vergiften.

»Ich bin ein Feind dieser Haltung, dieser Gesinnung!« sage ich nur zu gern, aber ich muß immer husten dabei.

Oft habe ich einen Ekel, etwas zu tun, das schon andere getan haben: über ein, mein Leben zu berichten, Essen in den Mund zu stecken. Besonders schlimm war es mit fünfzehn Jahren: Wie es nun unausweichlich wurde, so stumpfsinnig und nachahmerisch sechzehn zu werden! Aber nie hätte ich etwas dagegen gehabt, wie ein Rentner oder eine Steinfigur immerfort und täglich ohne Verrücken der Augen einen Park, eine viel und gleichmäßig donnernd von Autos befahrene Straße anzustarren.

Manchmal steht alles, was ich sehe, auf einem tragischen Grund. Natürlich könnte ich auch trübselig sagen, das wäre sicher zeitgemäßer. Aber ich schleiche eine Weile, so geht es mir häufig, wie eine Katze um den heißen Brei, um Wörter wie »erschütternd«, »leidenschaftlich«, und schließlich, unwiderstehlich angezogen, benutze ich sie. Daß ich dies hier extra ausbreite, liegt an einer anderen Art der Verlockung, der ich nachgebe: Die Hoffnung, daß Du es bedenkenswert findest und für eine Wahrheit hältst, könnte mich noch zu viel umfangreicheren Nachforschungen, meine Person betreffend, antreiben. Wenn Du nicht zuhörst, allerdings, ist der Sache der Boden und alle Bedeutung entzogen. Wirkt es dann nicht augenblicklich spitzfindig, ausgedacht? Zurück zum tragischen Grund: Ein alter Mann, der in seinem Garten vor den Pflanzen hockt und sich blaß und schwitzend mit hellen Augen aufrichtet: Wie er stumm der Mittelpunkt eines verzweifelten Handlungsganges ist, auf einer düsteren Ebene, Anfang und Ende nicht sichtbar, aber gegenwärtig. Aber auch umgekehrt. Mal so, mal so. Wovon ist das eine Frage? Jedenfalls merke ich, daß es gar nicht so schlimm ist, Depressionen zu haben, denn Depression und Depression ist zweierlei. Es gibt Krämpfe, so unglaubwürdig und alltäglich, daß einem alles vergeht. Unerreichbar sind befreundete Klassenkämpfer. Wichtig ist, depressiv zu sein auf eine geschwollen-markante Art. Da fühlt man sich fast gut, fast gehätschelt.

Ich bin gerne auf Schiffen. Einmal dröhnte das Wasser direkt an der Kabinenwand. Plötzlich, nachdem ich so lange keine Angst davor gekannt hatte, konnte ich mir das Meer nicht mehr als Naturmacht, als Mythos vorstellen. Ich hatte nur noch chemische Formeln im Kopf, die unlegendäre Gleichgültigkeit von Chemie und von Physik. Ich fühlte mich ganz verlassen.

Selten sieht man mondäne alte Frauen, geschminkt, schmächtig, erloschen, kinderlos, mit harten, schwarzen Augenbrauen. Ich liebe sie beinahe. Verkörperungen sind etwas so Wichtiges. Sie kämpfen noch immer gegen die dumme Natürlichkeit des stereotypen Altersstufenglücks an, verbissen und einsam.

Glück, Glück ist vielleicht das Sitzen von Personen vor einem Stück Kuchen. Alle scheinen danach zu streben an Tagen, die sie als glückliche feiern wollen. Wenn dabei nur nicht diese Verlegenheit wäre!

Oft habe ich das Gefühl, daß ich den Menschen nachrenne. Sie sind so zerstreut. Sie reden einen Moment mit mir und wenden sich dann anderen Sachen zu. Wenn ich es so mit ihnen mache, sind sie aber gar nicht verletzt: Sie haben es in ihrer Zerstreutheit nicht bemerkt.

Ich fürchte manchmal, die Leute in den U-Bahnen, Kaufhäusern, Theatern und Restaurants hätten sich verabredet und führten das Leben auf, eine geschlossene Sache, die ich versäume. Also tunke ich mich schleunigst in ihre Handlungen, ohne daß es mir Lust macht, und stelle beruhigt fest, daß alles getrennt ist wie immer, keine Zusammenrottung. Dies von Zeit zu Zeit.

Darf ich auch gewagtermaßen dies sagen? Den Tod sehe ich als Mangel an, den die Landschaft an mir erleidet. Ich stelle mir die Gegend vor, in der ich mich aufhalte, und fehle plötzlich in ihr. Es gibt jetzt schon eine Reihe Städte, in denen ich nicht mehr bin. Darum kann ich mir das Totsein ganz gut ausmalen.

Kürzlich war ich an einem weltberühmten Bauwerk. Noch eben hatte ich den ersten Blick daraufgeworfen: Ah! Die spanische Treppe mit ihren Menschen! Jetzt saß ich da, eine Minute später. Entgegen stiegen mir neue Besucher, Betrachter und musterten mich staunend und ganz so, als wären wir das Mobiliar. Mit den Blicken wurden wir Teil des Namens »Spanische Treppe«, der Fantasie, die sie vielleicht schon jahrelang anläßlich dieses Wortes hatten und hegten. Plötzlich waren wir etwas »Jahrelanges«, etwas »Von Jugend an«, das sie, leicht verschwommen, auf diesen Stufen schon immer hatten sitzen sehen.

Das ist so rausgegriffen und alles, was ich auf die Frage sagen kann. Ich verstehe: Das ist keine befriedigende Antwort. Es gelingt mir aber nicht, mich in meine Generation hineinzuversetzen. Ich kenne sie gar nicht. Etwas fällt mir ein: Das Politische spielt eine große Rolle. (Da weißt Du gleich, was gemeint ist? Das Politische?), besonders allerdings der Ehrgeiz. Wenn jemand meine Gefühle teilen sollte, wäre ich überrascht? So ein Zustimmen geschieht aus nichts anderem als aus Trägheit. Aber ich begreife, es ist Dein gutes Recht, mich für mißraten zu halten. Dabei verschweige ich nichts. In Deinem Alter werde ich vermutlich auch darauf kommen, in Generationen, wie jetzt in DM und Metern zu denken, und wenn ich Kinder hätte, wie verrückt Aufschluß über deren Spezialität fordern. Was Dich betrifft, so habe ich eben damit angefangen, Dich merkmalhaft in eine Generation eingeschlossen zu betrachten. Das ist kein Kunststück.

Der Kontrolleur / Sofort, ohne daß wir ausdrücklich den Entschluß fassen mußten, waren unsere Hände, als wir das Wort »Fahrkartenkontrolle« hörten, wie auf Befehl zu unseren Manteltaschen gezuckt. Dort allerdings, bei einigen Leuten noch in der Luft, stoppte die Bewegung, wieder eigentlich ohne unser Zutun. Wir gehorchten rascher, als wir denken konnten. Die Finger folgten der hastigen, im Grunde ja überraschenden Geste derjenigen S-Bahninsassen, die nicht wie ich in Fahrtrichtung sahen, die nämlich offenbar früher als ich und die anderen, die mir den Rücken zuwandten, auf ein neues, dem ersten widersprechendes Signal hin handelten.

Ich drehte den Kopf zum Kontrolleur herum. Er lehnte bewegungslos an der Tür, ein schmächtiger junger Mann in einem Anorak, mit gestrickter Mütze auf dem Kopf, gleichmäßig rund ins Gesicht gezogen. Ich wußte augenblicklich, daß er der Rufer sein mußte, »denn«, dachte ich im ersten Moment, »er grinst wie einer, der zurecht alle Blicke auf sich spürt!« Dann entdeckte ich, daß er niemanden ankuckte. Er lächelte, als nähme er, weder triumphierend noch ängstlich, die Wirkung seines Manövers gar nicht wahr. Bei kaum merklich rutschendem Mund lächelte er beständig gegen die letzten Fensterscheiben des Wagens, über alle Locken und Hüte weg. »Verträumt und wachsam«, sagte ich mir eher unwillkürlich, doch auf der Stelle, »freundlich und feindselig zugleich! – Schön, aber was denn wirklich? Wie kann er dastehen, nachdem er alle Leute zum Narren gehalten hat, und glauben, er dürfe sich der Situation so gleichgültig entziehen, so ein Gesicht schneiden, beinahe angewidert, als kenne er das, was die Leute auf ihren Sitzen nun denken, im voraus so gut, daß er gar nicht hinkucken muß. Und: Ihren Gefühlen nach werden sie sich in zwei Lager spalten.« Sie zeigten es zwar nicht deutlich, sie hielten still, sie verrieten sich nicht, aber es gab jetzt mit Sicherheit Belustigte und Verärgerte. Es war unmöglich, ihm in die Augen zu sehen.

Bei der nächsten Station, Sternschanze, beugte er sich plötzlich, nachdem ihn einige Leute beim Ein- und Aussteigen passiert hatten, aus der Tür und pfiff laut auf einer Trillerpfeife, noch vor dem Abfahrtszeichen des Bahnsteigbeamten. Jetzt flogen auf einmal viele Köpfe herum, gekrauste Stirnen, jetzt also doch erkennbar argwöhnische Gesichter! Aber gleich duckten sie sich wieder in ihre früheren Haltungen zurück. Ich fragte mich, ob das Pfeifen nicht gefährlich sei, ich war erschrocken und sah nun auch, daß er in der rechten, schlaff nach unten hängenden Hand einen Einkaufsbeutel trug. Er lehnte sich, als die Bahn abfuhr, nach hinten und lächelte wieder, ganz unbeteiligt, mit still zuckenden Lippen. Ich bemerkte mir gegenüber einen Mann, gekrümmt auf der Vorderkante des Sitzes, schielend, schweratmend. Er trug ebenfalls einen Einkaufsbeutel bei sich, seiner allerdings war prallgefüllt, und er hielt ihn mit den beiden fleckigen, geschwollenen Händen fest auf den Knien. Auch in seinem Gesicht gab es ein seltsames Auf- und Abgleiten. Er sah starr zu dem Mann an der Tür. In der Nähe seiner hervorquellenden Augen verrutschten die Falten unaufhörlich.

Der falsche Kontrolleur griff in seinen Beutel und holte ein Radio heraus, das er sogleich zu voller Lautstärke aufdrehte. Überall versteiften sich die Nacken. Gegen das unverständliche Gröhlen des Nachrichtensprechers drückte auf der anderen Seite die Stille einer totalen, vollkommen verheimlichten Aufmerksamkeit. Nur der Schielende klappte mit einem Mal den Mund auf und rief wild in das Abteil zu den übrigen Insassen, die aber – wie abgemacht – nicht zurücksahen: »Das is wohl'n Kommunist, was? Das is wohl'n Roter. Raus hier, Kommunist, oder halt die Klappe!«

Der Mann an der Tür wechselte seinen Gesichtsausdruck, als er bei der Station Holstenstraße pfiff, nicht um eine erkennbare Spur. Neben mir saß jemand in dunkelblauem Mantel aus gutem Stoff. Auf seinem Schoß lag ein Diplomatenkoffer. Von der Seite, unter gesenkten Lidern, bemerkte ich ihn, sein weißblondes Haar, eng anliegend, so daß der Kopf sehr ordentlich, fast kahl, ja nackt wirkte und schattenlos. Ein Mann Mitte dreißig, von innen rosig erleuchtet. Er preßte die Lippen zu einer heiklen Wellenlinie. Der empörte Fahrgast schien sich nur noch mit Mühe auf dem Sitz zu halten, als der Mann mit der Pudelmütze sein Radio keineswegs leiser drehte, sondern, im Gegenteil, in Altona, vor der Abfahrt des Zuges, den Oberkörper nach draußen schwenkend, wieder gellend pfiff. Der andere schüttelte, hochrot angelaufen, eine Faust und schrie: »Der is wohl irre, was? 'n Irrer! Halt die Fresse! Halt die Fresse! Hat wohl Paragraph 51.« Er fügte noch etwas mit einem Komma und einer Zahl dahinter hinzu. Jetzt spätestens würden ihn alle wegen dieser detaillierten Kenntnis verdächtigen! Er stand halbwegs, zwischen den Knien der Fahrgäste schwankend, etwa sechs Meter von seinem Gegner entfernt, der unverändert schräg zu den letzten Fenstern sah.

Ich dachte: »Zu wem schlagen sich die Leute augenblicklich?« Der Mann neben mir verzog die Lippen sehr vorsichtig, und beinahe gelang es ihm, sich im Leder seiner Aktentasche zu spiegeln. Immer mehr Hälse wurden sachte gedreht. Alle schienen den Atem anzuhalten, etwas wurde mit äußerster Anstrengung unterdrückt: Wut oder Gelächter, während der Schielende heftiger schielend weiterbrüllte, fast schluchzend, mit sich überschlagender Stimme tobte. Er setzte seinen Beutel, den er so lange fest umklammert hatte, auf den Boden, wo er sofort umkippte. Der Mann beachtete es nicht, er reckte seine schwerfälligen Hände vor, »Kommunist, Irrer! Zum letzten Mal, hau ab!« keuchend. Plötzlich, jetzt endlich, machte der andere die Geste des Leiserdrehens. Er sah dabei ununterbrochen mit schwach bebenden Mundwinkeln über alle Köpfe weg, freundlich und feindselig zugleich, also nichts von beidem. Alle nahmen diese Reaktion, dieses Nachgeben zur Kenntnis, auch der Schreiende. Er atmete in Stößen, aber schwieg nun. Es dauerte auch nur noch wenige Sekunden: Der Pfeifer stieg aus. Er sprang um die Ecke, schon war er weg in Bahrenfeld. Was hatte ich erwartet? Ah, da: Von draußen hörten wir einen extra lauten Pfiff, leidenschaftlich geradezu. Aha: Nicht zu verkennen, aha, das tat gut! Also doch jetzt etwas Eindeutiges. »Trotz, schlichtweg Trotz!« dachte ich zufrieden und streckte die Beine in den Gang, um mir dieses Gefühl auch ganz glaubwürdig vor Augen zu halten.

Die Leute schwenkten locker die plötzlich wieder gelenkigen Hälse, hier und da ein lächelnder Kontakt. »Ja, und Sie lachen auch noch darüber!« flüsterte der Schielende erschöpft zu mir hin. Er rieb sich mit dem Handrücken Speichelflocken von Kinn und Mund. Der Mann an meiner Seite nickte zart, verschmitzt.

»Alle, die hier im Abteil sitzen«, dachte ich beim Aussteigen, »werden zuhause, beim Abendbrot oder kurz vor dem Einschlafen, gelassen eine Geschichte zum besten geben, eine mit zwei Personen.«

Etwas Abenteuerliches / Draußen war eigentlich nichts mehr, hier drinnen aber der Boden lila und jeder Stuhl rot. Daran allerdings gewöhnte man sich schnell. Sechs halbkreisförmig angeordnete, große Scheiben machten den Raum zu einem Panoramacafé, doch was man betrachtete, das waren die Aschenbecher, die Vasen, Tassen und Zuckerfäßchen, alle mit demselben Muster bedruckt, einer braunen, schematischen Welle. Gut, ein Mann mit einer Perücke kam einmal herein. Er hatte ein dickes, kurznasiges Gesicht, und jeder mußte natürlich denken: So eine Schüchternheit! Fast hätte er sich, als er die Stirn trockenrieb, seine künstlichen Haare in den Nacken geschoben. Mit der Kellnerin wechselte er ein paar überflüssige Worte, er wollte sich etwas Selbstverständliches geben, so etwas, wie er es bei allen anderen hier im Raum spürte. Die Kellnerin antwortete ihm zwar, aber, wie erwartet, grinste sie, als sie sich abwandte, den übrigen Leuten offen zu. Weiter nichts, draußen schon lange sozusagen nichts mehr. Die Gäste saßen so einzeln hinter dem Regen, tranken und blieben fast stumm. Wer etwas sagte, sagte es flüsternd. Die Frau am Nachbartisch flüsterte dem ihr gegenübersitzenden Mann zu: »Willst du noch Kaffee?«

Plötzlich rief jemand vom einen Ende des Fensterhalbkreises zum anderen, wo die Kellnerin stand: »Sehen Sie doch nur, ich beobachte es schon lange, da draußen, das Schlauchboot!« Er zeigte mit seinen Armen durch das am Fenster herabstürzende Wasser, über die Brandung aufs Meer. »Noch halten sie sich, aber sie kämpfen gegen die Ebbe, und niemand kann sie unten vom Strand aus sehen, die Wellen verdecken sie ja!« Die Kellnerin kam mit erhobenem Kopf und schnellen Schritten. Es hatte alle wie ein leichter Schlag getroffen, sie saßen kerzengerade. Die Kellnerin knickte die Knie ein, um in Augenhöhe des Mannes die Stelle zu finden. Schon folgten andere. »Ob es nicht eine Boje ist?« Nun wurde öffentlich gefragt. Andere sahen das Boot ganz deutlich. Man rief auch: »Mein Gott!« Niemand lächelte mehr. Der Entdecker bestellte sich Rum, und die meisten Gäste verlangten ebenfalls noch ein Getränk, beachteten es aber kaum, um nicht den Punkt aus den Augen zu verlieren oder um ihn endlich auch auszumachen. Manchmal rief einer: »Da! Da ist es!« laut und fast so, als bedeute das schon die Rettung. Nur der Mann, der es als erster gesehen hatte, behielt es unentwegt im Blick. Er wirkte in seinem Ernst fast gleichmütig, ein Eindruck, der trog: Hier war jeder gespannt. Umso schlimmer, wenn er sagte: »Es ist weiter abgetrieben. Höchste Zeit, etwas zu unternehmen. Keine Menschenseele da unten bemerkt die armen Kerle, die können sich das Herz aus dem Leibe schreien!« Dann zuckte alles zusammen. Aber noch schien es zu genügen, das Boot nur nicht aus den Augen zu lassen. Wer jetzt ein Stück Kuchen aß, tat es mit angeekeltem Gesicht und schob schnell den Teller von sich. Jetzt nicht solche Nebensächlichkeiten! »Der Rettungshubschrauber muß kommen!« entschied schließlich der Mann, als sei das ein Urteilsspruch. Die Wirtin betrachtete ihn erschreckt. Sie hatte als einzige lächelnd, halb verborgen, hinter der Theke gestanden und vor sich hingesehen. »Was ist?« schrie eine stille Frau, die ich früher beim gleichmäßigen Essen ihrer Nußtorte gelegentlich beobachtet hatte: »Wenn es an den zwei Groschen liegt: Die können wir auch sammeln. Sie werden ertrinken!« Der Entdecker sprang auf, ging hin und her: »Ich halte es nicht mehr aus. Oh. Wo ist das Telefon?« Er murmelte es eher, wie für sich, aber alle hörten ihn und starrten jede seiner Gesten an, kuckten dann aber wieder eilig nach draußen, als hätten sie etwas vernachlässigt. Die Wirtin sagte: »Gut! Gut!«, ging und kam, beruhigend lächelnd, schnell zurück. »Hoffentlich halten sie durch«, wünschte der Mann mit der Perücke bescheiden. »Sehen Sie ihn überhaupt noch?« rief die stille Frau einmal schrill und hochfahrend zu dem, der das Boot als erster bemerkt hatte. »Das ist doch ganz einfach! Da hinten! Sie kämpfen noch«, sagte der grimmig. Er verfügte über eine neue Geschicklichkeit: Er konnte jetzt in sein Glas kucken und, sobald er aufschaute, ohne Zögern das Boot finden. Die Wirtin bemühte sich voller Freundlichkeit, die Leute zu trösten: »Das wird noch länger dauern, der Hubschrauber braucht allein fünfzehn Minuten, bevor er starten kann.« Es wurde wieder stumm, schläfrig. Ab und zu sah jemand in den Himmel und klopfte auf den Tisch. Viel mehr als eine Viertelstunde war vergangen.

Plötzlich sprang der Entdecker auf, zahlte bei der lächelnden Wirtin an der Theke, ließ alles hinter sich und ging. Rasch folgten ihm weitere. Kein Wunder: Die Sonne war durchgekommen wie ein Schrei. Als würde etwas explodieren und in tausend Fetzen gerissen. Eine vollkommene, totale Umwandlung draußen. Plötzlich gab es da draußen aus eigener Kraft Krümmungen, Geraden, Abstände, Schnitte, Getöse, Lautlosigkeit, Wahrheit, Täuschung, Witz, Genauigkeit und Verheimlichung.

Nis / Plötzlich sahen alle von ihren Käseschnitten, Weingläsern, von ihrem Räucherfisch hoch und zu mir her. Sie kauten noch, aber mit den Servietten tupften sie bereits den Mund ab, mit den Servietten in der Hand lehnten sie sich, gegen die Tischkante gestemmt, auf ihren Stühlen zurück. Sie atmeten freundlich die Luft ein und kräftig wieder aus. Ihr Blick beschäftigte sich mit meinen Lippen, die ich geschlossen hielt, und mit meiner freien Kehle, die sich bewegte.

Ich hatte nichts weiter gesagt als: »Dänemark? Ich kannte da einen Inselbewohner.« Oder, ich erinnere mich nicht mehr genau: »Schüchternheit? Da fällt mir ein Beispiel ein.« Plötzlich, angesichts ihrer Erwartung, brachte ich es nicht einmal fertig, abzulehnen, obwohl dafür ein Satz wie: »Ach, mir fehlen die Zusammenhänge« genügt und vor allem der Wahrheit entsprochen hätte. Schon lächelte jemand seinem Gegenüber mit hervortretenden Augen zu, eine Grimasse, die wohl auf mein Stillschweigen anspielte. Man begann also, mir meine Ratlosigkeit als Trick auszulegen, mit dem ich größere Aufmerksamkeit erzwingen wollte! Dabei machte mir gerade diese geschlossene Beachtung von allen Seiten zu schaffen, diese selbstverständliche Annahme, ich werde die Bemerkung fortführen, die mir in unkontrolliertem, möglicherweise aber vielversprechendem Tonfall entschlüpft war. Ich riß die Zähne auseinander:

»Es ist beinahe zwanzig, siebzehn, achtzehn Jahre her.« Dann die Ergänzung, wie von selbst, automatisch ging es über die Lippen: »Es passierte während eines Sommeraufenthaltes auf einer kleinen dänischen Insel.«

Nun war es natürlich geschehen! Sie setzten sich, wie auf ein Signal, noch bequemer hin, Wein wurde nachgeschüttet. Und, ganz sicher, nach diesem Anfang konnte ich mir nicht, da es ihre Ansprüche nur steigern würde, eine zweite Pause leisten. Ich hatte auf jeden Fall eine Weile in rascher Folge einige Sätze zu sagen. Eine

Charakterisierung! Ja, vielleicht würden sie sich damit zufrieden geben!

»Der Mann hieß Nis. Er lebte allein am Ende des Dorfes in einem kleinen Haus mit einem ziemlich großen Garten. Wir kauften Gemüse und Obst bei ihm. Wissen Sie, damals war ich siebzehn, wir, die Mutter einer Freundin, ihre Tochter und ich, kauften ihm seinen Salat und die schwarzen Johannisbeeren viel zu billig ab. Das dachte ich, und auch, die Mutter, eine ältere, grauhaarige Akademikerin, dürfe Nis, der immer fürchterlich hustete, nicht wie einen Laufjungen behandeln. Sie sagte einfach Nis zu ihm. Sie war Schulärztin. Sie kennen den Typ! Sie sah ihn jedesmal mit ihren kühlen Augen an, wenn er uns seine Ware gab, für das bißchen Geld, mit einem Lächeln, als nähme er es nur, damit wir nicht glaubten, er schenke uns etwas. Er steckte es ohne Interesse in eine Tasche seiner zerlumpten Hose und verbeugte sich leicht. Er trug mehrere Jacken offen übereinander, darunter aber eine Weste mit einer blanken Uhrkette. Seine Augen glänzten feucht, rotgerändert aus dem sehr faltigen Gesicht. Beim Abschied nahm die Ärztin immer streng seine dünnen Hände, hielt sie fest, zwang ihn, sie anzusehen, und befahl ihm, sofort das Pfeiferauchen zu lassen, ebenso, sich schleunigst an einen Spezialisten auf dem Festland zu wenden. Er lächelte eingeschüchtert, und ich dachte, daß so vermutlich die Kinder aus Familien mit einer Mutter, die keine Zeit hatte, die Fußnägel zu überprüfen, Sie können sich das vorstellen, während der Untersuchung vor ihr aushielten. Er fragte dann, ob er ihr noch ein paar Eier schenken solle, und atmete nach unten oder zur Seite, damit sie nicht den Alkohol roch. Er versprach dann auch, ihren Anweisungen zu folgen, er machte alle Zeichen der Verlegenheit. Im Dorf spielte er das Mädchen für alles. Man konnte mit ihm umspringen, wie man wollte. Er war ein gebürtiger Schwede und sprach flüssig deutsch. Man brauchte ihn, wenn es Schwierigkeiten mit Fremden oder unangenehme Arbeit gab. Nis ließ sich einspannen. Er hatte seine Frau verloren. Kinder nie gehabt. Wozu war so ein Mann nutze, wenn er nicht wenigstens half, so gut er konnte!

Dafür lud man ihn ab und zu an den Feiertagen ein. Er verwahrte Kinder und grub Gärten um, er strich Häuser an, reparierte Wasserleitungen. Er erhob keinen Einspruch. Er forderte uns dazu heraus, in ihm einen treuherzigen, anständigen, ein wenig unbeholfenen, aber rührenden alten Mann zu sehen. Ja! Dabei hatte ich schon damals den Eindruck, daß etwas Gaunerhaftes in seinem Gesichtsausdruck lag.«

Das war zweifellos nicht das richtige Wort, aber es verfehlte seine Wirkung nicht. Ich dachte mir und täuschte mich da offensichtlich nicht, daß sie mir nun doch diese kleine Wendung, diese Konterung seines Charakters abnähmen. Das als Pointe sozusagen und damit Schluß. Lockerer Erzählton also:

»Ich meine etwas, das nicht ganz der allgemeinen Vorstellung von ihm entsprach. Er hielt auf eine merkwürdige Art Distanz. Hörte er vielleicht den Ermahnungen der Ärztin nur zu wie ein Schaf, weil sie das einfach loswerden mußte und eine so verantwortungsbewußte Person war? Gab er nach, weil er sich auf keinen Handel einlassen wollte? Allerdings besaß er wohl weder das Selbstvertrauen noch die nötige Erkenntnis, was seinen wirklichen Charakter betraf, um sein Verhalten grundsätzlich danach zu richten. Er war zu schwach und zu gut für die Welt. Kann man so sagen? Es gelang ihm nicht, sich ihr gegenüber zu verhärten. Er war weder zu Haß noch zu Zorn fähig, er besaß kein festes Wesen, keinen greifbaren Kern. Er schmiegte sich den Situationen an, indem er prinzipiell den kürzeren zog. Insofern blieb er immer Nis. Er trug nicht die Verpflichtung einer sogenannten Persönlichkeit mit sich herum. In dieser Hinsicht hatte er nichts zu verlieren und auf nichts achtzugeben. Das machte es ihm möglich, sich so widerstandslos zu bewegen, mit Verbeugungen, Lächeln und kostenloser Unterwürfigkeit. Er provozierte seine Umgebung, sich seiner zu bedienen. Verstehen Sie? Daß sie sich dabei auf einem bestimmten, wenn auch vielleicht imaginären Niveau etwas vergaben, bemerkten diese lebenstüchtigen, behäbigen Leute natürlich nicht.«

Manche rauchten jetzt, andere betrachteten die Reste auf dem Tisch und schnitten sich kleine Stücke Käse nach längerem Zaudern ab. Wenn sie zu mir hochschauten, taten sie es mit deutlicher Ungeduld. Ich kannte diese Blicke. Schon wenn ich versuche, Witze zu erzählen, werde ich meist so angesehen, als wollten mir die Leute mithelfen, endlich zur Sache zu kommen. Sie hofften immer noch auf einen Clou, wenigstens auf einen handfesten Beweis für meine Behauptungen. Oder sollte ich mich einfach geschlagen geben? Ich ließ einige Sekunden verstreichen, ohne etwas zu sagen, aber diese Stille war fürchterlich. Es kostete mich außerdem einige Anstrengung, nicht zu widersprechen. Ich hielt den Druck ihrer noch immer nicht eingeschläferten Erwartung nicht aus. Ich trank einen Schluck Wein. Sie beobachteten mich mißtrauisch, sie nickten mir ermutigend zu, ein paarmal hintereinander, als sei so endlich die Bremse zu lösen, die mich hinderte, zum springenden Punkt zu gelangen. Sie wollten ein Ereignis. Gut. Plaudern, Plauderton! Gut, ein Ereignis jetzt. Gab es das? Gut, wenn sie darauf bestanden! »Eines Tages«, so mußte ich anfangen!

»Eines Tages faßten wir den Entschluß, ihm seine Sachen in Ordnung zu bringen. Es sollte ohne Ankündigung geschehen, er hätte uns sonst bestimmt daran gehindert. Wir besuchten ihn also zu einer ungewohnten Zeit, am frühen Vormittag, in seinem Haus. Im Garten war es heiß und still, glauben Sie mir, ich weiß es noch genau, es roch nach Reseda, nein, nach Johannisbeerlaub. Wir riefen nicht nach ihm, um ihn zu überraschen. Aber als wir nach ihm Ausschau hielten, konnten wir ihn zwischen all den Büschen und Ranken nicht entdecken. Die Gartengeräte lehnten an der gekälkten Hauswand. Sie war blendend weiß wie alle Häuser des Dorfes. Zum ersten Mal betraten wir daraufhin den schmalen Fliesenweg, der auf das Haus zuführte. Bisher hatten wir nie so weit gehen müssen, er kam uns immer entgegen, mit ausgestreckten Armen und gespreizten Händen fing er uns ab. Wir sahen auch nie durch die Fenster, obschon keine Gardinen davor hingen, denn das Licht fiel so ungünstig hinein. Aber jetzt, und an dieser Stelle, muß ich Ihnen gestehen, fing mein Herz an zu klopfen, näherten wir uns den Scheiben so sehr, daß wir praktisch mit der Nase daran stießen, und erst jetzt konnten wir erkennen, was den Einblick unmöglich machte. Die Fenster waren so verschmiert, daß wir uns ein Stück freireiben mußten. Wir sahen also sein Zimmer, ein verdrecktes Bett, ein Kissen ohne Bezug auf dem Boden, das übrige Bettzeug schien aus alten Lappen und Zeitungen zu bestehen, neben dem Tischbein eine Pfütze Milch, Flaschen und Konservendosen gehäuft in den Ecken des Raumes, ein angebissenes Butterbrot auf einer Jacke, kaltes Fett auf Tellern, die offenbar nie gespült wurden. Es herrschte eine solche Düsternis, daß wir dies alles nur mit Anstrengung unterscheiden konnten. Entschuldigen Sie, wenn ich manchmal stottere. Der Fußboden war eigentlich gar nicht auszumachen, eine schwärzliche Masse breitete sich darauf aus wie ein Dunst. Wir begriffen in diesem Moment, warum Nis niemals in seinem Haus Besuch empfing, aber wir wußten auch, daß er fast alle Abende hier mit seinem Husten verbrachte und hier den Winter über den Tag lang saß, mit seiner goldenen, geputzten Uhrkette, ohne zu kochen, Nis, der die Häuser fremder Leute mit großer Geschicklichkeit instandsetzte. In diesem Stall, dachten wir, konnte ein Mensch nur verrecken. Eine vollkommene Resignation, eine Apathie nicht nur den Dingen, auch dem Leben gegenüber mußte diesen Raum allmählich in eine solche Höhle verwandelt haben, das Innere dieses Hauses, dessen Fenster wir nie hatten offenstehen sehen, aus dem Nis uns jeden Tag so täuschend vergnügt entgegenkam. ›Besonders abends wird es schrecklich sein‹, sagte ich gerade, als Nis plötzlich hinter uns stand und sich auf die Unterlippe biß. Er sah schuldbewußt zu Boden und schwieg. Er hätte uns wegjagen, anschreien müssen, meinen Sie nicht? Wir sagten eine Menge Entschuldigungen daher, aber er schien sie gar nicht zu hören. Er schnitt uns einige Kohlrabis ab und verabschiedete sich schnell.«

Sie sahen mich nicht weniger argwöhnisch an als vorher. Das war offenbar kein Schluß, den sie durchgehen ließen. Es fehlte ihnen etwas, eine Art Gegenstück vermutlich, eine Entsprechung, ich wußte nicht, ein Gleichgewicht, eine Reaktion oder wenigstens eine Schlußfolgerung, ein erklärendes Resumé. Ja, ich erinnere mich, ich brauchte mir jetzt gar nicht ihre auffordernd nach vorne gereckten Kinnspitzen anzusehen. Auch wir wollten damals auf eine Fortsetzung nicht verzichten, wir spürten ja selbst, daß irgendeine Geste notwendig sein würde, eine Initiative, nicht nur um die Beschämung, die wir Nis zugefügt hatten, wiedergutzumachen. Es handelte sich um einen atmosphärischen Zwang, um das Bedürfnis, eine vorgeschriebene Bewegung auszuführen. Die Akademikerin allerdings nannte es Schlachtplan. Sie entwickelte nach unserem Besuch, als sei das nun unzweifelbar ihre Pflicht, eine Strategie. Ja, sie war richtig in Hochstimmung geraten angesichts ihrer nun so offensichtlich notwendigen Aufgabe, Nis zu retten. Sie hatte den erlösenden Anstoß erhalten und obendrein eine Idee. Plötzlich sah sie über die Gegenwart hinaus, mit einer genauen Vorstellung, wie sich alles mit Nis zu fügen habe. Nis ließ sich treiben, freundlich und teilnahmslos, er lebte ins Blaue hinein, ohne Interesse dafür, wie es mit ihm weitergehen sollte, sie dagegen fühlte sich auf einmal stark genug, ihm für sein Leben eine Zukunft auszudenken. Also weiter:

»Kurz darauf luden wir Nis zum Abendessen ein. Er war noch nie länger bei uns geblieben. Die Ärztin legte Wert darauf, daß es eine warme Mahlzeit gab. Sie wollte ihn ganz sanft locken mit gutem Essen und Schnaps, bis er sich in der Verfassung befand, wo sie ihn übertölpeln konnte. Sie würde ihn dann schütteln wie ein kleines Kind und ihm ins Gewissen reden zu seinem Besten, damit er wieder begriff, was er sich als Mensch schuldig war, nämlich einen Spezialisten, den Verzicht auf seine Pfeife, regelmäßiges Essen, eine aufgeräumte Wohnung, außerdem die Forderung nach angemessener Bezahlung für seine Dienste im Dorf. Typisch, nicht wahr? Sie wußte aus ihrem Beruf, wie man Trotz brechen und überlisten muß. Sie hatte vor, von Nis an diesem Abend eine Einladung seinerseits zu erpressen. Dann nämlich bliebe ihm gar nichts anderes übrig, als sein Zimmer instandzusetzen. Als sie es uns ausmalte, stellte ich mir schon vor, wie er sich winden würde unter ihrem grauen Blick, hypnotisiert von ihrem disziplinierten, strengen Frauengesicht. Seine Wohnung war so hoffnungslos in Dreck versunken, daß er, um vor ihren Augen Gnade zu finden, ein neues Haus hätte bauen müssen. Es begann ausgesprochen lächerlich. Auf dem Tisch stand, neben Kerzen und einem Blumenstrauß, wie ein mahnendes Ausrufezeichen eine Schüssel mit heißem Kartoffelsalat, in einem blödsinnigen Muster, mit Tomaten und Eistückchen verziert, dazu Radieschen, die aussehen sollten wie Blüten. Sie kennen das! Nis wurde fremd und feierlich empfangen. Als er den Salat sah, brach er in ein fröhliches Gelächter aus, doch die Ärztin, als wolle sie jeden Leichtsinn in Grenzen halten, unterbrach ihn, indem sie behauptete, wir beiden Mädchen hätten uns seinetwegen so große Mühe gegeben. Sie log, und Nis zog das Lachen zurück, straffte sich, saß ganz gerade auf seinem Stuhl, stützte die Ellenbogen leicht auf und faltete die Hände. Seine Fingernägel waren tadellos sauber, meine Güte! Ich hielt es für ein schlechtes Zeichen. Es gab Frikadellen, und die Ärztin sagte gleich: ›Nis, davon haben wir eine Menge gemacht, die können Sie sich mitnehmen und morgen aufwärmen!‹ Sie ging aufs Ganze. Noch nie hatten wir uns so lahm mit Nis unterhalten wie an diesem Abend. Er bedankte sich immerfort für irgendetwas mit gezierter Höflichkeit. Nach dem Essen holte er seine goldene Uhr raus, zog in gespieltem Erstaunen die Augenbrauen hoch und behauptete, er müsse nun wirklich gehen. Es gehörte nicht viel dazu, um ihm anzusehen, wie gern er das getan hätte. Natürlich überredete die Frau ihn mühelos, zu bleiben. Er war ein Idiot. Hielt er es denn für nötig, sie so schüchtern zu bitten, sich seine Pfeife anzünden zu dürfen? Es gab Kaffee und Schnaps. Die Ärztin goß sich einen kleinen Spritzer Alkohol in die Tasse. Nis schüttete sie einen kräftigen Schluck dazu. Der Schnaps allerdings stellte sich als wahrer Segen heraus. Nis hatte nicht viel gegessen, die Ärztin trank selten und war also hochprozentigen Alkohol wie diesen nicht gewöhnt. Da sie ihn aber einlullen wollte, mußte sie mithalten. Die beiden gerieten bald in eine vergnügte Stimmung. Nis ließ die Finger über den Tisch tanzen und sang schwedische und dänische Lieder vor. Bei den deutschen tat er uns den Gefallen, sie schlecht zu singen, so daß wir helfen mußten. Während er lernte, zeigte er wieder seinen alten Charme, und ich dachte, er müsse doch das Herz der Frau erweichen, begriff sie tatsächlich nicht, wie er auf seine Art ganz glücklich war? An einigen Bemerkungen, die sie zwischendurch von sich gab, wurde deutlich: Sie verlor ihr Ziel keine Sekunde aus den Augen! Sie pirschte sich heran und machte ihre Sache so gut, daß Nis ihrer scheinbaren Ausgelassenheit, die ihr graues Gesicht komisch verzerrte, arglos folgte. Und doch, sehen Sie, ich traute ihm nicht ganz. Vielleicht lenkte er absichtlich ein, um sie in Sicherheit zu wiegen? Ja, je häufiger sie in die Nähe ihrer Absichten rückte, desto liebenswürdiger und naiver zeigte ihr Nis die kalte Schulter, und als ihre Miene grimmig wurde gegenüber so viel unbezwinglicher Einfalt, strahlte er sie nur an. Sie mußte das Thema vorläufig fallenlassen. Entschlüpfte er ihr? Es war noch zu früh, alles auf eine Karte zu setzen. Sie brach eine zweite Flasche an, verbarg aber jetzt ihren Zorn nur noch schlecht. Nis saß in seinem Stuhl und lächelte glücklich. Die Sonne ging unter, durch das halbgeöffnete Fenster drängte voller Wucht der Geruch des Meeres. Ich ließ einen Teller fallen. Nis erschrak außerordentlich. Er mußte mit seinen Gedanken weit weg gewesen sein. Die Ärztin sah beunruhigt sein ernüchtertes Gesicht. Wie soll ich sagen? Es wirkte müde und erwachsen wie niemals zuvor. Er fuhr sich mit der Hand über die Augen und trank den Schnaps, den die Frau schnell in sein Glas geschüttet hatte, um ihn mit Kaffee aufzufüllen, in einem Schluck aus. Er lächelte wieder, war von uns abgerückt und ihr unerreichbar, solange sie ihn nicht aus dieser sanften Gleichgültigkeit uns gegenüber weckte. Er sprach nicht mehr, er schien uns vergessen zu haben, nur gelegentlich nickte er, sicher ohne zu wissen, welcher Sache er da gerade zustimmte. Da legte sie ihre Hand auf seine, klopfte locker auf sein Handgelenk und sagte, es sei wohl sein schlimmer Husten, der ihn so schwäche, daß er dies bißchen Schnaps nicht vertrage. Sie erwarte, daß er sich schon morgen mit ihrer Hilfe um einen Arzt kümmere, alles weitere wolle sie bei einem Gegenbesuch besprechen. Sie formulierte ihre Anordnung mit der erfahrenen Brutalität eines Mediziners bei einem willenlosen Patienten. Es war dunkel im Zimmer. Nis zeigte sich nicht im geringsten verletzt, aufgebracht oder eingeschüchtert. Er hatte sie offenbar gar nicht gehört. Vielleicht auch bedeuteten ihm ihre Worte so wenig wie alle anderen? Und nun passen Sie auf! Er sagte, er wolle von seiner Frau erzählen! Das war keine Antwort. Wir alle zuckten im voraus zusammen, keiner ermunterte ihn. Seine Eltern, beide Schweden, seien früh gestorben. Er habe dies und das gelernt, verstand sich auf verschiedenes, schlängelte sich so durch. Als junger Mann machte er sich auf die Wanderschaft und lernte in Deutschland seine spätere Frau kennen. Sie muß für seinen Geschmack sehr schön gewesen sein und eine große Macht auf ihn ausgeübt haben. Sie zogen nach Dänemark. Dort brachte sie Nis dazu, ein Handwerk zu lernen, er wurde Schreiner. Er lachte. Sie war so hübsch, so zierlich! Sie hätten viel getanzt, kein Fest versäumt, er konnte sie durch die Luft wirbeln, sie gab ihm Kraft zum Durchhalten an diesem einen Ort. Das wurde ja eine fröhliche Geschichte! Er sprach ganz heiter, machte uns die Schritte der Tänze vor, summte Schlager, trieb es schließlich zu wild, verschluckte sich, röchelte. Er krümmte sich in seiner Jacke, die Kette hüpfte lustig über das polierte Tischholz. Er spuckte etwas in sein Taschentuch und beugte sich tief zu seinen Knien hinunter. Als er den Kopf hob, als er sich aufrichtete, liefen breite rote Ringe um seine Augen. Er wollte weitermachen, aber aus seinem Mund sprang ein entsetzlicher Ton, er preßte die Hand gegen seine Brust. Das komme davon, wenn ein so alter Esel noch tanzen wolle, sagte er endlich. Wir konnten uns nicht länger verstellen. Er gab auf. Mit dem Vergnügen, sagte er, sei es ohnehin eines Tages zuende gewesen. Seine Frau war ja Deutsche, und obschon sie nie politisch interessiert gewesen sei und sie beide längst dänische Staatsangehörigkeit gehabt hatten, nahm sie plötzlich mit einer Leidenschaft am Schicksal, wie sie es nannte, ihres ehemaligen Vaterlandes teil – der 2. Weltkrieg war im Gange –, der Nis nur ratlos und traurig zusehen konnte. Ihr Fanatismus drängte ihn immer entschiedener beiseite. Sie begann ihn zu verachten, weil er nicht für Deutschland kämpfte, als eine Art Minnedienst, nicht wahr, den er ihr verweigerte. Sie wütete gegen ihn bei jeder Niederlage, verhöhnte ihn bei Siegen der deutschen Truppen. Für ihn war das alles ein unbegreifliches Schauspiel, das sein Leben zerstörte. Hinzukam, daß sie aus irgendeinem Grund immer dicker wurde, ihr graziler Körper verwandelte sich in einen Koloß. Die endgültige Katastrophe fiel mit dem Selbstmord Hitlers zusammen. Als sie die Nachricht hörte, rannte sie fort, ohne ein Wort zu sagen. Man fand sie wild schreiend auf dem Friedhof, am Grab eines Deutschen. Sie wurde in eine Nervenheilanstalt eingeliefert, in einem weißen Nachthemd über dem unförmigen Leib. Er sprach schnell, jetzt lachte er fast vor Verlegenheit. Es war eine schöne Irrenanstalt, berühmt, mit Wasser drumherum, ein Schloß beinahe. Sie empfing ihn sanftmütig und trotz ihres Fettes mit zierlichen Schritten. Jetzt, verriet sie ihm, sei sie eine Hofdame und sehr reich. Hier lägen die Edelsteine im Garten herum, sie habe einen Schatz gesammelt. Hastig schleppte sie ihn an ihr Bett, schrie plötzlich auf, zerriß das Oberbett, hatte Schaum vor dem Mund, ein tobendes Ungeheuer im weißen Nachthemd. Für Nis, sehen Sie, der voller Hoffnung gekommen war, wiederholte sich das Drama. Als er sie berühren wollte, zerfetzte sie seine Jacke und ohrfeigte ihn. Nis wurde aus der Gefahrenzone geführt, eine kräftige Wärterin brachte die Frau mit einigen wenigen Griffen zur Ruhe. Sie lag gebändigt und schluchzend auf der Matratze. Man erklärte Nis, sie halte die Steine für Juwelen, mit denen sie regelmäßig das Bett vollstopfe, eine lästige, aber harmlose Manie. Abgesehen davon sei sie gesund und könne bei einem geduldigen Ehemann durchaus leben. Ja, fragte die Ärztin, wann er sie denn dann zum letzten Mal besucht habe, was denn passiert sei? Es sei das letzte Mal gewesen, antwortete Nis gehorsam. Sie seufzte mit schrägem Kopf: Ah, wie leid es ihr tue, alles hätte sich zum Guten wenden können und gerade da ... Dieses Ende! Niemand erwartete noch etwas. Aber dann zwang uns Nis durch ein kurzes, dröhnendes Geräusch, ihn anzusehen. Er hatte sich die Faust vor die Augen geschlagen und saß zusammengekrümmt vor uns. Laut sagte er dann: Das Ende? Nein, sie sei nicht plötzlich gestorben, sie lebe noch. Er sei nur nicht mehr dagewesen. Er sei nie mehr dagewesen.«

Die meisten der Anwesenden schoben an dieser Stelle die Hand über den Mund, die anderen wiegten leise den Kopf hin und her. Diesen Schluß erkannten sie an. Jetzt sackten ihnen die Schultern beim Aufatmen, und sie verlangten nichts mehr. Jetzt sprach alles für sich! Mit der Ärztin, sagte ich mir daraufhin, als ich sie so zufriedengestellt dasitzen sah, war es nicht anders. Sie schwieg, sie ließ Nis in seiner Haltung hocken. Er schwang sich schließlich auf sein Rad und fuhr mit zappelnden Bewegungen in die Dunkelheit, die unerträglich schwül nach Tieren und Sommer roch. Er schien einen Augenblick zu zögern, aber niemand hielt ihn auf, als wäre sein Abgang, so schwarz auf dem unbeleuchteten Rad in die Finsternis, für alle die unübertreffliche Lösung. Er hustete noch einmal, dann war er verschwunden. An den nächsten Tagen kaufte die Ärztin wieder spottbilliges Gemüse bei ihm, bezahlte und ging. Keine Vorwürfe, keine Ermahnungen. Alles geschah beinahe lautlos, wie auf Zehenspitzen. Ja, natürlich, wir wollten bei dem Schluß des Vorabends bleiben, und wie tief und bedeutungsvoll hatte uns die Ärztin nach seinem einsamen Davonradeln in die Augen gesehen, mit welch glänzendem Blick!

Eine Beantwortung / »Was haben manche Leute für ein Gedächtnis«, sagte mir ein Bekannter, der einen Tag vorher seinen Geburtstag gefeiert hatte. »Sie kommen mit allen möglichen kleinen Scherzen an, mit Spielzeug, merkwürdigen Gegenständen, Delikatessen in Dosen, auch Kleintieren und antiquarischen Büchern. Zur eigenen Überraschung hört man, daß jeder von ihnen den Anspruch erhebt, dir einen besonders lang gehegten Wunsch, wenn nicht sogar einen Jugendtraum erfüllt zu haben. Man selbst erinnert sich gar nicht oder nur mit großer Mühe oder aus blanker Höflichkeit. Irgendwann hat man, ich will das nicht abstreiten, sicher diese Vorliebe geäußert. Aber ist es nicht eigenartig, daß sich die Leute so beharrlich daran klammern, während man es selbst längst vergessen hat?«

Ich war um eine Antwort verlegen und erbost, daß er die Anhänglichkeit so guter Leute auf die leichte Schulter nahm. Darum wollte ich ihn zur Strafe mit einer Frage ärgern: »Kennen Sie das Gefühl, daß einem der Kopf durch die aufgestützten Arme auf die Tischplatte saust?« Da kuckte er blöd. Aber es ging noch weiter für ihn. Ich fuhr ja fort:

»So passiert es jeden Abend: Beim Zähneputzen stelle ich mir eine Geschichte vor, in der nur Massenorte vorkommen: Bahnhöfe, Kaufhäuser, botanische Gärten mit Parks, Krankenhäuser, Kirchen, Gefängnisse, Reparaturwerkstätten, Schwimmbäder oder auch nur geometrische Orte von dieser Sorte: Zoos, Friedhöfe, Schrebergärten. Diese Schauplätze wären die Personen, tatsächliche Personen müssen die Funktion von Landschaft übernehmen.

Beim Waschen des Körpers denke ich mir ein Ehepaar, daß im Fernsehen seine eigenen Probleme ankuckt, Alter, Untreue, Langeweile, aber alles in vergröberter Form. Ihre differenzierteren Empfindungen werden von den Vereinfachungen aufgesaugt. Sie sitzen stumm und hilflos davor und glauben, sich in einem Spiegel zu sehen.

Wenn ich mich abtrockne, kommt mir eine andere Idee: Zwei Personen begegnen sich, jeder dichtet dem anderen eine falsche Geschichte an. Sieger ist derjenige, der es schafft, den anderen zu dieser Identität zu überreden.

Beim Anziehen des Nachthemdes, beim Bürsten der Haare, erzähle ich vor mich hin von jemandem, der sich so gegen die notwendige Anpassung an die Gesellschaft sträubt – und gerade die eingesehene Notwendigkeit macht sie ihm umso hassenswerter –, daß er schließlich die ihm aufgezwungene Form des Ein- und Ausatmens, was doch Sache der Natur ist, einstellt.

Im Dunkeln, im Finstern ausgestreckt daliegend, mit noch immer nicht ruhig klopfendem Herzen, bin ich beschäftigt mit einem Liebespaar. Die beiden haben ein genau gegensätzliches Verhältnis zur Sprache. Einer äußert sich übertrieben über jeden Schmerz, jedes Vergnügen, jede Angst und wird es so los. Der andere muß es anhören und erstickt daran, an den mörderischen Kümmernissen, die jetzt unausrottbar ins Leben gesetzt sind. Oder ich will einen Forschungsbericht abfassen, erfunden, erlogen, über viele kleine Völkerstämme, die nach phantastischen Gesetzen leben, und gebe ihre Existenzformen einfach als Modelle für andere, ebenso mögliche Lebensweisen aus. Oder, als mir nun doch die Augen zufallen, ein neues Projekt. So geht es von einem Plan zum anderen. Endlich liege ich ganz bewußtlos bis zum nächsten Morgen, der wieder angefüllt ist mit Gegenständen, im schwarzen Zimmer.«

Die doppelte Zunge einer Dichterin/War die Dichterin eine Enttäuschung? Ach ja, sagte ich mir auf dem Nachhauseweg. Bedenke doch nur, wie du gleich zu Anfang, bei Betreten des Zimmers ihr Gesicht wiedererkanntest, und das war nicht das Schlimmste. Vom Umschlag ihres Buches her warst du daran gewöhnt und hast den Roman trotzdem gern gelesen. Aber auf dem Buchdeckel sah man nur das schiere Gesicht, hier dagegen wurde es den Besuchern auf einem langen, sich immerfort hin- und herbiegenden Hals entgegengereckt in so betonter, ausdrücklicher Weise, daß man, während die Dichterin oder, weiß der Himmel, Schriftstellerin, Autorin, wenn auch im Nu wieder lachend, über die groben Dinge der Welt sprach, über Honorare und Lizenzen, Fernsehdebatten und Publizität, über rechte und linke Nuancen gerade entstehender Zeitschriften, über die Macht ihres Verlegers, die sich in beinahe schüchternen Ratschlägen unsichtbar und gegenwärtig machte, daß man, während sie von den Unflätigkeiten ihres Berufes sprach, zutreffend spöttisch und zutreffend erbittert, den Hals sich nach ganz anderen Gesetzmäßigkeiten bewegen zu sehen glaubte. Du selbst mußtest also ständig denken: »Schwanenhals«, »biegsam wie eine Weidengerte«. Woher glitschten dir diese Sachen in deinen Kopf? Sie kamen doch nicht etwa aus ihr heraus, wie hätte das auch sein können? Und doch tanzte der Hals ein Stück unter ihrem untadelig redenden Mund geschmeidig, gehorsam nach diesen Vergleichen wie eine Schlange nach Schlangentanzmusik. Unwillkürlich geriestest du in Operettenstimmung. Der Hals federte und dehnte sich extrem, stumm und sprechend wie auf alten Postkarten, wie auf Glanzbildern, und du warst durch ihn gezwungen, ohne wegkucken zu können, zu hören: »Wie eine Porzellanvase«, »wie ein Lilienstengel«, »ein Flamingohals«, und dabei redete sie oben drüber wie eine vernünftige, tüchtige, unschlagbar moderne Schriftstellerin, und ihre Aversionen und Vorlieben waren makellos. Du aber hörtest die schwülen Vergleiche, die sie in Befehlston heuchlerisch dem Hals mitzuteilen schien, viel lauter. Jedenfalls sprach es in deinen Kopf herein Blumiges. Du konntest nicht anders, als das fleißige Echo zu liefern. Du fingst praktisch an, gegen deinen Willen, den Körperteil der Dichterin, der sich zwischen Kinn und Schultern befand, mit populären, haarsträubenden Bildern zu beschreiben. Du mußtest das und warst unerschöpflich. Wer redete von uns? Sie? Ich? Alle Jungmädchenromane standen dir auf einen Schlag zur Verfügung, zu jeder Afferei des Halses hattest du den passenden Reim, wobei sich der ja nur auf Absichten bezog, tatsächlich war der Hals vergilbt, drahtig, gegerbt, ledrig. War es ihre Schuld, daß du den Abend im Poesiealbum verbringen mußtest? fragte ich mich. Darauf konnte ich nicht antworten. Sie tat stundenlang ahnungslos und veränderte nicht das Gesicht über dem von Pose zu Pose schaukelnden Hals.

Aber, tröstete ich mich schließlich, in der Hoffnung, hier einer geheimnisvollen Notwendigkeit auf der Spur zu sein, einer überraschenden oder auch meinetwegen sprichwörtlichen Bedingtheit:

In einem der letzten Kapitel ihres dritten Buches hat sie dir, Heuschrecke hin, Giraffe her, zu einigen wirklich schönen, erotischen Phantasien verholfen!

Eine Geschichte? / Die Leute machten es ganz richtig. Sie »drängten sich zwischen den Ständen«, sie steckten sich Würstchen zwischen die zubeißenden Zähne. Die Würstchen waren auch wirklich noch kurz vorher auf einer echten Glut geröstet worden. Das Volk war Volk und staunte vor den Angeboten der fliegenden Händler. Da lagen die Ketten, Matten, Körbe, die rund um die Erde auf Verkaufstische gepackt wurden, alles war also bekannt als Souvenir aus entfernten Ländern, aber man drängte sich. Man staunte gutwillig in der Fußgängerzone. Alles geschah wie erwartet. Wie frisch aus Schachteln gepackt, unempfindlich gegen den Plastikgeruch, der über Zuckerwatte und Musik lag, stand und ging alles mit den Haltungen, peinlich genau, die man für ein Volksfest nur erhoffen konnte. Man kaufte, diagonal zwischen den Ständen hin und her schießend oder schlendernd, und über Loseimern und Gitarrenspielern lag etwas Neuzeitliches, etwas ausgeklügelt Praktisches, auch wenn es noch so verspielt tun wollte.

Eigentlich geht es hier um einen ganz anderen Vorfall, Ablauf oder Punkt. Aber kaum hatte ich ihn damals beobachtet und war daraufhin zuhause angekommen, setzte in meinem Kopf ein Zwang ein, den Straßenmarkt, den ich vorher gesehen hatte, als Anfang einer Geschichte, wenn es eine werden sollte, aufzufassen. Ich bin bis heute nicht dahintergekommen, wo eigentlich der Zusammenhang liegt, jedenfalls hält er sich in der Nähe, ich spüre ihn, ohne ihn nennen zu können. Umgehen kann ich ihn einfach nicht. Dabei müßte ich mich fragen viel eher als: Worin besteht der Zusammenhang? dies: Warum kann ich so schlecht auf ihn verzichten? – Können Sie es denn?

Kurz darauf, also am Bahnhof Dammtor, stieß ich vor den Eingangstüren auf eine Menschenmenge. Sie hatte sich zu beiden Seiten eines roten Teppichs angehäuft, der von der Bürgersteigkante, genauer von einem dort wartenden Mercedes, bis zum Bahnhofsgebäude über den Platz weg ausgerollt war. Hinter dem Wagen gab es, wie es schien, eine Stauung. Aber es handelte sich um eine doppelte, sehr lange Reihe immer der gleichen teuren, blauen Autos, unglaublich makellos, alle mit Standarten und in großer Disziplin, durchnumeriert und jeweils mit einem uniformierten Fahrer, der rauchend an seinem Fahrzeug lehnte, immer so ein Mercedes und an der Fahrertür lehnend ein rauchender Fahrer, die Straße runter. Die Menge aber mischte sich unordentlich in Klumpen, mit Lücken, unbeständig und doch sich vergrößernd, längst auch um mich. Jetzt entdeckte ich miteinander schmunzelnde Polizisten in weißen Gummimänteln, die sie übermenschlich groß erscheinen ließen. Sie drehten den Leuten von allen Seiten den Rücken zu, aber ich sah sie trotzdem beim Miteinanderschmunzeln. Ein junger Mann in eindeutig offizieller Kleidung lief eilig vom Bahnhof über den Teppich, der dadurch, durch diesen zweckmäßigen Laufschritt, einen Moment seine Feierlichkeit verlor, so daß man weniger an Empfang als an erprobte Auslegeware dachte. Er verschwand plötzlich, der junge Mann. Manchmal schlossen wir Zuschauer Regenschirme und öffneten sie wieder. Die Fahrer hatten ja ihre Mützen auf, aber wenn es schlimm kam, setzten sie sich hinter das Steuer. Da wollte ich schließlich, eigentlich hätte ich es gern von Anfang an gewußt, doch erfahren, auf wen wir alle warteten, und ich fragte einen, der vor mir stand. Er wußte es nicht, auch seine dicke Freundin nicht. Aber ein anderer kuckte sich um und sagte: »Es heißt: Ein afrikanischer Staatspräsident!« Da sahen auch noch mehr Leute her und staunten. Der Bürgermeister sei schon auf dem Bahnsteig, gab der Mann weiter Auskunft, jetzt in alle Richtungen. Eine Weile später, nachdem nichts geschehen war, hörte ich von hinten eine undeutliche, schwankende Stimme: »Genau so ein Verbrechen wie die Naziverbrechen!« Ich bin aber nicht sicher, ob er das wirklich gesagt hat, er sagte noch mehr. Es war ein älterer Mann, gekleidet wie ein Obdachloser, mit langem, weißem Haar und einem glattrasierten, kühn geschnittenen Gesicht und nackter Brust. Auf wen er schimpfte, war nicht zu verstehen. Ein Fahrer holte eine gelbe Karte aus seiner Jacke und zeigte sie ihm. Zu den anderen Fahrern, die daraufhin lachten, sagte er: »Gleich kriegt er die rote!« Der alte Mann starrte zu den Fahrern, schwieg, steckte sich eine Zigarette an. Eine Frau, die aus dem Bahnhof kam und seitlich durch die Menge stieß, sagte laut, wie in äußerster Wut, zu ihrer Begleiterin: »Sonst haben sie keine Zeit, und hier stehen sie rum!« Als nach einer Viertelstunde noch immer nichts passierte, verlor ich das Interesse, ging in die Halle, sah einmal die aufgedonnerte Treppe hoch und fuhr vom S-Bahnsteig ab. Im Fahren merkte ich, daß es gar keine Geschichte war, gar kein Erlebnis, und doch hatte sich mir dies alles sofort als etwas Besonderes eingeprägt. Ich sagte mir: »Wenn ich es aufschreibe, wird sich schon herausstellen, daß es doch eine Geschichte ist!«

Und wissen Sie was? Ich bin dahintergekommen:

Wie die Fahrer hat sich der alte Mann eine Zigarette angesteckt! So wie niemand die Fahrer fragte, wessen Ankunft eigentlich erwartet wurde, so fragte auch niemand ihn, worüber er sich erbost hatte. Und es gab auch eine Übereinstimmung mit dem Anfang? Das Gestauchte? Das Gedrängte? Das hilflose Herumstehen? Das Künstlich-Gleichgültige und doch Besondere im Alltäglichen? Das publikumhafte Verhalten? Etwas viel Zwingenderes?

Eine Starrsinnigkeit / Was war das denn? Ja, hatte ich mir nicht noch eben dies hier zurechtgelegt, auch um mich abzulenken, zwischen den Leuten, alle von den Buswänden gegeneinandergequetscht, während draußen die Luft war? (Wünschenswert wäre es, wenn jemand vorher dazu folgende Frage stellte: »Woher nehmen Neunzigjährige die Frechheit, sich mit ihren Gesichtern, die nur noch Totenschädel sind, von hauchdünner, durchsichtiger Haut umspannt, unter Menschen, unter Quicklebendige zu wagen und sie derart zu erschrecken?«)

»Die sehr alten Leute, die wie Kinder dünn, gebrechlich und in sich versunken, oder neugierig etwas Geringfügiges betrachtend, auf Bänken hocken, kehren in etwas Ungesellschaftliches, Unnormiertes zurück! Sie lassen die Prägungen des Offiziellen jetzt hinter sich, sie vergessen sie wie etwas zu Lächerliches. Sie werden wieder ganz unkonventionell, sie sprechen Fremde an, kichern unvermittelt, sie haben etwas eigensinnig Verspieltes, sie sind zu ihrer einzig wirklichen Würde zurückgekehrt, die einzig Menschlichen in großen Menschenmassen, hochindividuell, unbrauchbar. Der liebenswerteste und hoffnungsvollste Anblick. Im Gegensatz sogar zu Kindern, bei denen man das Gähnen des Erwachsenenalters oft schon aufschwellen sieht, haben sie es hinter sich. Sie sind wieder frisch wie nackte Spatzenjungen, wie Kätzchen.«

Was war denn daraufhin das, was sich durch einen Moschusgeruch, der einem in die Kniekehlen haute, so unwiderstehlich ankündigte? Mir wurde ja schon flau davon, bevor ich irgendetwas gesehen hatte! Und war es dann nicht eine sicherlich Siebzigjährige, die sich den Anschein einer jungen Nutte gab? Wie sie alles, und niemand konnte sich sträuben, mit ihrem Duft in Beschlag nahm! Es war plötzlich wie im Badezimmer, so daß jeder automatisch versuchte, den Ursprung rauszukriegen. Da entdeckte man, wie beabsichtigt, sie, zwischen einem Koffer, der ihr bis zu den Hüften reichte, und einer dezenteren Freundin, die als Gesprächspartnerin diente. Der Siebzigjährigen mußte man immerzu ins Gesicht starren.

Auf pechschwarzem Haar saß ihr ein großer, blauer Glockenhut. Die Spitzenbluse war vielleicht überhaupt nicht zugeknöpft, es verlor sich so unter dem aufhängenden Mantel, der hatte Pelzimitat am Kragen und an den Aufschlägen. Sie wollte nicht alt sein. Sie stritt es ab mit der Schminke über ihrem ganz verfallenen Gesicht, eingesunken an den Backen und um den Mund herum. Das sah man doch auf den ersten Blick, jeder erkannte das gleich, sie war mindestens siebzig und wollte mit äußerster Anstrengung etwas anderes sein. Ihre Ärmlichkeit überraschte, aber sie trug Ohrringe, Armreifen, Ketten, alles absichtlich. Sie hatte die schmalen Lippen rot gemalt, die Augen allerdings beherrschten alles andere. Eine dicke schwarze Linie lief vom inneren Augenwinkel um die oberen und unteren Wimpern herum bis zum Lidende und von da gerade über die Schläfenmitte hinaus. Etwas Ägyptisches mußte ihr vorgeschwebt haben. Sie saß aufrecht auf ihrem Sitz, lachte mit ihrer Nachbarin, aber ausgiebiger als diese, strömte ihren aufmerksamkeitsheischenden und doch sanften Geruch aus und ließ flink die unveränderbar schwarzen Augen wandern. So eine Anspannung! Jeden Augenblick hätte sie zu Staub zerfallen können. Sollte mich das wundern? Eine Handvoll Knochen und Haut, ein Faltengesicht, ein Runzelkörper. Eine zwanzigjährige Nutte wollte diese Verrannte, Versponnene sein. Gefallen um jeden Preis immer noch mit dieser zu Tode erschöpften Oberfläche. Konnte denn wohl einer den schreienden Kontrast vergessen? Die Maskerade steigerte sie ins Mumienhafte. Befand sie sich denn nicht in einem tieftraurigen Irrtum, wenn sie leise gurrte und unter geschminkten Wimpern lächelnde Blicke warf gegen ein höhnisches, unbestechliches Publikum? Machte sie etwas anderes als das, was sie wollte? Ich gab nach und mußte mir daher antworten:

»Aber sie bemerkt es ja. Sie weiß es, sie betrachtet ja mit ihren seit mindestens siebzig Jahren unentwegt schwarzen Augen die verstohlen schielenden Gesichter, die Kopfschüttelnden, die peinlich Berührten. Auf alle die kommt es ihr nur zum Schein an. Auch um mich schert sie sich nicht. Was das ist? Eine wirkliche Standhaftigkeit und etwas Liebliches wie ein Spatzenjunges, wie ein Kätzchen.«

Der Tag am Meer/Dieser Tag war ja schon um. Sicher, das stimmte, draußen in voller Breite das Meer. Aber gleich war mir aufgefallen, daß es gar nicht roch, ob ich nun mit oder gegen den Wind marschierte. Das ist gut gesagt: GLEICH WAR MIR AUFGEFALLEN. Wie sich das anhört! Da muß etwas folgen. Ich sprang unter der Dusche hervor ins gemachte Bett. Jetzt sollte mir der Tag schön durch den Kopf gehen, ein Ferientag, etwas Besonderes. Richtig also, draußen war das Meer. Aber hier, im Hotelzimmer beobachtete ich liegend am späten Nachmittag eine merkwürdige Tages- und Jahreszeit. Das kam einzig und allein, ich begriff es im Handumdrehen, so eine Mixtur, so eine Augentäuscherei konnte ich leicht entzerren, doch das störte mich nicht, es interessierte mich darüber hinaus, einzig und allein vom Licht des Hotelnamens, von der Leuchtröhrenschrift unter meinem Fenster. Es fiel gegen den Baum, der gerade noch Blätter trug und bis über die Scheiben hinaus wuchs, so daß in das eigentlich dunkle Zimmer eine künstliche Morgensonne schien mit bewegtem Sommerlaub, und das alles aus diesem düsteren, kalten Wetter heraus in mein warmes, kleines Zimmer. An nichts anderes dachte ich eine lange Weile. Aber ich wollte mich ja auch an den Morgen und von da an vorwärts bis zum Ausgestreckt-im-Bett-Liegen erinnern. Und es klappte von selbst. Derselbe Baum hatte tief im polierten Schlafzimmerschrank geschwankt, eigentlich mußte er sich sogar im Nachbarzimmer befinden, so weit lag er hinter der glänzenden Holzoberfläche zurück. Ich wunderte mich darüber in aller Ausgiebigkeit. Ich versenkte mich absichtlich in dieses Staunen, denn was war, offengestanden, daran Besonderes? Von der Decke hing, wenn auch nicht im ursprünglichen Sinn überraschend, in diesem beinahe amtlichen Zimmer, ein weiß-goldener Kronleuchter mit fünf roten Lampenschirmchen. Ich verstand das sofort. Aber draußen in aller Breite das Meer. Das war ja mein Ziel, und ich ging schließlich doch noch hin. Am Strand, in dem grauen Sturm auf und ab und immer am Meer entlang wanderten alle die Gesunden. Wie glücklich sie waren, die Paare, die Familien! Gelb wie Engel schwebten sie alle aus der Nähe in die Ferne und vom Horizont direkt an mir vorbei, stampften tüchtig, doch nur zum Spaß, in der milchigen Luft. Ich gab mir Mühe, ihnen etwas anzusehen, aber immer sprangen mir die Gesichter knallend, wie unentwegt das gleiche Schicksal, der gleiche Lebenslauf entgegen, als schlage man mit der flachen Hand auf eine Zeitung, als flögen lauter ungefährliche Steine auf mich zu. Immer neu die Gesichter, das wußte ich ja, das sagte mir hell der Verstand, immer neue Augenblicke, aber immer neu das Versagen, etwas anderes als die ständig wiederholte Einteilung in Kinder, Jugendliche, Erwachsene und Alte für sie auszudenken. Sie schwammen so unbesorgt in dieser Geborgenheit, und nur mir war es schrecklich, wie schon in Kinderbüchern, wo der Mond dünn und dick und wieder dünn wird in so unerbittlichen Phasen, wo junge Gesichter ruckartig in Stationen Falten bekommen und schrumpfen, wo ein unschuldiger Mensch zum Lügner, dann zum Dieb, schließlich zum Mörder wird. Wo ein Aussätziger die einzelnen Zustände seiner Krankheit bis zum Tode vorweist, Finger, Hand, Nase, Bein. Wie die Folge der Abschnitte über sie, über mich herfiel! Da war ich in mein Zimmer zurückgelaufen, jeder hielt es für selbstverständlich, weil es gerade regnete – reiner Zufall –, da rennt ja Groß und Klein. Ich habe mich in die außerjahreszeitliche Jahreszeit meines Zimmers gelegt und einfach zu mir und vor mich hin gesagt: »Das war mein Tag am Meer!« und für mich alleine gesummt.

Alter Mann auf gelbem Stuhl/Es gibt einen alten Mann, der etwas sagt, als ich ihn eines Morgens auf einem gelben Stuhl antreffe. Mit großem Getöse stürzen die Bucheckern, es flattert geradezu zwischen den Blättern, von den Bäumen. Er sitzt auf einem von sechs gelben Stühlen, die transportabel sind und über Nacht im Park bleiben, aber nie gestohlen werden, was jeden insgeheim wundert. Oder ergänzt man sie etwa stillschweigend immer wieder? Er hält die Arme ausgebreitet und reckt das Gesicht hoch gegen die riesige goldene Laubmasse, von der es neblig tropft, denn es ist ein kühler, gefährlicher Herbstmorgen.

»Ganz früher«, sagt er, »habe ich Gedichte geschrieben. Ich hoffte, ein Dichter zu werden. Aber ich entdeckte an mir keine von den Eigentümlichkeiten, die sogar in dieser, wie behauptet wird, nüchternen Zeit lebensnaher Autoren von diesen verlangt werden und die sie erst so recht liebenswürdig machen, etwas, das sich Kritiker und Publikum nach Herzenslust zur Unterscheidung merken können. Außerdem machte mir die Hungerzeit nach dem Ersten Weltkrieg schwer zu schaffen. Da wurde ich lieber Metzger und später Lehrer. Als das habe ich mich dann auch immer angesehen. Manchmal trauerte ich verstohlen darum, kein Schriftsteller geworden zu sein. Es hätte mir so sehr entsprochen. Aber ich bemühte mich, ein tüchtiger Metzger, ein guter Lehrer zu werden. Meine Ehe, meine Familie wurde unglücklich. Ich betätigte mich politisch, kirchlich, pädagogisch. Ich liebte die platonische Liebe vieler Frauen, zu der ich immer wieder Gelegenheit fand und die ich immer ergriff. Doch nie vergaß ich die frühe Zeit der Gedichte. Was ich später versuchte, habe ich jedesmal gleich zerrissen. Mußte ich mich also damit abfinden, als ehemaliger, beleibter, beliebter, ein Scherz, fortschrittlicher Lehrer zu sterben? Säße ich dann wohl hier in dieser Haltung, in dieser Leichtfertigkeit? Sehen Sie doch nur, wie unbekümmert ich mich hier auf diesem gelben Stuhl befinde, in der nassen, tückischen Luft, nur um das herrlich abstürzende Laub über mir zu haben. Etwas Einschneidendes ist geschehen: Vor kurzem las ich wieder einmal in meinen Gedichten, die ich mit 18 und 20

Jahren geschrieben habe. Da plötzlich spürte ich einen unvermittelten Stillstand, einen Endzustand, etwas Endgültiges, eine Allgemeingültigkeit, die von meinen eigenen Texten herrührte. Blitzartig wurde mir klar, daß alles, was je an Empfindungen und Gedanken in meinem Körper existiert hatte, längst gesagt und aufgehoben war in meinen eigenen frühen Sätzen. Nichts als Verdünnung, als Nachäffung hätte dem noch folgen können! Der Augenblick dieser Erkenntnis war für mich ein unvergleichlicher. Ich spürte alle Gefühle und Entdeckungen meines Lebens auf diese Gedichte zuströmen. Wie in einer Höhle wurden sie darin aufgefangen. Was geht mich die Blindheit der anderen an? Ich sitze hier und verbringe die Tage damit, zu allen Beobachtungen, die mir noch vergönnt sind, mit einem viele Jahre alten Zitat von mir selbst zu nicken. Alles, was noch passiert, findet sich wieder und lange notiert in meiner jugendlichen Allwissenheit, die ich erst so spät begreife. Wenn ich manchmal zusammenzucke, weil vielleicht doch noch irgendetwas neu zu sein scheint, ist es nur eine Frage des gründlichen Hinsehens, nur die Oberfläche täuschte mich. Mit einer Bewegung der Augen versetze ich jedes Ereignis in den Sog, der es dahintreibt, wo es hingehört, in meine längst geschriebenen Gedichte. Was soll mich da noch beunruhigen! Und was kann sich mit dem Vergnügen, das ich aus meiner jetzigen Beschäftigung schlage, messen?«

Geschichte von der mißglückten Opposition / Etwas lag in der Luft, etwas wurde hier deutlich und unübersehbar. Ein Kontrast? Eine Spannung? Es war nicht einmal rechtmäßig, so einfach eine Seitentür zu öffnen und schon mit dem nächsten, folgenden Schritt eingedrungen zu sein. Ein Hausfrieden wurde vielleicht gebrochen, da konnten wir noch so flüstern und leise auftretend über das Moos gehen. Vor unseren Füßen lagen manchmal Teile des Mauerwerks, Ziegelsteine, rot und rauh aufgerissen, an einer Seite noch weiß gestrichen, aus großer Höhe herabgestürzt von den Zinnen aus der großen, fernen Höhe, wo sie jetzt fehlten. Und was wollten wir? Wollten wir, indem wir uns erinnerten, daß uns noch vor drei Minuten, als wir die Straße bei Rot überquerten, beinahe ein Lieferwagen kreischend angefahren hatte, etwas Altes erleben, etwas Stillstehend-Vergangenes besichtigen, etwas Prächtiges, Einzelnes, Stummes abtasten und ihm durch die vielen, unterschiedlichen Fenster ins Innere sehen? War es also der Kontrast von Lebendigem und Totem, Modernem und Altmodischem, Massenhaftem und Luxuriösem, der uns veranlaßte, ein schloßähnliches, schneeweißes, bei aller Geschäftigkeit des nahegelegenen S-Bahnhofs in einem bis zum Horizont sich verlierenden Park gelegenes Haus mit unzähligen Türmchen, Veranden, Vorsprüngen und Einbuchtungen, als handele es sich um viel mehr als nur eine große Villa, nämlich um eine verwachsene Stadt, um einen zusammengepreßten Planeten, zu umkreisen? Was gab es hier alles zu merken und zu bedenken! Wie ließ sich doch alles, was wir wahrnahmen, entdeckten, empfanden und ausdachten, als Gegenüberstellung ordnen! Wie erwähnten wir uns die senkrecht nach oben strebende Kultur und die flach über die Steine wuchernde Natürlichkeit frischer Pflanzen! Wie drückten sie Einstiges und Gegenwärtiges aus! Wie standen die Fensteröffnungen dunkel in den strahlenden Hausmauern! Und wie waren wir arm und verschwindend vor der auftrumpfenden Üppigkeit der ehemaligen Bewohner, zu deren eleganten Festen, die man sich so leicht ausmalen konnte, unser Leben grau und ohne zu Höhepunkten anzuschwellen dahinlief! Unvermeidlich war es, sich die Trübseligkeit der Bediensteten in ihren Kammern vor Augen zu halten, wenn man sie mit der Verschwendungssucht und Bequemlichkeit der Erbauer verglich! Wies uns darüberhinaus nicht die Weitläufigkeit der Anlage auf die Enge und Gedrängtheit der neuen Stadtwohnungen hin, die Vielfalt allein der Fassaden auf die eintönige Rechtwinkligkeit der Fertighäuser, der Hochhäuser, der gelben Häuser zeitgenössischer Bauern? Unermüdlich waren wir darin, alle Kontraste ans Licht zu holen, denn noch immer mußten wir, um das Haus ganz zu umrunden, um neue Ecken biegen. Auch wir selbst, fühlten wir uns nicht viel wertvoller neben einer pompösen Treppe, die zu einer Terrasse hochführte, als in einem blinden, kahlen Treppenhaus? Und doch wieder andererseits: Empfanden wir nicht eine Empörung, daß eine so riesige Fläche, in die Höhe und Breite erstreckt, von ein paar Menschen bewohnt und besessen worden war? Und wie roch es hier draußen würzig und lebhaft nach Kiefern und drinnen, wenn man den Kopf durch eine zerschlagene Scheibe steckte, schlaff und ohne Kräftigkeit! Wie war es hier draußen vielgestaltig mit Vögeln, Gras und Büschen gegenüber der gleichmäßigen, lichtlosen Stille im Innern des Hauses! Wie aber, wiederum, schien es zwischen den Mauern lebendig und phantastisch von Ereignissen zu sein, die sich fast wie Geister, Gespenster an den Fenstern entlangbewegten und von einem Dachgarten in eine kleine Kuppel herabstiegen gegenüber eilig zusammengesetzten Häusern der Nachbarschaft, die aus einem Dach und vier Hausmauern bestanden und die man gleich zu Tausenden mit ihren Einwohnern auf einem Fließband hergestellt zu sehen glaubte, ob sie nun teuer oder billig waren! Also, riefen wir uns an der letzten Ecke zu, stolz, noch einmal etwas als Gegensatz gefunden zu haben: A) diese Menschlichkeit, die sich ausdrückt in der Vielgestaltigkeit, in der Einzigartigkeit, und B) dieses nach außen gestülpte Bewußtsein der Herrschenden, diese einschüchternde Prahlerei der Mächtigeren! Und noch etwas, sagte ich schnell, um noch einmal zu vertuschen, was wir lange begriffen hatten: Die unhistorische und für das Auge unveränderbare Luft und dieses von der Geschichte berichtende und daher gezeichnete Haus! Dann schließlich, nachdem wir uns so lange germanistisch vergnügt und geplänkelt hatten, wie um einen stechenden Schmerz zu verbergen, konnte noch ein anderer dies behaupten, ohne aus der Rolle zu fallen: Während wir uns in die Illusion von etwas Statischem begeben haben, von beliebig fortzusetzenden Gegensätzlichkeiten, die ja eine Stabilität, eine Gleichgewichtigkeit vortäuschen, befindet sich das Haus ganz hilflos, ohnmächtig in einem nicht mehr rückgängig zu machenden Ablauf. Unauffällig, aber endgültig hat sein Zerfall eingesetzt, bis es schließlich, wenn Maklergeduld und Erbengemeinschaftslangmut erschöpft sind, auch mit künstlicher, wüster Beschleunigung dem Erdboden gleichgeworden und die unverhohlene Zierlichkeit zertrümmert ist wie ein Feind.

War das nun ein Schluß in unserem Sinn? Wenn ja: Wir haben es so von Anfang an gewollt. Wenn nicht: In wessen denn dann?

Eine kleine Lebensgeschichte / Hat das hier jetzt, in diesem Augenblick, angefangen? Was sonst! Gibt es kein Motto? Sicher, aber darf ein Vorspruch so lang sein wie dieser? Dann lautet er so:

»Es geschah an einem Sommertag. Ich stand schon morgens um sieben Uhr auf, denn ich wollte in den Park gehen. Nun, als ich im Park war, setzte ich mich auf eine Bank und las ein Buch. Plötzlich setzte sich ein Junge neben mich hin. Er schaute mich immer an und ich ihn auch. Dann stand ich auf und ging zur nächsten Bank und habe mich hingesetzt. Der Junge kam mir immer nach. Er rutschte immer näher zu mir und hat den Arm um die Bank getan. Dann sagte er plötzlich zu mir: ›Na, Süße!‹ Ich war ganz verdutzt und habe gelacht. Darauf sagte ich: ›Na, Süßer!‹ So haben wir uns kennengelernt. Als ich dann 18 Jahre alt war und er 20 Jahre, hat er mich öfter zum Kino und zum Essen eingeladen.«

Das hat Isolde Zils geschrieben, mit Bleistift, aber in Druckbuchstaben, vor einem Jahr, da war sie gerade zwölf.

Und jetzt? Jetzt ist plötzlich viel los. Überall geschieht was, es ist Sonntag, Familien sind massenhaft unterwegs, sind aufgesprungen vom Frühstückstisch, von der Kaffeetafel und losgerauscht. Naturhügel sausen sie herunter auf einer Rutschbahn, Frauen in Kostümen, Steuerknüppel zwischen den Knien, 780 m in Kunststoffrinnen, immer kurvig bergab. In Waschbottichen tuckern sie über neue Seen, Krokodile, auf- und untertauchend in Minutenrhythmus neben sich. In ausgehöhlten Baumstämmen brausen sie jubelnd auf Wildwasserbahnen, dicke, spendierfreudige Väter, sie wühlen und drängen sich in die Ereignisse, und so jung dabei! Ja, blutjunge Väter in Lederjacken wandern bedächtig und applaudierend durch Klein-Berlin, ein niedliches Wunder, so anschaulich, nicht so groß wie das echte, aber so, wie es früher war, und ganz. Eine Dorfjunge vor Trögen und Karren der Hazienda aus Mexiko, staunend und eilig, dann drüben die finnische Floßfahrt, diese Jungens mit roten Schlafbacken, diese taumelnden Mädchen. Weltreisen werden in Gondeln zurückgelegt. Wie pausenlos lustig ist das alles und kostet was, so gedrängt alles, hier das Südseeparadies, bunt wie ein Faschingslokal, und dort schon, ein Sprung nur, das steile Minarett und der bollernde Planwagen für die kleine Prärie!

Aber jetzt etwas anderes. Da, was ist aus Isolde Zils geworden, jetzt, nachdem die Hauptereignisse stattgefunden haben in den Cowboystädten am Nachmittag? Ja, kann sie denn nicht ihren Aufsatz weitergeschrieben haben, in der Zwischenzeit, die jetzt überbrückt und durchstanden und vertrieben ist? Dieser Anfang, dieser Aufsatz, diese Lebensgeschichte?: Das ist schon nicht aus den Augen verloren worden, niemand hat hier einen Faden fallen lassen. Es kommt noch, wie es muß:

»Dann wurde ich mittlerweile 20 Jahre alt und er 22. Wir haben uns entschlossen, zu heiraten, das haben wir auch gemacht. Wir kriegten zwei Kinder, einen Jungen und ein Mädchen. Und so ging es weiter, bis er auf einmal fremdging. Als ich es zu erfahren bekommen hatte, ließ ich mich scheiden, ich bekam den Jungen und er das Mädchen. Dann hatte ich wieder von vorn angefangen, und er (ich weiß nicht) vielleicht auch. Für mich war er eine Null, als er sich scheiden ließ.«

So fuhr sie nämlich fort, in einem Zug, am gleichen Tag hat sie das runtergeschrieben, ohne aufzukucken. Und? Ist erkannt worden, wie es sich aufeinanderreimt? War das befriedigend? Gut? Sehr Gut?

Zwecklose Freundschaftsgesten / Die Fliegen stürzen plötzlich aus der Luft ab. Ich weiß nicht, woher sie jetzt alle kommen. Laut schlagen sie auf und sterben allmählich neben den großen schwarzen Töpfen, in denen die runtergeschnittenen Geranien überwintern. Ich würde am liebsten regelmäßig die städtischen Museen besuchen und die vielen aufgeteilten Sehenswürdigkeiten in den betreffenden Räumen betrachten, so, wie man es soll. Im Völkerkundemuseum den Polynesienraum und das Gold aus Afrika, im Altonaer Museum Modellschiffe und Gallionsfiguren, in der Kunsthalle die schönen Gemälde der Künstler vom Mittelalter bis jetzt, im Jenischhaus die Zeugnisse großbürgerlicher Wohnkultur. Ich denke öfter an eine Tankstelle am Abend. Es war eine betonierte, hellerleuchtete Ebene. Man konnte sich vorstellen, daß sie sich im Dunkeln immer weiter so flach und aufgeräumt und ganz kahl erstreckte, so hart. Die Leute sprangen mit ernsten Gesichtern aus den Autos in die Kälte, erledigten zu knirschenden, kreischenden Geräuschen etwas Automatisches, eine Notwendigkeit, wortlos und wie im Schlaf, frierend und feierlich, grell angestrahlt.

Weshalb Herr Stein so zufrieden im Hof, Hände in den Hosentaschen, in die Runde blickt, das weiß ich aber genau: Gleich wird er weggehen, in einem dämmrigen Lokal Deftiges zu Mittag essen, in einem anderen aufseufzend ein paar Biere trinken und am späten Nachmittag, wenn sein Glück wirklich anhalten sollte, wieder so vergnügt und tiefatmend hier herumstehen. Er wird sich erinnern und Seemannslieder summen, dabei muß er auf- und abgehen zwischen der Hoftür und dem Häuschen auf der Grundstücksmitte. Besonders wohlgefällig betrachtet er dann den Schornstein. Wie das alles abhängt von einer Kleinigkeit!

Eben rief jemand an. Ich habe mich zum Telefonieren aufs Bett gesetzt. Nachdem das Gespräch zuende war, ist vielleicht viel Zeit vergangen bis zu dem Moment, wo ich merkte, daß ich den Hörer noch immer in der Hand hielt, ohne mich zu rühren und ohne etwas anderes anzusehen als die karierte Bettdecke. Ich fühlte mich wohl, ich hatte nicht die geringste Lust, mich loszureißen aus dieser Stellung. Ich tat es dann doch, obwohl es mich allerhand Anstrengung kostete. Warum das aber? Manchmal halte ich mich in einem Zustand der »Freude aus Leibeskräften« auf. Da freue ich mich dann über irgendwas Geeignetes. Das ist zum Beispiel ein neues Kleid. Was ich auch noch mache: Ich sehe interessiert die Auslagen der Schaufenster an. Oder: Ich schwätze mit Frauen, ich ereifere mich über etwas. Gut! sage ich mir dann: »Daran ist nun gar nicht zu rütteln: Ich tratsche augenblicklich! Ich sehe jetzt intensiv in die Schaufenster! Ich freue mich ja so über das neue Sommerkleid!« Das tut gut.

Herrn Steins Glück dauert nun schon drei Wochen. Das hat es noch nie gegeben. Wenn die Nachbarin auch an diesem Wochenende nicht wäscht, wird er glauben, endlich sei alles überstanden. Wie erregt muß er sein, wenn er nachher um die Ecke biegt und sein Blick auf den Schornstein fällt! Auch jetzt und die gesamte Zeit bis zur Rückkehr wird ihm nichts anderes durch den Kopf gehen. Es ist sicher auch nur ein gespieltes Behagen, mit dem er es sich im Lokal bequem macht. Am liebsten, wenn er die Spannung nur besser ertrüge, würde er hier unausgesetzt den Freitag und Samstag über lauern, ob nicht irgendwann das erste Qualmwölkchen aus dem Waschhaus steigt. In diesem Fall nämlich wird im Handumdrehen dicker Rauch zu seinem Schlafzimmerfenster ziehen. Da steht dann Herr Stein nach Luft ringend mit reduzierter Lunge. Alle wissen das, nur der Nachbarin selbst hat er nicht erzählt, wie sehr sie ihn damit quält. Sie tut das schon mehr als fünfzehn Jahre, und in der letzten Zeit, das fällt auf, beklagt er sich immer heftiger, als sei seine Geduld – es hat ja auch anonyme Beschwerden gegeben, zu denen er sich offen bekennt, nur ihr gegenüber nicht – bald erschöpft. Was dann!

In einem Sessel, erst recht im Bett in eine Überlegung zu versinken, zu schlafen oder sich schlafähnlich zu verhalten ist erlaubt, sogar gewünscht. Aber ich ertappe mich oft dabei, daß ich mitten im Kartoffelschälen stillhalte und mich nicht mehr bewege, während ich eine Scheibe Brot abschneide, im Hocken vor dem Putzeimer, beim Nägellackieren. Ich bleibe im Nägellackieren stecken, ich vergesse, den Pinsel weiter einzutauchen, die Kartoffel zuendezuschälen. Es geschieht nichts während dieser Unterbrechungen. Ich bin in etwas vertieft, nehme ich an, aber keinesfalls in einen Gedankengang. Es ist mir sehr angenehm, solange mich niemand dabei beobachtet oder möglicherweise anspricht. Man kann mich in so einem Augenblick sehr erschrecken, ich würde schreien wie bei einem Unglück und Brot und Messer einfach hinfallen lassen. Das ist gewiß.

Herr Stein, der Frührentner, der jetzt bei seinem Schnitzel sitzt und an nichts anderes denkt als an die drohende Wäsche der Nachbarin, ist 53 Jahre alt, und sein Pech mit dem Schornstein dauert schon 17 Jahre. Ich weiß ja auch, was ihm vorher, im Krieg passierte. Als er sich zur Musterung meldete, da war er ein kerngesunder, kräftiger Mann. Zur Marine ist er gegangen, man merkt es noch manchmal an den gebrummten, gepfiffenen Seemannsliedern. Seine Verwundung war so schwer, daß er ein Jahr im Lazarett lag. Noch heute steckt ihm eine Kugel in der Schulter. Auch sein Magen ging sozusagen mit drauf, zwei Drittel haben sie ihm weggeschnitten und vor elf Jahren den Oberlappen des rechten Lungenflügels. Aber da hatte diese andere Sache, um die es sich jetzt immerzu bei ihm dreht, schon angefangen. Es war ja seine Schuld. Sechs Jahre stand da schon das Waschhaus auf der Grenze zwischen den beiden Nachbargrundstücken mit den Waschküchen für die zwei Nachbarsfamilien. Das ist seine Idee gewesen, und bis zum ersten Heizen war er auch stolz darauf, dieser gutmütige, frühergraute und große Mensch. Was gibt es schon von ihm zu sagen. Der Rauch stieg ohne Zögern, als das Haus eingeweiht wurde, durch die Lage des Kaminkopfes bedingt, stinkend und atemberaubend mit wütender Kraft in Schwaden auf sein Schlafzimmerfenster zu. Die alte Frau Stein, die Mutter, benutzte daher die Waschküche schon bald nicht mehr, die Nachbarin, bis beinahe auf den heutigen Tag, wusch jeden Freitag und Samstag. Das wurde erst so richtig schlimm nach den sechs Jahren, nach Herrn Steins Lungenoperation. Von diesem Zeitpunkt an ärgerte er sich nicht nur, der Qualm begann ihn zu quälen und schnitt ihm die Luft ab.

Das übliche Verrücken der Augen von einem Gegenstand zu einem anderen ist mir gar nichts Selbstverständliches. Ich muß die Blicke von einer Sache, zu der die Augen unwissentlich hinsehen, losreißen, um sie, wie es Sitte ist, locker hin- und herwandern zu lassen, so daß es wachsam, aufgeweckt, beweglich wirkt. Wenn es nur nach mir ginge, würde ich stundenlang in eine Richtung sehen, vielleicht weil doch schon die Gedanken sich unentwegt verändern und anders zusammensetzen? Ich versinke in so eine wohltuende, geräuschlose Lähmung. Wie soll ich aus eigener Kraft in einen anderen Zustand kommen und warum? Es ist so friedlich und leicht, in einem zu bleiben. Es wird einem alles abgenommen. Manchmal gehe ich eine Allee entlang, eine Straße, die ohne viel Knicke und Kurven und Verzweigungen geradeausführt. Ich gehe und gehe drauflos, ohne anzuhalten, wenn ich nicht achtgebe und es mir verbiete. Andererseits passiert es auch, daß ich ohne Grund immer langsamer werde und schließlich, ohne es zu wollen oder zu bemerken, stehenbleibe an einer dummen Stelle, an einem Fleck ohne Sinn und Verstand.

Warum hat diese blöde, blöde Person nur nichts begriffen? Sie darf sich nicht beklagen, wenn es einmal zu irgendetwas, das man sich nicht ausmalen kann, kommen wird. Hat er nicht mit immer neuen Freundlichkeiten versucht, sie rücksichtsvoller zu stimmen? Ist es denn ein Wunder, daß er sich schämt, ihr gegenüber den Fehler, das Waschhaus überhaupt gebaut zu haben, einzugestehen? Ununterbrochen hat er Zeichen abgegeben für eine gütliche Einigung. Einmal dachte er sich dies aus: Er nahm sie morgens mit in seinem Auto, machte extra einen ziemlich weiten Umweg, um sie bei ihrem Arbeitsplatz abzuliefern, aber sie begriff nicht oder stellte sich taub. Am Wochenende ging es wieder los mit der Qualmerei, und Herr Stein schlug sich vor den Kopf und die Brust und schnappte nach Luft. Für ihn wurden die Wochenenden Tage, an denen er den Kopf gesenkt hielt. Ein anderes Mal hat der Mann der Frau einen Plan für eine Garage entworfen und sogar selbst mitgebaut. Mußte sie denn nun nicht endlich verstehen? Erwartungsvoll hat der stille Mann dem Freitag entgegengesehen. Nun würde sicher seine stumme, aber doch deutlich in Gesten formulierte Bitte erkannt worden sein. Am Freitagnachmittag wußte er, daß er sich wieder getäuscht hatte. Eifrig und unbeeindruckt rumorte die Frau in ihrer Waschküche wie eine Besessene, die es nicht lassen konnte, und der Dampf stieg kurze Zeit später auf und nahm seinen gefürchteten, üblichen Weg. Wie wird sich Herr Stein da gegen den Brustkorb geschlagen haben und auf die Fensterbank in seinem Ersticken und seiner Stimmung.

Ich esse ganz ruhig mit einem Löffel, mit einem Messer, mit einer Gabel, eine Serviette auf den Knien, ein Brot, ein Schnitzel, eine Kartoffel, eine Suppe, Klöße und Würste. Plötzlich erschrecke ich und sehe verblüfft, ich muß es anders sagen: Ich sehe regelrecht angewidert diesem mechanischen Auf und Ab des Löffels, der die Speise in mich reinschaufelt mit der größten Selbstverständlichkeit, zu. Ich kann das gar nicht in Verbindung bringen mit mir in solchen Momenten, es sind nicht wenige. Und bei der Liebe, ist es da etwa auch so? Ja, auch bei der Liebe, leider Gottes. Bei der Liebe ist die Hauptfreude, das Angenehmste und Freundlichste, in verschiedene Haltungen gebogen zu werden und in ihnen erstarren zu dürfen. Wie schön, wenn nichts anderes erwartet wird, man kann seinen Gedanken nachhängen. Das Gefühl? Es ist vorhanden, reicht aber nur für eine Geste, dann werde ich schläfrig. Ich verfalle in eine Betäubung und lasse mich aus Gefälligkeit in eine andere Richtung biegen, aber dann kommt wieder diese Starre, die muß man mir allerdings lassen. Es ist nicht gut, mich aus der Träumerei oder meinetwegen Apathie zu wecken: Wenn man mich aus meiner Steifheit reißt, kommt mir die beträchtliche körperliche Nähe eines anderen als etwas sehr Merkwürdiges, ja Unsinniges zu Bewußtsein. Es ist also nicht Widerwillen oder Haß von vornherein, was mich abstößt, daß mir die Zähne aufeinanderschlagen, sondern die Zusammenhanglosigkeit, das Grimassenartige der Umarmung, das Gezierte. Mehr als eine gewisse Höflichkeit, auf ausgeübte Gesten folgerichtig zu antworten, das wird mit einigem Recht ja erhofft, darf man nicht von mir verlangen.

Herr Stein würde das niemals für alle Zeit verkraften können, es staute sich in ihm, er fraß das in sich rein. Gut, er sprach mit anderen darüber, aber was war das im Vergleich zu dem Kummer, dem Groll, der in ihm wühlte und feilte und sägte! So eine Vergeblichkeit bei all seinen Unternehmungen in dieser Sache! Jedesmal so viel Hoffnung auf eine endliche Besserung und unverzüglich der Rückschlag, dieses teuflische, triumphierende Aufsteigen der ersten Rauchfahnen, Rauchflächen. Diese stets aufs neue zunichte gemachte Sehnsucht nach einer Wendung! Da hat er schließlich zu anderen, gröberen Signalen gegriffen. Aber wurden die etwa erkannt und befolgt? Er grüßte die Nachbarin nicht mehr. Zuerst ist er ihr nur aus dem Weg gegangen, aber dann sah man ihn, wie er im Hof stand, die Rauchsäulen anstarrte, und sie, die Feindin, ohne mit der Wimper zu zucken, wenn sie zwischen Waschküche und Hauseingang hin- und herlief. »Ich behandele sie wie Luft!« wird er sich vorgestellt haben. Es hat sie nur leider gar nicht gestört, jedenfalls nicht abgehalten von ihrer Wochenendbeschäftigung. Schließlich versperrte er die Abwassergrube, die auf seiner Seite lag, so daß sie bei sich kein Wasser mehr ausschütten konnte. War das nun das Ende allen Ärgers? Tatsächlich? Nein, so sah es eben nur aus. Eines Tages wurde eine Waschmaschine angeliefert. Der Nachbar hatte sie endlich seiner Frau gekauft. Mußte da nicht das Qualmen nach all den Jahren naturgemäß aufhören? Überhaupt nicht! Sie hat aus Sparsamkeit weiter im alten Kessel Wasser warmgemacht. Herr Stein kann das nicht Freitag für Freitag oder Samstag für Samstag dulden, denn er muß ja außerdem annehmen, daß es bei der Frau nicht bloß Gleichgültigkeit, Gedankenlosigkeit, Rücksichtslosigkeit ist, sondern es sieht nun so aus – er wird es gar nicht mehr als etwas anderes auffassen können –, daß sie ihn absichtlich zur Weißglut treiben will, daß es ihr Unterhaltung, Befriedigung verschafft, ihn so zappeln, so zittern zu lassen in seinem Zorn und einer stummen Fassungslosigkeit.

Aber diese Starre, Lähmung bedeutet ja nicht, daß ich wirklich empfindungslos bin, im Gegenteil, vielleicht ist es nichts anderes als ein Stillhalten vor dem Anblick einer fortschreitenden Entwicklung. Ich schäle die Kartoffel, und plötzlich zeigt sich in meiner Vorstellung so deutlich der gesamte Vorgang, daß er mir wie bereits geschehen vorkommt, ich brauche die Hände gar nicht weiter zu rühren. Es ist dies alles ja gar nicht so unordentlich und zerfahren, wie es scheint. Ich spüre eine Vertiefung besonders in die Kindheit, eine Neugier und Begierigkeit, zu erfahren und aufzustellen, wie alles mit mir gekommen ist bis auf den heutigen Tag. Immer mehr Mitleid habe ich mit dem Kind, das ich gewesen bin. Ich stelle staunend und begeistert fest, wie das Mitleid in mir wächst und die Einsicht in die Gründe für dies alles. Wenn ich wie bewußtlos dahocke, arbeite ich im geheimen, und dieses Sammeln und Klären ist mein Wichtigstes. Dabei ist es so, daß ich zu den Leuten gehöre (gibt es diesbezüglich noch andere? Zumindest ist es beruhigend, es so auszudrücken), die ihr hinter ihnen liegendes Leben prinzipiell als schlecht empfinden. Eine Finsternis ist die Vergangenheit, die sich von Jahr zu Jahr mehr verdüstert. Die Gegenwart ist mir angenehm, der Zukunft sehe ich erwartungsvoll entgegen, sobald aber aus der Gegenwart Vergangenheit geworden ist, schwärzt sie sich zu einer großen Trübheit und Traurigkeit, es macht mich mürrisch. Interessant aber ist diese Gesetzmäßigkeit, der ich auf der Spur bin. Insofern denke ich eben wieder gern an die Ursprünge von allem zurück. Einmal mußten wir uns in einem Kinderheim nackt unter der Dusche vor den Wärterinnen waschen. Sie halfen nach, wenn es nicht schnell genug ging. Wir hatten alle schon kleine Brüste. Ich habe mich ganz steif gemacht. Aber dabei merkte ich selbst, daß ich wütend darüber war, wie sich mein Körper ohne Einsicht der zielbewußten Handlung der Aufseherinnen entgegenstemmte. Ich stand im Grunde auf ihrer Seite. Etwas war begonnen und mußte in Windeseile heruntergehandelt werden. Das Ausziehen und Einseifen und Abspülen und Anziehen der Nachthemden. Etwas später habe ich geglaubt, ja, das war die Pubertät, durch meine Traurigkeit alle anstecken zu können. Deshalb mußte ich meine Verzweiflung vor ihrem so leicht zu zerstörenden Optimismus verbergen. Oft glaubte ich, wenn ich im Bett lag, ich würde wuchern über die nachgiebige, wehrlose, von allen Widerständen geräumte Welt und auch, daß ich alle Gefühle so ausdehnen könne, über alle Realität und alle Anlässe hinaus. Jetzt ist die Zeit des Schwimmens und Schweifens natürlich vorbei. Jetzt gibt es kleine Falten im Gesicht, so daß es von allein weiß, wie es sich beim Lachen formen muß und auf welche Art es in den Stillstand zurückfallen soll. Manchmal blättere ich die Programmhefte der Volkshochschulen durch und eine Hoffnung erfüllt mich. Die geht aus – und sie ist engstirnig, aber verführerisch – von den verschiedenen Kursen bzw. von den Titeln: Wir lernen dies. Wir lernen das. Jenes macht Spaß und Dieses macht gesund. Man meint, wenn man das auf sich wirken läßt, alles müsse sich durch ein bißchen Anstrengung zum Guten wenden, nicht nur die Beherrschung einer Sprache, das Erlangen einer besseren Haltung wird angeboten, sondern ein glücklicherer Zustand, der allen zugänglich ist, wenn sie nur wollen. So wie sie auch die städtischen Museen besuchen können, das Jenischhaus mit der Wohnkultur, das Altonaer Museum mit den Gallionsfiguren, darüber hinaus den Botanischen Garten, den Zoo, das Planetarium usw.

Und Herr Stein, Herr Stein, der gute, still leidende Herr Stein, der sich vor Wut verzehrt, hängt in seiner Kneipe zwischen Himmel und Hölle und trinkt sich Mut an und bleibt noch immer weg, gibt sich eine Gnadenfrist, ob es nun mit der Wäsche zum vierten Mal und also vielleicht endgültig für ihn gut ausgeht. Welche Ermutigung, an die Stabilität seines Glücks zu glauben, welch gefährliches Hochstauen der Gefühle aber auch!

Kann das nicht dem Willenstärksten das Genick brechen, wenn ihm eines Tages bewußt wird, daß er dieses ewige Aufstehen und Zubettgehen nicht mehr ertragen kann, die immer gleiche, unerbittliche Wiederholung, wobei ihm doch gar nichts anderes übrigbleibt, als mitzumachen? Gibt es denn nicht wenigstens einen Krankheitsnamen dafür, wenn einen die täglichen Gesten, auch das Schmiegen in einen Arm, peinigen, weil es etwas Bekanntes ist? Die Sterne verdichten sich doch gegen Ende zu ungeheurer Schwere, so verdichte ich mich nach innen, ein metallener Quader, der massiver werden will. Meine Aufmerksamkeit ist durch diesen Vorgang so absorbiert, daß ich die Umgebung immer undeutlicher wahrnehme. Niemand ahnt, welche Anstrengung es mich kostet, einer kleinen Erläuterung, einer Frage, die mehrere Sätze umfaßt, zu folgen. Ich habe ein hellhöriges Lächeln parat, das alle täuscht. Bei Erzählungen gebe ich mir schon gar keine Mühe mehr, ich täusche sie alle, während ich abwarte und beobachte, wie sich die Phasen, ja, Phasen ablösen, wie ein Stadium, Stadium zwangsläufig in ein anderes mündet und so fort bis zum Endpunkt.

Aus dem Waschhaus steigt beinahe zart hin- und herzuckend der erste Rauch. Sie hat sich wieder an die Arbeit gemacht. Wie sorglos und zierlich sich das abspielt, so ganz im Entstehen noch das Rauchen und Räuchern und Dampfen. Da biegt Herr Stein um die Ecke. Er sieht und riecht und atmet. Steif steht er da, jetzt bewegt er sich, aber ruckartig, als sei ihm die Geschmeidigkeit aus den Gelenken geschmolzen. Er drückt eine Hand gegen den Magen, torkelt er ein bißchen? Er geht so tapsig ins Haus. Ein schwerer Schlag. Da ist er ja schon wieder. Was hält er in der Hand? Eine Pistole. Er nähert sich dem Zaun, der ist doch niedrig, aber er schafft es nur mit Mühe, ihn zu überklettern, so starr hält er sich, er stolziert auf die Waschküche zu, man merkt, daß er nicht anders kann, er möchte stürmen, etwas bläht ihn auf, er geht wie von einer Rüstung umschlossen. Jetzt fallen Schüsse. Die Nachbarin schleppt sich aus der Tür ins Freie, er schießt immer noch. Aber nun bricht sie zusammen und bleibt nach siebzehn Jahren still und blutüberströmt liegen.

Die gemusterte Nacht

Am Elbuferweg/Auf meiner Zunge schmolz sanft, heimlich, heimatlich ein Riegelchen Schokolade. Was konnte mir passieren! Hinter uns lagen zertrümmerte Dörfer und zersägte Abhänge, Zäune, unter denen sich Wachhunde, mit Sorgfalt bösartig gemacht, versteckt hielten. Unvermittelt, grunzend vor Tücke, schossen sie hoch. Tief im Inneren des Grundstücks lächelte man darüber, schwach oder herzhaft, zufrieden mit Sicherheit. Noch immer spürte ich die Erinnerung an einen schönen Blick aufs Wasser vor einem ganzen Jahr, als hätte ich damals einen ständig leuchtenden Splitter verschluckt. Als wir jetzt um uns sahen, dachten wir an die Befähigung zu Führung und Motivation, an die Verbesserung von Verfahren und Organisation und wollten es gar nicht. So etwas breitete sich hier aus, es wurde steinerner, große Blöcke, Anhäufungen von Steinen drängten alle Zärtlichkeit und innige Kräftigkeit des früheren Kleinen beiseite. Manches suchten wir, und es war längst weg und endgültig spurlos nach so langer Zeit. Ein bißchen gab es ja noch, die alten Weg- und Treppennamen klammerten sich daran, aber zwischen der aufgetürmten Häßlichkeit würde das bald herausspringen wie ein aufgeputzter Tanzaffe. Und die Rosen und der Rittersporn? Was besagen die denn, sind die denn ein für allemal etwas ansteckend Freundliches? Verdirbt so falscher Umgang die etwa nicht? Da können sie zu noch so üppigem Blühen und Blau und Rot gezwungen sein, ich merke es ja doch!

Wir wollten nicht so enttäuscht werden, wir wollten fröhlich wirken. Rechts war ja die Elbe, funkelnd, als wäre nichts, und überschwenglich fern, in heller Festigkeit, der Himmel, und wir waren jetzt alt genug, das genügsame Geradeausgehen als raffinierte Ausschweifung dank dem Luftwiderstand zu begreifen, über die wenig verraten wird von denen, die sie kennen. Wir wollten nicht so entmutigt werden von der Gewalt der blanken Versteinerung und sahen nicht mehr nach links, selten, dann sehr vorsichtig, und sprachen nicht darüber, obschon uns die offensichtliche Ohnmacht des restlichen Kleinen immer bekümmerte, daß wir mit den Zähnen knirschten und uns einen leibhaftigen Feind endlich vor Augen wünschten.

»Einmal«, sagte ich, »traten drüben, aus den Wäldern von Schweinesand, drei Pferde,« – wir alle drei sahen jetzt natürlich genau dorthin zurück – »ein schwarzes, ein geschecktes und eins mit einem Fell wie Feuer, einer Mähne wie Rauch, einem Schwanz wie Asche. Die Pferde waren riesengroß, sobald sie die Gebüsche verlassen hatten. Sie schnaubten und wieherten, daß man es weit im Alten Land und in Blankenese hörte. Niemand hatte die Tiere jemals vorher gesehen, niemand wußte, wie sie auf die Insel gekommen waren, wie sie sich dort hatten verbergen und ernähren können, denn sie hoben sich von dem Fleckchen Erde prall und glänzend ab wie Erzfiguren unter den kühnen Wolken, die wie auf ein Signal erstarrten zu strahlenden Festungen in der Luft.«

Hier wäre ich beinahe, mit zurückgedrehtem Kopf, über ein Rohr gefallen. Ich stolperte, ohne hinzusehen, aber die beiden Männer, die mit mir gingen, fingen mich auf vor einer Garagenwand, aus der eine halb nach oben geschobene Tür ragte, gerade noch rechtzeitig. Ich hörte gar nicht währenddessen zu reden auf, und wir hielten uns weiter an die bewegliche, behäbige Elbe, die nach Meer roch, so daß wir, mit unsern steifen Hälsen, lachten und die Schultern schwenkten, als müßten wir gegen einen Sturm ankämpfen und nicht gegen einen Kummer.

»Die Pferde stampften mit ihren Hufen – sie blitzten schrecklich in der Sonne, man glaubte, sie wären aus massivem Metall – so heftig, daß viele Wellen von den Buchten Schweinesands und Neßsands zu den Elbufern liefen. Auf den Tieren, die weiter und weiter zu wachsen schienen – wie schimmernden Athleten schwollen ihnen die Muskeln –, saßen, ohne daß ein Sattel sie von den Rücken der gewaltigen Tiere trennte, drei Menschen. Auf dem schwarzen ein Mann, auf dem gescheckten ein Mann und auf dem mit dem Feuerfell, der Rauchmähne, dem Ascheschwanz eine Frau, auch sie über die Maßen groß, und ihre Augen blitzten schrecklich in der Sonne hin zu den Elbufern. Sie waren alle drei nicht jung. Grau hing ihnen das Haar bis zu den Schultern.«

Hier hätte mich beinahe ein Auto gestreift. Ich paßte ja wieder nicht auf und wurde zurückgerissen von den beiden, gerade rechtzeitig, obschon auch sie ihre Augen immerzu auf die Elbe richten sollten. Eine Maschine knirschte, eine Kachelwand stand im Freien, eine blaue Badewanne, eine lieblich bemalte Säule. Ein Fensterrahmen war über den Bürgersteig gerutscht. Still stand ein alter Mann, schüttelte den Kopf und schlug untröstlich mit dem Stock auf den Boden und wollte nicht aufhören. Es half ihm überhaupt nichts. Die stolzen Schilder vor den Häusern, sie kündigten modernste Verbesserungen an und nahmen zu. Niemand schämte sich. Wir blinzelten doch. Wir konnten nicht anders.

»Die drei saßen nackt auf den nackten Pferden, mit alten Körpern, eingesunken und vorgewölbt, wie das Alter es verlangt hatte, nur nicht gebrechlich, nicht zaghaft. Zierlich aber, das waren sie trotz der Größe, trotz der wehenden grauen Haare und der Unerbittlichkeit ihrer Haltung. Das Pferd der Frau befand sich zwischen denen der Männer, alle aber standen dicht beieinander und nun noch immer dichter, als könnten sie ihre Zärtlichkeit für einander nicht länger zurückdämmen, obschon sie so weithin dröhnend sichtbar waren, oder auch als sammelten sie sich für eine Kraftanstrengung.«

Ich knickte um und wurde festgehalten vor einem Schutthaufen. Die Steinwälle trumpften auf, dazwischen sank es mit feinem Lärm für alle Zeit zusammen. Wie schnell das vonstatten ging, wie wenig man sich kümmerte um die suchenden, die erstaunten Blicke eines Vorüberkommenden, der sich mühsam erinnerte! Das Licht war gleichmäßig finster, es gab ja keine Schatten mehr, gleichmäßig hell, das machte keinen Unterschied. Die Namen, ja die Namen, das kostete nichts, die ließ man zur Besänftigung, das waren verräterische Kennzeichen in diesem fertiggestellten Durcheinander. Die letzte Freundlichkeit, die man bis jetzt verschont hatte, zuckte und zitterte schon vor dem tödlichen Heranklirren. Wir stapften an unseren bösen Gedanken vorbei und weg.

»So standen sie eine Weile, man hat sie da stehen sehen und bemerkt, wie das Feuer des mittleren Pferdes auf die beiden anderen übergriff und auch, als schäumendes Leuchten, auf die Wälder und weißen Buchten von Schweinesand und Neßsand, auf die weißglühende Elbe und die aufzischenden, flammenden Ufer, die noch Stunden in einer blendenden Helligkeit brausten.«

Nehmen Gefühle immer ab?/Da sitzt ja wieder meine Tante Johanna, auf ihre besondere Weise lächelnd: ausgelassen und verlegen! Eins hat sie immer getan: Den vielen Ratschlägen, einer kleinen Beschäftigung nachzugehen, trotzte sie mit einer Hartnäckigkeit, die jemand, der nicht verstockt ist, bewundert. Einfach so weiter wie bisher lebte sie nach dem Tod von Mann und Kind, einsamer, bekümmerter, ja, aber wohlhabend mit Haus und Garten und ohne Versuch, einen Ersatz zu finden. Etwas fiel mir aber auf: Als jüngere Frau kleidete sie sich so schlicht. Sie besaß eine Niveadose, eine Flasche Kölnisch Wasser, indische Blumenseife. Das änderte sich, je älter sie wurde, desto überwältigender. Mit welch eifriger Zärtlichkeit betrachtete sie, die früher unmöglich Blicke an ihren Körper verschwendet haben konnte, jetzt ihre Haut, ihre Fältchen, mit welchem Fleiß, welcher Neugier. Ist das keine Sinnlichkeit, kein fleischliches Vergnügen? Kostbare Cremes streicht sie sich über manche Stellen und schraubt goldene Verschlüsse zu, und alles an ihr duftet süß und stark, ihre Haare, ihre Kleider, die Zimmer, in denen sie sich aufhält. Sie hat mir ohne Schrecken, mit Interesse, mit Aufmerksamkeit von dieser Liebhaberei erzählt, von diesem Lauschen, wie sich der Körper verwandelt, wie sie alle Neuigkeiten, Ausdellungen und Einbuchtungen mit Maßnahmen bekämpft, besser: beantwortet, mit Bädern, auch Masken, Packungen, Kuren. Sie kennt sich selbst wie nie zuvor. Es ist ihr das Spannendste. Nie hätte sie früher gedacht, wie entschlossen Muskeln, Knochen und Haut darauf aus sind, eine ganz andere Form anzunehmen, aber doch nach so strengem Gesetz, daß die Wiederkenntlichkeit der Person garantiert ist.

Geradewegs vom Ratzeburger Dom, den ich nicht hatte verlassen können, wie ich wollte, reiste ich damals zu ihr. Als ich hinaustrat, mußte ich den Fuß wieder einziehen. Ein alter Mann kam mir nämlich, eine Spur behender, als ich es gewesen war, zuvor, und ihm folgte in den Dom ohne Unterbrechung, freundlich mir zunikkend, eine sehr lange Reihe von Seniorenmännern und Seniorenfrauen, eine Ausflugsgesellschaft, ein altes Gesicht nach dem anderen, so daß sie von Kopf bis Fuß ähnlicher wurden und ich keine Einzelheiten mehr ausmachen konnte. Jetzt war es wieder wie im Discountgeschäft, wo man so beschämt wird, weil es schrecklich viel immer von einem Artikel gibt. Sie lächelten aber vom ersten bis zum letzten, sie nahmen es hin, daß man das mit ihnen anstellte, sie ließen sich auf so schändliche, ehrabschneiderische Weise sortieren. Mir verging, als ich wartete, jede Lustigkeit. Ich lehnte mich von innen an die rohen Dommauern, die waren derb und kräftig. Als ich endlich nach draußen durfte, hatte ich Angst, jemand könnte mich anstoßen: Wie leicht würde man hier zu Staub zerfallen! Aus der Luft war alles Leben gestorben, mir schienen meine Beine abgetötet und die Hände unter solcher Übermacht wegzuwelken. Natürlich, diese Flausen vergingen auch wieder!

Tante Johanna saß damals, auf ihre besondere Weise lächelnd, ausgelassen und verlegen, mit zwei Freundinnen, Frauen aus der Nachbarschaft, in einer Hollywoodschaukel. Sie hielten alle drei einen Teller Kartoffelsalat auf dem Schoß und schwankten vorsichtig auf und ab. Hinter ihnen war der herrlich blühende Garten, dem sie aber den Rücken zukehrten. Sie sahen durch die geöffnete Wohnzimmertür von der Terrasse aus auf den angestellten Fernsehapparat. Sie hätten vorher drinnen gesessen, seien aber an diesem warmen Sommerabend zum Essen nach draußen umgezogen. Meine Tante erzählte dann von einer Nachbarin, einer jungen, die einen alten, verkrüppelten Mann geheiratet habe und sich jede Woche einmal schon um sechs Uhr abends mit ihm einschließe bei runtergelassenen Rolläden. Dann würden die beiden ins Bett gehen, um alle neuen Lesezirkel-Zeitschriften durchzuschmökern und dabei ordentlich Sekt zu trinken! Eine der Freundinnen sprach von ihrem Enkelkind. Sie berichtete mit solcher Wonne und Erleichterung von seinen Schlechtigkeiten, daß mir zum ersten Mal der Gedanke kam, die nach uns Geborenen könnten von uns Älteren mit großer Sorge betrachtet werden, und zwar deshalb: Bestand nicht die Möglichkeit, daß sie, anders geartet als wir, gar kein Interesse an unserer Welt, unseren Gedanken hatten? Und war da nicht die Tatsache, eine Bosheit, die man selbst besaß, bei ihnen zu entdecken, ein gewaltiger Trost und eine Sicherheit für die Zukunft? Meine Tante sagte noch etwas, sie erzählte einen Fernsehfilm, und es verursachte mir einen Schmerz, und ich konnte gar nicht weiter zuhören, denn sie hatte angefangen: »Der Sinn ist folgender«, und sie hätte doch sagen müssen: »Der Inhalt ist folgender.«

Da sitzt sie also wieder, verlegen und ausgelassen lächelnd, wie nur sie es gleichzeitig kann, diesmal, nach den acht Jahren, die inzwischen vergangen sind, mit einem Maurer, der ihr gelegentlich kleinere Arbeiten am Haus erledigt, an einer gebrauchten Kleinbar für DM 250,–. Sie haben sich probeweise nach einem Rezept aus einem Taschenbuch einen Cocktail gemixt. Die Kleinbar soll eigentlich in den Keller. Tante Johanna hat durch den Einbau einer Ölheizung mehr Platz gewonnen. Aber jetzt steht sie noch im Ankleidezimmer, sie paßt so gerade rein. Man kuckt nur vor Schränke. Sie ist etwas krank und will abwarten, ob sich der Einbau noch lohnt. Sie erzählt mir leise, als wir eben allein sind, daß sie nur noch in die Stadt geht, wenn sie zum Arzt muß, dann muß es sein, dann geht sie. Sonst traut sie sich nicht mehr. Sie weiß nicht, weshalb, sie hat keinen Grund, aber sie fürchtet sich seit einiger Zeit.

Nehmen Gefühle immer ab? Kann Trauer nicht wuchern, wie die Kreise im Wasser nach einem Steinwurf einen wachsend größeren Bereich fordern, bis das ganze Leben davon erfaßt ist und begriffen in dieser Empfindung?

Hinter der Mauer / Wie es duftete! Wie gut meine fünf Finger nach frischem, zerquetschtem Lorbeerblatt rochen! Wir saßen unter einem Baum, gerührt über den Frieden, um den wackligen Eisentisch herum. So ein freundliches Einverständnis, so eine Gemeinsamkeit beim Zugreifen und Kaffeeaustrinken! Das mußte mit der Jahreszeit zusammenhängen, wo alles grün und noch nichts geschnitten ist. Nur als der schwarze Jagdhund an uns schnüffelte, drehten wir uns weg. Wieder hatte er vor kurzer Zeit eine Katze zerrissen. Geduldig und ohne den geringsten Vorwurf ließ man den Kies über der Stelle ordnen. Da entfernte er sich schnell, und am Lorbeerbaum entlang sahen wir in den Himmel und trugen unsere Sonnenbrillen, alle, ohne Ausnahme. Hinter den dunklen Gläsern schlossen wir die Augen, zogen Luft ein, und der Mund durfte aus Trägheit ein bißchen offen stehen. Es war, als schleppten uns dick aufgeblasene Plastiksessel gleichförmig wippend aufs weite, ungefährliche Meer hinaus. Auch wir selbst fühlten uns gequollen vor lauter Behagen, so pausbäckig in unserer Milde und leicht.

Jetzt aber hatte es einen Ruck gegeben. Wir stürzten aus unserer luftigen Bequemlichkeit in eine aufrechte Haltung mit durchgedrücktem Rücken, in ein kerzengerades Sitzen. Jeder verschloß augenblicklich die Lippen wie eine unangenehm berührte, wie eine empört auffahrende Person, die das Kinn anpreßt. Das war nur der erste Schrecken, fast nicht mehr als eine Überraschung. Konnte das eine gute sein? Wurde da etwas nachgeäfft? War vielleicht in einem Kinderspiel ein Entsetzensschrei merkwürdig geglückt?

Nein! Das war ernst und konnte doch einen Moment lang ein Tierschrei sein. Wir rissen die Brillen ab, um besser zu hören, und streckten den Hals vor, als ließe sich etwas wittern, und jemand schleuderte sein Haar von der Ohrmuschel nach hinten in den Nakken. Wir sahen uns gegenseitig hintereinander hastig an auf der Suche nach einem beruhigenden, wissenden, den Verdacht zerstreuenden Kopfschütteln. Aber jeder forschte bei dem anderen danach.

Der Schrei, nein, ein Tierschrei war das nicht, wurde zum dritten Mal in äußerster Anstrengung und Fassungslosigkeit ausgestoßen. Wir sprangen auf und machten Schritte hin und her, um die Richtung zu erkennen und um nicht mehr auf dem eigenen Hintern zu sitzen bei dieser Konfrontation mit einem so schrillen Schmerz, den jemand tief aus seinen Eingeweiden herauswölbte und herausheulte, als wolle er platzen daran oder als solle alles hier davon kreischend zerspringen. Es hörte nicht auf.

Plötzlich wußten wir – einer versperrte sich, den Mund, aus dem kein Laut kam, weit aufgerissen, die Ohren –, woher der immer wiederholte Schrei aufstieg: von der Straße hinter der sehr hohen Gartenmauer. Zwischen den einzelnen Schreistößen schien es totenstill zu sein, als wären alle Geräusche von ihnen aufgesaugt, und ich konnte mich auch nicht mehr erinnern, was denn kurz vor dem ersten Schrei zu hören gewesen war, so daß alles ohne Hinweis blieb. Man mußte keuchen vor Angst, man mußte fast mitschreien, so ohnmächtig war man vor diesem exakt beginnenden und abbrechenden und wieder einsetzenden, unbesänftigten Ruf, für den in den Pausen neue Kraft gesammelt wurde, neue physische Energie und neue Verzweiflung. Er machte sich zerstörerisch über alles her.

Aber das hatten wir endlich begriffen: Etwas mußte getan werden! Man mußte einen Anblick auf sich nehmen, um helfen zu können, um die mitgeteilte Fürchterlichkeit überhaupt zu verstehen. Zwei rannten jetzt durch den Streifen aus wild gewachsenem Gras, taumelnd, schwerfällig trotz des Tempos, mit hochgezogenen Knien auf die Mauer zu, wo sie klein stehenblieben und standen. Es war unmöglich, einigermaßen schnell daran hochzuklettern. Wir anderen liefen vor dem Grasstück auf und ab und verdrehten die Arme, denn es kam darauf an, keine Sekunde zu verlieren, damit der Schrei nicht noch einmal in einer solchen Qual ausgestoßen wurde.

Aufzuhalten war er aber nicht von uns, wir konnten uns noch so biegen. Da sagte einer eine Vermutung: Es sei eine Frau. Wahrscheinlich habe man ihr die Tasche weggerissen. Sobald ich das auch nur flüchtig glauben konnte, das dauerte und ging vorbei, in der Spanne zwischen den Schreien, wollte ich am liebsten lachen vor Bosheit. Nein, zum Erleichtern fand ich diese Vorstellung nicht. Es kehrte sich einen Augenblick alles um in Wut und Gehässigkeit und nicht das geringste Mitgefühl mit der Person, deren Besitz Schaden genommen hatte. Ich hatte diesen Schrei anhören müssen, der sich auf ganz anderes bezog, von dieser Ahnungslosen, Sorglosen wegen einer Nichtigkeit in die Welt gesetzt. Ich merkte dann, daß ich ein Stück auf die Mauer zugelaufen war vor Zorn und Schwäche über diese Aufklärung. Nein, schon nicht mehr darüber.

Ich wußte schon wieder, daß es nicht so zuende gehen würde. Es zeichnete sich überhaupt kein Ende ab! Die Furcht, die ich zu Anfang unterdrückt hatte, kam jetzt unversteckbar zum Vorschein, eine unflätige Zumutung, die ich nicht ertragen wollte, ohne ein Höhle zu wissen, in die ich mich hätte verkriechen können vor diesem mathematischen Kreischen, das wieder ausbrach wie eine Zertrümmerung: Konnte es etwas anderes sein als der Schrei eines um sein Leben Kämpfenden, der schon ein Sterbender war, der seine letzten Kräfte ausschüttete aus seinen Lungen, der uns zwang, ohne Gewissen, zu dieser Beihilfe, diesem Beistand, seinen Todesschrei anhören zu müssen nämlich, in allen Variationen und zu erwartenden Veränderungen bis zum Schluß?

Es hatte sich jemand auf den langen Weg zum Straßenausgang gemacht. Ein anderer war auf einen Baum geklettert und sah von dort über die Mauer weg eine kleine, kräftige, schwarzhaarige Frau umgeben von Leuten stehen. Auch ein Mann im Arztkittel bemühte sich um sie. Niemand schrie mehr. Es wurde eingeredet auf die Frau. Sie also! »Ich bin sicher«, sagte derjenige, der freie Sicht hatte, »daß sie soeben vor der Klinik eine Todesnachricht erhalten und unter diesem Eindruck reagiert hat.« Die Straßengeräusche verstärkten sich: So war es vorher gewesen! Es zog sich zu. Für uns war hier nichts mehr zu retten. Alle preßten sich verstohlen die Fäuste in den Magen. Wir hörten unsere eigenen Stimmen nicht. Es dröhnte hier im Garten noch immer von der Ankündigung, die durch die Mauer abgeschnitten war von ihrer Ursache. Wir saßen mit weißen Gesichtern auf den zerbrechlichen Stühlen.

Hier kam mir der Gedanke – was konnte ich dazu? Nichts! Er trat auf und ein in meinen Kopf –, daß man die Schreie als die einer kleinen, kräftigen Schwarzdrossel auffassen müßte, sich fremd und unverständig stellen wie ein seelenruhiger Lorbeerbaum, und daß sie sich aus einer solchen Entfernung als Gezwitscher über die Mauer geschwungen hätten. Was für ein Einfall! Ich sagte kein Wort davon. Ich hütete mich und spürte lieber mit allen gemeinsam die Knie zittern.

Francesco und Lidia / Zum Beispiel war damals immer um fünf Uhr ein dicker, bleicher Mann, trotz der Hitze in einem Anorak, ohne anzuhalten mit einem Plastikbeutel auf dem Betonweg zwischen den Felsbrocken zu seinem besonderen Stein gegangen. Wenn er dann den blassen, fetten Oberkörper vorzeigen mußte, die Chlorbrille aufsetzte und auf den glitschigen Steinen ins Wasser balancierte, wurde er wirklich ein Ungeheuer. Sobald er zu kraulen anfing, sah keiner mehr weg. Ein Hochseedampfer, so gleichmäßig zog er vorbei, mit den allerempfindlichsten Fühlern, so streichelnd tauchten die Hände ins Meer ein bei jedem Zug. Nach zwanzig Minuten ging er wieder, das Monstrum, die Schenkel rieben sich rot aneinander, der feiste Rücken preßte, zu allem Übel, die Nässe in Flecken durch den Anorakstoff.

Eines Tages entdeckte ich Lidia. Ich betrachtete Wellen, ein Knie, einen Hund in der Nähe, überlegte aber dabei. Was gefiel mir denn? In ihrem Gesicht, sagte ich mir, das Unerschrockene, gleichzeitig angenehm Lauernde. Augen und seitliche Mundhälften wiesen die gleiche Schrägung auf. Ich sah nochmal hin und stellte abschließend fest: Sie war unter all den Hübschen die einzig überaus Schöne. Ich merkte es an der Freundlichkeit, die sich neuerdings an diesem Ort in mir auszubreiten begann.

Frühmorgens, Tag für Tag, marschierte hier auch ein Vater, ein Pastor nahm ich an, mit seinen fünf Kindern zum Strand. Seit Verlassen des Hauses trugen sie ihre Bademützen auf blonden Köpfen und sangen unbekümmert in der südlichen Gegend Wanderlieder. Einmal rief er, als »Toter Mann«, lauthals: »Schaut, was ich kann!« Die fünf, in Rückenlage unverzüglich, rangen nach Atem, und er blieb Sieger. Eine Mutter wurde nie sichtbar, vielleicht erwartete sie das sechste. Wenn ein Blickwechsel klappte, grüßte er gleich. Die Ältesten lernten die Jüngsten an. Beim Gehen setzte er die Füße nach außen, in hohen Lederschuhen, doch sockenlos, möglicherweise aus Trotz.

Ich drehte den Kopf wegen einer Stimme, die italienische Wörter rief. Es war nicht die Tiefe, die meine Aufmerksamkeit erregte, sondern die Mischung aus rasselndem Keuchen und einer darunter verborgenen Schmiegsamkeit. Der Satz endete mit ihrem Namen: Lidia. Lidia, auf dem Bauch, stemmte sich hoch, verzog keine Miene, schrie aber etwas zurück mit noch tieferer Stimme als der des Mannes und ohne Weichheit. Sie klang fast barsch, wie ein Anschnauzen fast, aber das mußte anders sein. Er lächelte nämlich zufrieden, doch ich dachte mir gleich, es wäre besser, befriedigt zu sagen. Er stand jetzt vor ihr, sah auf sie hinunter, und sie hatte sich auf den Rücken gerollt, trotz des grellen Lichts mit geöffneten Augen. Sie sagte: »Francesco!« und bot ihm eine Zigarette an. Sie schienen gleich groß, gleich alt zu sein, mit sportlichen, trainierten Körpern, mit sorglosen Körpern, denen so leicht nichts zustoßen konnte. Seiner war nur etwas rundlicher, gepolsterter, entspannter als ihrer. Wenn man sie also, fragte ich mich, als Löwin bezeichnet, was wäre er dann? Ich zögerte noch, ich wollte ihn wenigstens einmal aus größerer Nähe von vorn ansehen. Der untere Teil seines Gesichtes war bärtig, das verdeckte die Konturen nicht sehr. Er lächelte wieder, ein wenig träge in der Hitze, ein wenig gelangweilt in der Mittagszeit, stand noch immer und hatte die Zigarette vergessen. Als ein kleiner Ball dicht an ihm vorbeiflog, zuckte die freie Hand im Reflex, und tatsächlich sprang das Bällchen wie angesaugt in seine fünf Finger, er hatte gar nicht recht hingesehen. Nun betrachtete er kurz den Ball, hob den Kopf auf Anhieb in die, wie sich herausstellte, passende Richtung, faßte dort, im selben Moment noch, zwei Jungen ins Auge und warf den beiden den Ball so zu, daß sie ihn mit dem Schläger auffangen konnten. Er hatte dabei wieder etwas gerufen, ein dreisilbiges Wort, glaube ich, mit dieser schläfrigen, krächzenden, schmiegsamen Stimme. Lidia hielt währenddessen, halb sitzend, halb liegend, ihre zwei großen Zehen umklammert und schnauzte, ohne ihn anzublicken, vermutlich eine Zärtlichkeit. Er griff in ihr Haar und stellte sich an einen anderen Platz. Alle Frauen um Lidia sahen ihm nach, wie in Gedanken. Sie selbst strich sich auf die Hüftknochen Öl und drehte sich in die Ausgangslage. Ich setzte mich auf einen Stein am Hang, dort führte ein enger Weg vorbei. Das war, unter einem großen Hut, auch um diese Zeit ein erträglicher Ort mit Sonnenbrille und einem Buch. Eine Stunde später hörte ich sie den Pfad hochsteigen. Ich erkannte die Stimmen. Bei mir hielten sie an, und Lidia sagte: »Was für ein schöner Platz zum Lesen!« Ich rührte mich nicht, sie lächelte diesmal. Dann wußte ich es: Er war eine gesunde, männliche Katze.

Hinter einem Felsvorsprung sonnte sich gewöhnlich eine Nackte, ohne den geringsten Absatz auf der Haut. Arme und Beine streckte sie weit von sich. Ein junger Mann saß an ihrer Seite, der die Badehose niemals auszog. Er hockte jeden Tag bei ihr, sie hielten beide die Augen geschlossen. Sie traf ohne ihn ein, er ging ohne sie weg. Sie sprachen nie. Nur manchmal, wenn sie zum Schwimmen aufstand, kam etwas raus. Dann alterte das Fleisch auf einen Schlag. Jede mögliche Faltenbildung war zu studieren, zuerst von hinten. Wenn sie die tropfenden Locken auswrang, von vorn. Auf dem Handtuch verjüngte sie sich sofort.

Am Nachmittag sah ich sie schon von weitem, als ich den Abhang runterstieg, zwischen all den anderen. Ich freute mich, ich hatte also Ausschau gehalten! Zwei kleine Jungen, drei und vier Jahre alt ungefähr, liefen um sie herum, diese hübschen italienischen Kinder, und mir wurde klar, daß nun alles wunderbar zusammenstimmte, und daß diesen vieren viel weniger als den anderen auf dem aus Beton gegossenen Block, den morgens und abends oft große Wellen überschäumten, irgendein Unglück zustoßen konnte. Die Gesichter der Kleinen nahm ich nicht genau wahr, wenn sie sich von ihren Eltern entfernten, verloren sie sich, vermischten sich mit den Herumspringenden. Aber lange dauerte das ja nicht. Dann tauchte Francesco bei ihnen auf, niemals hastig, und sie wurden unverwechselbar. Es wimmelte jetzt von Menschen und Hunden auf dem Viereck neben dem schmalen Hafen, von Liegenden, Sitzenden, Stehenden, jedoch Lidia, Francesco und ihre Jungen waren unbestreitbar diejenigen und die einzigen, die sich als gespaltener, wieder vereinigter roter Faden dadurchbewegten und als prächtiger Knoten eine Weile mitten darin verharrten. Es gelang mir sogar, aus dem Lärm ihre Stimmen herauszuhören, die grollende und die schnurrende. Auch die Kinder lächelten Lidia, wenn sie schnauzte, an. Einmal beobachtete ich den sich verändernden Abstand zwischen Francescos und ihrem Körper, auf Handtüchern beide, den strengen Körper Lidias, den ausgewölbteren Francescos. Bei ihr war das Gesicht entscheidend. Sie blieben länger als die meisten Familien und Paare am Meer. Die Betondekke war fast leergeräumt von den Badegästen, auch Liegestühle und Sonnenschirme wurden schon zusammengeklappt. Da konnte ich am Wasser entlangspazieren und sie, sobald ich mich umwandte, trotzdem aus der Ferne gut betrachten. Ich lächelte ihnen über viele Meter offen zu, ohne daß sie es ahnten. Es standen ja noch andere Leute herum, aber die kamen nicht wirklich zum Vorschein, man konnte überhaupt nicht woanders hinsehen, diese beiden waren ausgedehnter und schimmernder. Sie schienen einander immerfort anzuziehen, auch wenn Francesco sich extra davonmachte und Lidia das Gesicht auf den Unterarm legte. Dann saß sie in einem Liegestuhl, aber aufgerichtet. Vor ihr standen die Kinder, und langsam und sorgfältig stülpte sie ihnen über gewechselte Badehosen Karatemäntel mit schwarzen Drachen. Sie hatte das Zeug aus ihrer großen Badetasche geholt, die auf einmal unerschöpflich war, und frisierte mit viel Geduld und einem gewaltigen Kamm die beiden dunklen Jungenköpfe. Francesco, noch immer halbnackt wie den ganzen Tag, war weggegangen. Lidia aber, der die herausgeputzten Kinder entwischten, nahm aus ihrer Tasche ein weißes Kleid, ein strahlend weißes, völlig unzerknittertes Kleid. Sie sah darin wie ein Unschuldslamm aus, mit mageren Knien und jetzt erstaunlich schmächtigen Schultern. Dann schlang sie ein rotes Dreieckstuch um ihre Hüften und wurde sofort verwegen. Das ging ausgeprägt ruhig, beinahe in Genüßlichkeit vor sich, vielleicht sogar unnatürlich gestreckt, ich wußte nicht, sah ich denn jede Geste jetzt so einzeln, und tropfenweise die nächste folgend, oder war es Lidia, die alles so in die Länge zog, weil ihr das eine wie das andere gleichermaßen Vergnügen bereitete, das Kämmen der Jungen, das Umpakken, das Bürsten ihrer eigenen Haare, das gemächliche Schlendern an die Rückfront des Platzes, wo nun, wie auf die Sekunde geplant, ein silberner Volvo aus Pisa hielt und die drei adrett Gekleideten zu Francesco, von dem man nichts als Braunes und Nacktes sah, einstiegen, der nun seinerseits unendlich sachte im Gedränge der Autos und Motorräder wendete und mit diesem großen, sicheren Wagen behutsam die Serpentinen hochfuhr.

Ich bemerkte ja damals auch das Elternpaar, das übermütig mit seinem Sohn und dem Hund spielte. Dann näherte sich die Mutter des Mannes, er war ihr wie aus dem Gesicht geschnitten. Neben der Decke, im Sand, ließ sie sich auf die Fersen nieder. Jetzt sprachen und tobten die anderen nicht mehr. Stumm saß die derbe, lederbraune Alte in ihrem Kleid. Bis in den späten Nachmittag hatte sie geschrubbt, jeden Tag ihres Lebens, so sah sie aus. Die junge Mutter zog plötzlich eine Grimasse, und die blieb lange stehen, als müsse sie einen heftigen Schmerz unterdrücken. Schließlich fing sich die Familie leidlich. Mit der Frau sprach keiner, keiner blickte sie an. Auch das Kind nicht, auch der Hund nahm keine Notiz von ihr. Sie erhob sich flink, ging still hinter ihnen, ließ sich nicht abschütteln und war nicht verrückt geworden davon.

Francesco hielt es nie lange an einer Stelle aus. Es genügte ihm meist, um zwei oder drei Meter den Platz zu wechseln, mit Leuten, die er alle kannte, ein bißchen zu reden, nichts Besonderes, ein gemeinsames Lachen, ein Schlag auf den Rücken, das war schon alles, und er kehrte zu Lidia zurück. Er befand sich stets dort, wo etwas passierte, er rannte nicht hin, stand nur da. Wenn eins der Fischerboote einlief, verfolgte er das von der niedrigen Mauer, wenn sich zwei größere Jungen stritten, schob er sie beide ins Wasser und sprang hinterher, nicht immer, er mußte gerade Lust dazu haben. Eher war es ja so, daß die unerheblichen Strandvorkommnisse auf Francesco zu warten schienen. Wenn ein paar Männer miteinander schwätzten und er hinzutrat, hoben sie erfreut ihre Köpfe.

Kleine Jungen suchten seine Beachtung, sie warben um einen Blick von ihm, sie strengten sich beim Ballspielen an, wenn sie spürten, daß er sie musterte. Und doch geschah das unauffällig, man mußte eingeweiht sein, um es zu bemerken. Er sprach nie erregt auf jemanden ein, machte kaum Gesten, schläfrig stand und lag er herum, aber nichts, was ihn interessieren konnte – und das, immer kurzfristig, war alles Bewegliche –, entging ihm. Da zuckten die Augen hinterher, und die Hände, wenn es ein Ball war, griffen zu. Auch die jungen Mädchen, die in winzigen Bikiniunterteilen über das Viereck tanzten, waren solche beweglichen Dinge. Gründlich sah er sie nicht an. Mit Lidia waren sie nicht zu vergleichen. Die rührte sich nicht oft vom Fleck, ließ sich allenfalls von ihren drei Männern verschleppen und protestierte mit rauher Stimme. Dann legten selbst die älteren Frauen ihre Zeitungen und ihr Häkelzeug weg und schauten wohlgefällig zu. Einmal stellte sich Francesco hinter sie, als sie den Jungen aus einem Heftchen vorlas. Sie sah ihn nicht, doch im Weitererzählen tastete sie mit der Hand über dem Kopf sofort nach ihm. Später paddelten beide Kinder um sie herum, und es strahlten ihre kräftigen Zähne, die schwarzumrandeten Augen, hell und schräg. Manchmal sprang sie auf und kraulte, nicht länger als fünf Minuten, schnell entschlossen los. Meist schwamm Francesco ihr nach, überholte sie allerdings nie. Ich rückte dichter an sie heran, das kam ganz von selbst.

Es hatte eine Katzengeburt neben Liegestühlen am hellichten Vormittag gegeben und einen älteren Athleten, der jeden Morgen auf einem Felsen, bevor seine Frau erschien, Leibesübungen machte. Wenn er seine Extremitäten zu weit vom Körper schleuderte, schienen sie ihr Geschlecht zu vergessen. Nicht gerade weibisch wurden seine Bewegungen dann, aber doch zweideutig und bildeten zu den Muskeln einen sehenswerten Unterschied.

Einmal ging ich zum Lebensmittelladen hoch und sah über ein paar Biegungen der Serpentinen hinweg Lidia. Mit jedem Schritt näherten wir uns jetzt einander. Sie trug ein schwarzes, kurzes

Kleid und hatte wieder das rote Tuch darum geschlungen. Da uns keine Häuser und kaum Büsche die Sicht versperrten, mußte sie mich auf der leeren Straße, ein wenig unterhalb, inzwischen entdeckt haben: eine Passantin, die ihr gleich begegnen würde. So war es bisher noch nie gewesen, diesmal konnte sie nicht umhin, sich zu erinnern, daß sie mich einige Tage vorher beim Lesen indirekt angesprochen hatte. Das letzte gerade Stück des Weges war ziemlich lang, sie befand sich in der günstigeren Position, sie ging bergab und locker und ohne Anstrengung und vor allem gleichgültig, und ich hatte dann das Gefühl, als würde sie stillstehen und nur ich wäre es, die sich ihr Stück um Stück nähern mußte. Ich weiß nicht, ob sie mir entgegensah, denn ich blickte zu Boden, ohne den Kopf zu senken, es war ein zu zäher Abstand, um nach vorn zu schauen, denn etwas anderes als sie hätte ich erst recht nicht ansehen können. Fast auf gleicher Höhe mit ihr, richtete ich mit einem Ruck die Augen auf sie, und Lidia, die vielleicht bis jetzt vor sich hingelächelt hatte, geistesabwesend oder schon in Erwartung des Wassers, das vor ihr lag, verkleinerte sich vor Überraschung für eine Sekunde und war eine Sekunde zu allein und einzeln, schritt dann aber ungerührt weiter aus. Oben ging Francesco mit den beiden Jungen. Sie hielten alle drei Stöckchen in den Händen. Ich konnte mich auf die Kinder konzentrieren, ich atmete schneller, und es machte mir Vergnügen, daß es so gekommen war. Auch ihm wollte ich unvermittelt im letzten Moment in die Augen sehen. Ein Auto drängte uns aber an die entgegengesetzten Straßenseiten. Ich hörte nur einen kurzen Ruf von ihm, wieder in dieser merkwürdigen Mischung, etwas Dringliches, das erkannte ich am Tonfall, doch zugleich wurde seine Stimme von einem tieferen Behagen wie von zuverlässigen Gewichten nach unten gebogen. Diesmal drehte ich mich um. Die drei trugen nur ihre Badehosen und pendelten auf der freien Straße wie am Strand. Francesco stemmte sie beide mit einer Hand von sich, wenn sie ihn anzugreifen versuchten. Die Kleinen waren voll beschäftigt, und er kratzte sich währenddessen mit dem Stöckchen am Kopf.

Eine Eidechse im Dauerliegestütz hatte mich beäugt, das brachte sie auch mühelos einarmig fertig und war deutlich darauf aus, noch zutraulicher zu werden. Eine Ameise überquerte unbeachtet ihren Rücken.

Am nächsten Tag wartete ich lange vergeblich auf sie und ging endlich weg, es gefiel mir nicht ohne sie, es war mir zu heiß und zu voll, alles störte mich. Erst als die Sonne schon tief über dem Wasser stand, stieg ich noch einmal hinunter, und sie waren so selbstverständlich vorhanden, als hätten sie nicht den ganzen Tag gefehlt. Jetzt begriff ich auch, daß die Leute auf dem Betonviereck zwischen Meer und der kleinen Bar gar nicht Fremde, Neuankömmlinge waren. Es breitete sich wieder das Familiäre aus, ich fühlte mich wohl und setzte mich so dicht an sie heran wie noch nie. Es trennte uns nur noch die Vertiefung in der Mitte der Platte, wo das Flüßchen aus den Bergen abgeleitet wurde. Manchmal tranken Hunde daraus, aber heute war es ausgetrocknet. Zwei Mädchen tickten sich in weiten Bögen darüber weg einen Ball zu, dann nahmen Jungen ihre Stelle ein. Der größere wechselte gegen einen Mann seinen Platz, und so ging es weiter, auch Francesco machte eine Weile mit. Mir war schon vorher klar, wie er spielen würde: Er strengte sich nicht an, bewegte sich so wenig wie möglich, bückte sich, wenn nötig, blitzschnell und hörte auf, bevor er zu schwitzen anfing. Ich versuchte, mir die beiden in ihrer Wohnung in Pisa vorzustellen, aber daran hinderte mich bald etwas. Ich sah sie auch dort in ihrem Badezeug herumgehen, einander ansehend und sich zum Spaß trennend, ich sah die braune Haut der beiden, und ohne Kummer, ohne Beruf, aber auch ohne Alltäglichkeiten, doch ganz lebendig standen sie in geräumigen Zimmern. Anderes konnte ich mir nicht ausmalen, und so ließ ich sie hier. Es war egal, wo sie sich aufhielten, sie benötigten diesen Urlaub nicht, sie hatten sich aus Gewohnheit hierher begeben, an einen angenehmen Ort von einem anderen, nicht weniger angenehmen Ort weg, an den sie in guter Laune langsam zurückkehren würden. Ich meinte langsam, weil ich an das verzögerte Kämmen und Ein- und Auspacken Lidias dachte, die mit solchen Tätigkeiten nicht rasch zuendekommen wollte, weil immer eine dieser Handlungen ebenso erfreulich wie die andere war. Es fiel ihnen in den Schoß, es war vollkommen und verblüffte sie nicht. Wie immer in der allabendlichen Unruhe, die durch die zuerst Aufbrechenden entstand, welche dann aber noch lange in verschiedenen Gruppen Gespräche führten, dann wieder nach einem Handtuch, einem Kind oder Hund zu suchen begannen, setzte ein hektisches Springen vom Rand des Betonsockels ein, das sich zu miteinander konkurrierenden Albernheiten steigerte. Das galt natürlich für die jüngeren Leute, aber auch die Familienväter ließen sich wenigstens zu übertriebenen Schreien und exaltierten Kopfsprüngen hinreißen. Heute verstärkte die aufkommende Brandung, die Kühle nach dem heißen Tag die Aufregung. Schließlich stießen sie sich gegenseitig ins Wasser. Die Frauen, die bereits Angezogenen sahen applaudierend zu. Da schleppten sie plötzlich einen jungen Mann, der lesend auf einem Pfosten gesessen hatte, zu viert an die Kante und warfen den Kreischenden ins Meer. Nun brach eine wirkliche Raserei aus, sie drängten einen Jungen mit Schuhen und Handtuch und Brille und einen im bodenlangen Bademantel in die Wellen, sie holten auch die jungen Frauen, und wenn die zur Ablenkung noch so beschäftigt taten. Endlich versuchten sie eine Ältere mit ihrem Strickzeug und dem Liegestuhl ins Wasser zu kippen. Sie schimpfte mit großer Entschlossenheit, und dieses eine Mal gaben sie nach. Ein etwa Fünfzigjähriger stieg mit völlig durchsichtiger Unterhose aus der Tiefe, und gerade die alten Frauen amüsierten sich unverhohlen. Lidia stand in ihrem weißen Kleid ohne Schärpe dabei. Sie trug einen mächtigen Fotoapparat bei sich und knipste alles. Sie ging bis knapp an die Kante. Sie war ohne jeden Zweifel sicher. Sie lachte. Niemand wäre auf die Idee gekommen, sie anzurühren. Ein einziges Mal wollte ein Halbwüchsiger Francesco von hinten über den Rand stoßen, er schob ihn nur seinerseits mit einem leichten Kopfschütteln vor Verdutztheit ins Wasser, stürzte sich aber hinterher.

Am folgenden Vormittag sah ich Lidia wie zu Anfang. Sie lag allein zwischen Freundinnen und rollte sich in Etappen auf die rechte Hüfte, auf den Rücken, auf die linke Hüfte, auf den Bauch. Sie las in einer Illustrierten, schloß die Augen, redete ein bißchen. Sie war die einzig überaus Schöne. Einmal, als ich aus dem Wasser kletterte – dazu packte man einen rostigen Eisenring und zog sich daran hoch, während man auf zwei dicke runde Steine trat –, saß sie mit Francesco direkt vor mir. Ich mußte aufpassen, daß ich sie nicht bespritzte, so nah waren sie in diesem Augenblick. Sie rückten ein bißchen auseinander, das war ein Entgegenkommen. Mir blieb nichts übrig, als zwischen ihnen durchzugehen, ohne Umschweife. Ich roch ihr Sonnenöl, und wenn es nicht so schnell abgelaufen wäre, hätte etwas gesagt werden müssen, es lag für diese kurze Zeitspanne in der Luft, eine flüchtige, dann schon wieder vergangene Intensität. Als es passierte, hatte es mich erschreckt, aber gleich danach zufriedengemacht, und ich setzte mich an die erhöhte Stelle über den Badenden. Ich beobachtete Lidia und Francesco, der kam, seine Finger in ihre Haare steckte, eine Zigarette abholte oder nichts und fortging zu den kleinen Sehenswürdigkeiten am Strand. Ich sah ihre hübschen Kinder, die nicht hinfallen würden, um sich die Knie aufzuschrammen. Einmal stolperte der Kleinere. Lidia fixierte ihn, und schon stand er und kein Wort wurde darüber verloren. Ich hatte immer mindestens einen von den vieren im Blick und so sie insgesamt im Kopf und erhob mich dann, um mit dem Packen für die Abreise am nächsten Morgen zu beginnen, und vergaß sie sofort für lange Zeit.

Die Bäckerin / Als das Ereignis, der Coup der Bäckerin, eintrat, war ich nicht vorbereitet. Auf dem Heimweg holte ich alles nach.

Zuerst fiel mir eine abendliche Zugfahrt ein. Auf einer kleinen Station war eine Gruppe älterer Frauen eingestiegen. Sie drängten durch die Abteiltür, ganz aus dem Häuschen, ob es denn noch für sie alle einen Sitzplatz gäbe, in Duckmäuserkleidung, wie ausgewaschen samt ihren Hosenanzügen und Mänteln, nichts sollte auffallen, weder Zeug noch Fleisch, dann geschieht einem nichts. Einige trugen um ein Haar Unerschwingliches, aber auch aus Furcht: Das würde ihnen Unangenehmes vom Leib halten. Sogleich herrschte ein Jugendherbergston. Diese kräftig gebauten Kleinstadtfrauen, ohne ihre Männer, waren jetzt eine Truppe aufgedrehter kleiner Mädchen unter sich. Immer wurde »Wir, Wir« gesagt, dauernd liefen sie zur Reiseleiterin, um sich bemuttern zu lassen. Sie zeigten einander Kataloge von Versandhäusern und suchten sich, als spielten sie mit Anziehpuppen, etwas Schönes aus. Eine von ihnen erklärte der anderen, wie ein Liegewagen eingerichtet ist. Ich wollte mir die Bäckerin zwischen ihnen eingebettet vorstellen, aber nein, auch hier wäre es ihr nicht gut ergangen, sie wäre bestenfalls unbeachtet geblieben, wie die kleinste, älteste Frau, die ganz und gar nicht hierhergehörte und als einzige, so ordentlich sie auch alles bei sich hatte, von vornherein im Stich gelassen wurde.

Nein, sie war eine, die an den Wochenenden allein in ihrer Wohnung herumging und noch immer nicht begriff, wie es möglich war, daß so viele Leute an den übrigen Tagen auf den Straßen hasteten und trödelten und dann weggewischt waren, verschwunden, und sie unabdingbar in die abtrennenden eigenen Zimmer mußte, wo sie sich manchmal, wenn sie die Jalousien runterließ, die Tageszeiten selbst machen konnte. Wenn sie sich dann nicht am Montag im Leben gemeldet hätte und mir nichts, dir nichts selbstverständlich aus der Haustür raus in die Menge getreten wäre, hätte man sie vergessen.

Wie sollte sie denn da in unserem netten, tüchtigen Bäckerladen, wo es immer so flott und energisch zugeht, nicht an die Wand gedrückt werden? Eine Bäckerin ist sie ja nicht, ich nenne sie nur so, sie ist eine Bäckereiangestellte, vermutlich sogar nur eine Aushilfskraft. Als ich sie dort zum ersten Mal sah, gab ich ihr insgeheim einen anderen Namen: »Die Mürrische«, so wie ich die stattliche, rosige Chefin »Die Patronin« nenne. Alle Backwaren werden zweimal am Tag von einer Zentrale in der Innenstadt an die Filiale geleitet, alles ist genau kalkuliert, unverkaufte Brote und Brötchen werden abends zurückgegeben. Da man hier scharf rechnet und über Telefon Feinstabstimmungen für den Tag durchführt, ist kurz vor Ladenschluß oft alles ausverkauft, und wer ein Schwarzbrot wollte, freut sich, wenn er noch ein halbes Toastbrot erwischt. Gearbeitet wird in zwei Schichten, und so sieht man die Verkäuferinnen in unregelmäßigen Abständen und unterschiedlichen Mischungen. Es gibt drei oder vier, die stabile Stützen bilden, und häufig wechselnde junge Mädchen, die sich meist wohl nicht recht bewähren, nicht schnell genug sind in den Stoßzeiten beim Zusammenrechnen, nicht geschickt genug im Tortenschneiden und vor allem nicht die Nerven besitzen, das strenge Blinzeln der routinierten Kolleginnen auszuhalten. Das Ganze wirkte ja schon immer auf mich wie ein Nonnenkloster beim Straßenverkauf, heiter und giftig untereinander, launisch, unberechenbar in der Bedienung der Kunden. Mal wird man überschwenglich begrüßt und bescherzt, ein anderes Mal überhaupt nicht angeredet, lediglich durch einen Blick aufgefordert, die Wünsche zu äußern. Nur der Preis kommt ihnen dann am Ende bitter zum Mund heraus. Der Stamm ist sich in diesen Stimmungen einig, wer da nicht mitmacht, für den stehen die Zeichen, was eine Tauglichkeit für länger betrifft, aussichtslos schlecht. Einmal wurde ich Zeuge, an einem der mundfaulen Tage, wie eine Frau bis hinten hin zur Sahnetortentheke schoß, sich dort, mit beiden Fäusten auf der Glasplatte, vor der telefonierenden Patronin aufbaute und, sobald die den Hörer auflegte, in wütende Vorwürfe ausbrach. Die Patronin errötete leicht, sie hat einen behäbigen Körper und eine zarte Haut, und wies die Frau zurecht, sie möge leiser sprechen, es sei Kundschaft da. »O nein«, rief die andere aus, »alle, alle sollen es hören!« Sie führte nun eine zusammenhängende Beschwerde gegen die boshafte, die unverständige, die gehässige, rohe Behandlung, die man hier einem jungen Lehrmädchen hatte zuteil werden lassen. Wie man ein so junges Ding dermaßen habe einschüchtern können! Ihre Fähigkeiten im Rechnen seien nach dem ihr hier widerfahrenen, nun überwundenen Schock in einem anderen Geschäft unter Beweis gestellt. Dort sei man hochzufrieden mit der Kleinen. Die Patronin hatte währenddessen, wie ihre beiden Verkäuferinnen, stumm dagestanden und nur ein wenig die Augen zusammengekniffen, als zweifle sie an deren Zuverlässigkeit angesichts dieses Spektakels. Sie ist eine durch und durch würdevolle Erscheinung, vor der solche Anwürfe, solch ein Auftritt einer meinetwegen empörten Erziehungsberechtigten schlichtweg in Taktlosigkeit ausarten. Das empfand ich selbst so und fürchte, daß ich nickte, als sie zu mir, im ganz stillen Laden, mütterlich sagte: »Kein Wort davon ist wahr!« Die beiden Angestellten begannen plötzlich zu kichern, die Patronin, wieder die Ruhe selbst, schmunzelte. »Nicht zu fassen!« und »Unsinn!« sagten sie abwechselnd. Es roch warm und begütigend nach frischem Brot. Ich wurde, in der alle drei erfassenden Heiterkeit, nach dem Urlaub gefragt und unter Nennung meines Nachnamens entlassen. Was wäre wohl passiert, wenn die Mürrische, die Bäckerin, in dieser Gesellschaft den Mund aufgetan und mit Geständnissen angefangen, wenn dieses finstere Gesicht zu reden begonnen hätte!

Da stand sie eines Tages, viel größer als die anderen, graubraun wie altes Brot, mit groben Knochen und so lustlosen, dabei eigentlich üppigen Lippen, so verdrossen und ohne ein bißchen Leichtigkeit. Sie wußte noch gar nicht Bescheid mit den Backwaren und mußte immer zweimal fragen. Man lernte sie ostentativ vor den Leuten an, und überdeutlich war die Aufmerksamkeit für die Kunden seitens der Patronin und ihres Stabes. Man wurde begrüßt wie eine Vertraute, sie errieten meine Wünsche, als sie mir erst auf der Zunge lagen. Hier war heute nur eine die fremde Person, alle anderen, ob vor oder hinter der Theke, bildeten einen einzigen großen Bekanntenkreis. Die überschäumende Herzlichkeit des Bäckerladens dauerte natürlich nicht an, aber immer wurden die bewährten Verkäuferinnen, wenn die Mürrische sich in der Nähe aufhielt, redseliger als sonst. Als die Erfahrenen schoben sie die Neue an die Seite, sie, die mit ein paar Handgriffen die Sache schmissen, die zupackten bei der kleinsten Komplikation und mit freundlich forschen Gesichtern die Käufer, auch mich, ohne daß die es recht bemerkten, von der Mürrischen ablenkten und auf sich zogen. Von ihnen wollte man dann, weil es netter war, viel lieber die Brötchen. Die Mürrische konnte sich also freuen, wenn man, falls man die Auswahl hatte, spontan zu ihr hinging. Sie gab sich aber Mühe, bei lustigen Vorfällen mitzulächeln. Nur geschah das zu langsam und wirkte so nachgeahmt, auch wurde ihr das nicht oft gestattet: Die Regulierung vollzog man über kurze Seitenblicke, meist durch fehlende Beachtung. Bei ihr mußte erst der ganze Mißmut aus dem unbeholfenen Körper geräumt werden, bis die Mundwinkel sich, und dann immer noch ein wenig unglaubwürdig, heben konnten. Es gab noch eine andere Möglichkeit, sie auf dem einmal angewiesenen Platz zu halten. Man richtete es so ein, daß sie allein im vorderen Bereich stand, die anderen machten sich im Hintergrund an irgendwelchen Abrechnungs- oder Einräumarbeiten zu schaffen. Von dort ließ sich vorzüglich, und ihr doppelt hemmend bewußt, überwachen, augenzwinkernd und zur Kontrolle verpflichtet, wie geeignet sie mittlerweile für ihr Handwerk war. Das wurde besonders spannend, als sie in Verbindung mit Tschibokaffee auch Taschen, Sonnenbrillen, Pullover verkaufen mußte. Da sollte also sie, mit ihrem zerfurchten Brotgesicht, Leute in Geschmacksfragen beraten! Ich erlebte ja selbst, wie sich eine Frau automatisch erkundigte, welche Farbe ihr denn wohl besser stünde, beige oder lindgrün, und als die Antwort nur zaudernd kam, zum ersten Mal richtig aufsah und die klobige Gestalt vor ihr richtig ansah und sogleich die Entscheidung selbst traf, mit einer Geschwindigkeit, als wolle sie ihre, bei diesem Gegenüber dämliche, Frage ungeschehen machen. Die Köpfe in der Tiefe des Geschäfts schossen zusammen, daß sie beinahe aneinandergestoßen wären in ihrer Eintracht. Bei einer anderen Gelegenheit hatte man sie drei Schuljungen überlassen. Sie wollten hintereinander, ohne das sofort mitzuteilen, das gleiche, und die Bäckerin, wohl in dem Gefühl, man halte sie zum Narren, mußte dreimal nacheinander ein einzelnes Brötchen aufschneiden und einen Negerkuß dazwischenklemmen. Sie reichte ihnen das wacklige Produkt über die Theke, und die schmutzigen Jungenhände führten ihrem gekränkten Gesicht vor, wie man kräftig zuschnappen mußte, um das Ding gehörig einzuquetschen, damit es saß und in den Mund paßte. Ein grauhaariger Herr, der später reingekommen war, in anständigem Kamelhaarzeug, empfand das auch als Beleidigung, aber als eine, die ihm galt, und zwar seitens der Bäckerin, die ihn solange warten ließ in ihrer Umständlichkeit. Die Jungen zahlten außerdem alle einzeln und zwar hauptsächlich mit Pfennigen, bis sich eine der Verkäuferinnen mit knallend flinkem Schritt auf den guten Kunden zubewegte und die Ehre des Ladens wiederherstellte.

An diesem grauen Julitag aber, wo man an den Sommer längst gewöhnt war, ohne überraschendes Licht, wo Staub auf allen Gegenständen lag und die Kinderstimmen zu geläufig aus Winkeln und Gärten drangen, altbekannt und schon immer dagewesen wie das Laub auf den Bäumen, sorgte sie, die Mürrische, für die Veränderung. Ich war im Gedränge an sie geraten und hatte vier Stücke Apfeltorte verlangt. Sie griff nun schon geübter nach dem Papptablett – man hatte offenbar für ihren Verbleib gestimmt, ihre Merkwürdigkeit hätte den Verkäuferinnen inzwischen gefehlt, mehr vielleicht noch der allen ersichtliche Kontrast zu ihnen selbst – und schob das erste Tortenstück darauf. Dann hielt sie aber in der Bewegung inne, sah mich eindringlich an, geradezu als wolle sie mich vor einer Gefahr warnen, nur begriff ich das nicht so schnell, und flüsterte etwas mit ihren großen Lippen, auf die ich nun starren mußte, sie waren rostig-braun und stark gerillt, Brotkrustenlippen. Ich sagte: »Bitte?«, und das nicht sehr leise, um sie auf die normale, zur Verständigung nötige Lautstärke hinzuweisen. Sie fragte ebenfalls, indem sie die Augen nicht von mir ließ, übertrieben laut und geschäftsmäßig, ob ich nicht lieber Kirschtorte wolle, wieder mit diesem stechenden oder beschwörenden Blick. »Nein«, sagte ich, »Apfeltorte. Warum denn nicht?« Sie wich zurück, zwei Schritte ans Regal, sah sich nach beiden Seiten mit auffälliger Vorsicht um und flüsterte wieder auf mich ein. Ich bemerkte eine gewisse Verwunderung um mich her und blickte in die Mienen amüsierter Kunden, als sie plötzlich eine Brötchentüte nahm und ein Wort darauf kritzelte. Glücklicherweise gab es in diesem Augenblick so viel zu tun, daß keine der anderen Verkäuferinnen den Vorgang beobachtete. Sie schob die Tüte wie zufällig auf die Glasplatte, es fehlte nur noch, daß sie vor gespielter Unbefangenheit gesummt hätte, aber ich konnte das Wort nicht lesen. In meiner Begriffstutzigkeit riet ich: »Ist der Kuchen reserviert?« Sie antwortete stumm mit einem tadelnden Blick. Ich hätte wohl ebenfalls flüstern müssen, ich war zu schwerfällig für ihre Anstrengungen, ein Segen, daß sie nicht den Finger auf den Mund legte. Dann wurde sie schlagartig flammend rot, unglaublich, daß ihre Gesichtshaut so aufglühen konnte, ging nach hinten zu den Sahnetorten und rief zu mir her: »Darf es sonst noch etwas sein?« Ich verstand wenigstens diesen Versuch, mich dorthin zu locken, und folgte ihr schleunigst. Sie beugte sich vor, und ich, auf alles mögliche gefaßt, hörte nun endlich: »Die Apfeltorte nicht nehmen! Von gestern! Von gestern!« Sie zischte es auch diesmal zwischen den Zähnen hervor, obschon sie deutlich hätte sprechen können, es belauschte uns ja niemand, aber gut, wenn sie es so wollte! Dann berührte sie in einer gebräuchlichen Geste des Erschreckens die nun geformteren Lippen, zuckte sogar nachträglich und zusätzlich zusammen und holte eilig, ohne sich um wartende Kunden während dieses Manövers und der gesamten langwierigen Prozedur zu kümmern, die Tüte aus dem vorderen Bereich. Sie zeigte sie mir nochmal und las mir das hingeschriebene Wort »Gestern« vor. »Ich darf das doch nicht verraten!« setzte sie noch leise hinzu, zerriß das Papier vor meinen Augen und zerknüllte, zerkrümelte es fast, bevor sie die Fetzen in die Kitteltasche steckte. Natürlich nahm ich jetzt vier Sahnestücke und bedankte mich so herzlich, wie mir nun zumute war. Sie schickte mich ja auch weg mit einem triumphierenden Lächeln, als läge ein bestandenes Abenteuer hinter uns. Aber erst auf dem Heimweg sah ich ein, daß nun, nach dieser ausführlichen Vergegenwärtigung, die ich ihr schuldete, zumindest für mich, ein aufgezwungener, unabänderlicher Schluß, die Patronin durch die Bäckerin heimlich entmachtet war.

Die gemusterte Nacht / Gingen die Tage nicht hin und her, als würde einem der Kopf von sachten Ohrfeigen gewendet? Wellen trafen geduldig ein. Eine Katze wechselte am Nachmittag von den heißen Kacheln zu den kühlen und zurück, ihr Totenkopfgesicht hob sie dabei kaum zu mir her. An gestreckten Armen hielt man nackte Kinder ins Wasser, runde Felsbrocken lagen im Meer, am Abend, so friedliche, vernünftige Massen. Mein Atem ging brennend über meinen Handrücken, daß ich vor mir selbst erschrak und mich daran freute. Die Ameisen markierten schräg über präzisen Schatten zuckende Wege, und ich sah oft die Schwimmer an der Wasseroberfläche schweben, und auch sie warfen einen genauen Schatten auf den angeleuchteten Grund. Ich lehnte mich zurück. Ein Gasgeruch durch das Mückenfenster an der Küche, eine bleiche, nach oben gewandte Katzenkehle, die Hälfte von allem tagaus, tagein das einfache Meer, zum Horizont immer prinzipieller, formelhafter werdend. Das Meer, die feste Fläche, ein Widerspruch zur Lebendigkeit, eingefügt und angefügt, eine Gegenwart, ein Dunst, eine gestreifte Ebene, eine Beruhigung und Andersartigkeit. Von dort konnte man auf das Lebendige wie auf ein Gestorbenes, aber in der erinnernden Vorstellung sich Steigerndes zurückblicken. Auf meinem Schoß atmete die schwere, schwangere Katze. Ich bemerkte den Unterschied zwischen den klar umrissenen Steinen im Wasser und den feuchten, nur ab und zu überspülten. Die Veränderung war deutlich, doch nicht zu fassen am entscheidenden Punkt. Wie Luft war ja das Nasse, das Wasser, zum Wahnsinnigwerden, ich mußte immer hinsehen. Auch am Horizont gab es so etwas. Da spürte ich das Bedürfnis, zwischen Himmel- und Wasserdunst mit den Augen weiterzukommen, das scheinbar Vertikale Stück für Stück flach zu legen in immer neue Sichtbarkeiten hinein. Als würde man stetig mit Wörtern im Unformulierten vorandringen, so kämpfte ich mit den Augen dagegen an. Das stille Wasser überschwemmte regelmäßig die niedrigen Felsen und sank zurück aus den Ritzen, die in plötzlicher Magerkeit dastanden. Ich versuchte, während ich den Kopf in einer hellen Glut, die über das ganze Meer wegreichte, gesenkt hielt, im gleichen Rhythmus zu atmen, ein und aus, und das lange. Immer staute sich am Meeresrand noch einmal das verbindliche Leben mit den Badenden. Jeden Tag sah die Katze auf die Weinberge und die Brandung, manchmal am Morgen, gleichmütig. Erkannte sie den Horizont? Dicke Männer und Frauen lagen verstreut in einer Gruppe auf Steinen, teils im Wasser, teils außerhalb. Sie lachten und räkelten sich, als wären sie auf diesen Steinen großgeworden und wie auf einer Weide, die sie sättigte. Mittags sackte ich fast in eine Besinnungslosigkeit.

Eines Nachts aber, als es drei Uhr war, mußte ich sofort die Fensterläden aufstoßen, um schnell freie Luft zu atmen. Das Gesicht mußte ich weit aus dem Fenster halten und keuchen und mich beruhigen. Es gab ja genug Kühle draußen, in der Finsternis, eine kurze Finsternis aber, eine kurze Finsternis war es nur, eine grelle Helligkeit entstand, eine Felswand strahlte auf gegenüber von mir, sichtbar jeder Halm, der aus den Spalten wuchs, eine kurze Helligkeit, eine kurze Grellheit nur vor der vollkommenen Finsternis wieder, und wieder eine neue, schlagartige Beleuchtung der aufragenden Wand und weiter der Mulde mit einzeln ans Licht gezerrten, verwilderten Weinstöcken, eine kurze, eine blitzartige Deutlichkeit, eine Künstlichkeit und wieder ausgelöscht von der natürlichen Dunkelheit. Nein, eine Schwärze war es jetzt und nicht mehr etwas Natürliches, etwas zu Messerscharfes war es geworden, das aussetzte, etwas Scharfkantiges vor einer dritten Tageshelligkeit, die, noch einmal ruckartig in die lichtlose Landschaft geschnitten, im Bereich ihres Wirksamwerdens etwas festhielt und bannte, Felsen und Mulde in starrer, schriller Genauigkeit ohne Ablösung, ohne so schnelle Ablösung wie vorher, diesmal anhaltend zum Ausforschen lange, dann gleichzeitig alles verschwunden im geschlossenen Finstern. Das war vorhanden wie immer, wie ein endgültiger Zustand und täuschte: Neu schlug das Licht gegen die Felswand, ein knapper Zwischenraum Nacht, wieder kurz, dann länger, das Signal des Leuchtturms also, der von dieser Stelle aus verdeckt am hohen Ende der Bucht stand. Das wußte ich ja, aber ich hatte bisher immer nur das Scheinwerferlicht als quer in der

Luft mechanisch pulsierenden Strahl, von der Dämmerung an kräftiger werdend, jedoch mit zunehmender Breite die Leuchtintensität vermindernd, wahrgenommen, und das schließlich nur noch, wenn ich es ausdrücklich wollte. Hier stieß er auf den steil ansteigenden Weinberg, auf den abgebrochenen Felsen, die voll getroffen aus der abreißenden Schwärze sprangen und, immer im gleichen Rhythmus, kurz, kurz, lang, unter einem gewaltigen Lidschlag verschwanden. Ich saß auf dem Fensterbrett und sah das an, mit einer Begeisterung und doch beinahe schlafend. So ging das Auf- und Zuklappen der Landschaft in mich über. Ich hielt die Augen offen, aber ich erinnerte mich, vor mir zeichnete sich, ich fragte nicht, warum, überraschend etwas anderes, etwas Entferntes ab.

Einmal hatte ich abends an einem angestrahlten Tisch gesessen, mit einer Freundin, bei einer Tasse Kaffee. Gern hätten wir uns eins der grünen und roten Getränke kommen lassen, die routinierte Erwachsene um uns herum verlangten, aber wir konnten die geflüsterten Namen nicht verstehen. Wir wußten nicht, was wir für Gesichter schneiden sollten. Wenn wir uns gegenseitig betrachteten, fanden wir uns lächerlich, aber allein zu sein, wäre noch schlimmer gewesen. Darum verstellten wir uns voreinander. Nichts gestanden wir uns ein, als hätten wir es geschafft, so taten wir, aber nicht einer dem anderen zuliebe. Es ging auch. Man beachtete uns nicht, mehr war nicht zu erhoffen. Schon darauf, daß niemand über unsere Ungeübtheit den Kopf schüttelte, konnten wir stolz sein. Wir saßen an einem Ort im Süden, am Mittelmeer, in einem Straßencafé, und ich war aus Trotz dorthin gefahren, nach dem Abitur, von im Büro verdientem Geld. Bestrafen wollte ich jemanden damit, der sich überhaupt nichts daraus machte. Plötzlich starrten uns vor dem Tisch zwei Männer an. Sie mußten sich über die Stuhllehnen beugen und rührten sich, so gekrümmt, nicht vom Fleck. Sie versperrten uns den Ausblick, und das offenbar mit Absicht, wir waren gezwungen, sie anzusehen, wenn wir nicht deutlich die Köpfe verrenken wollten. Dann hielten sie lange Halme in den Händen und versuchten die Asche, über die Tischplatte weg, von unseren Zigaretten abzustreifen. Ich lachte nicht als erste, aber kurz darauf gingen wir mit ihnen die hellerleuchteten Bürgersteige entlang. Glücklicherweise hatte sich der, dessen Gesicht mir gefiel, für mich entschieden. Ich dachte nichts, ich bewegte mich nur mit einem Mal gern zwischen den Leuten vorwärts, weil ich mich leichter fühlte, ich war mir meiner selbst nicht so bewußt, ich vergaß mich ein wenig, ich schritt jetzt selbstverständlich und gedankenlos aus, ich hörte gar nicht hin. Er lachte auf eine Art, die mich nicht abstieß. Von mir aus konnte es immer weiter so geradeaus gehen, in der warmen Luft. Ich drehte mich nicht nach den anderen beiden um, ich mußte nichts sagen. Manchmal sah ich den Mann aus den Augenwinkeln an. Da setzte die Beleuchtung abrupt aus, und wir überquerten mit lockeren Schritten die Straße, um ein Stück auf der anderen Seite im Hellen zurückzuschlendern. Als wir uns der Bar, vor der wir gesessen hatten, genau gegenüber befanden, hielten wir einen Augenblick an. Die beiden Männer zeigten über einen breiten, dunklen Streifen, der ziemlich rasch hinter dem beleuchteten Bürgersteig begann, zum Meer hin. Sie brauchten gar nicht so viel zu reden, sie sollten sich ihre besänftigenden Gesten sparen, es war ja gut! Ich dachte mit Vergnügen an jemanden, der sich nichts aus meiner Abwesenheit machte. Ich vertiefte mich in eine Vorstellung, ich fühlte ihn jetzt endlich nah bei mir. In meiner Schadenfreude war mir gelungen, ihn herbeizuzaubern, als wir über Gerümpel, über gerade noch erkennbare Autoreifen und Abfallpapier auf das Meer zugingen. Nun packte mich natürlich ein Arm, ich spürte einen Druck auf meiner Hüfte, der da bleiben konnte, so fiel ich nicht hin, er war ja nur leicht. Ich wunderte mich nicht, wie das Reden neben mir, das ich nicht verstand, sich ohne Unterbrechung fortspann, ich wußte ja: damit keine Pause zur Verblüffung aufkam, damit es sich so entwickelte, daß wir in einem sanften, unbemerkten Übergang an einer Mauer lehnten – ich spürte die Unregelmäßigkeiten der Steine in meinem Rücken, viele kleine Eindrücke durch den Stoff – in einer Umarmung, in einer unangemessen stürmischen Annäherung unserer Lippen, und nichts anderes spielte sich ab, spiegelte uns sozusagen, ein Stück weiter nebenan. Keine Stille, aber auch keine Wörter mehr, ein kurzes Flüstern, ein Rascheln. Wie auf Verabredung schoben wir die Männer nach einiger Zeit von uns weg ohne Schwierigkeiten. Es sah aus wie ein fortgeführtes Spazierengehen zu einem Ziel, das sie bestimmen konnten. Wieder stiegen wir, in Richtung des Straßencafés nun, über Taue und Reifen weg. Wir gingen unten den Lampen ruhig auf die ersten Tische zu, wo unser Platz noch immer leer war, wo die Stühle, als hätte man sie für uns freigehalten, standen, wie wir sie weggerückt hatten. Wir rührten uns nicht, für einen Augenblick der Unentschlossenheit, in voller Beleuchtung vor den Augen der Gäste, den uns mittlerweile tatsächlich zugewandten, das wurde mir in diesem Moment bewußt. Diesmal galt ihr Interesse uns, eine lächelnde, verzeihende Aufmerksamkeit, die über unsere Gesichter rauf- und runterwanderte und über unsere Kleider, eine geringschätzige Verschmitztheit, ein leichtes Kopfschütteln, ein: Aha! war es, ich begriff das plötzlich. Sie hatten es die ganze Zeit erwartet und im Auge gehabt, dagesessen bei ihren roten und giftgrünen Getränken und ungeschickte Touristinnen sich entfernen sehen, um sie weiß Gott welche Dinge treiben zu lassen, und richtig, jetzt kehrten sie zerzaust zurück. Eine Vorführung, eine Verführung, die sie zerstreute, ohne daß sie einen Finger krümmten. Da trog sie ihr Instinkt nicht, so lief das hier jeden Abend, mit wechselnden, sich fügenden Personen ein und derselbe Ablauf. Das legte sich mir wie eine unverschämte, wie eine anhängliche Hand auf die Haut. Wie sollte ich ihnen das aus den Gehirnen reißen, ihre Vorausschau, ihre Einmischung, ihren für uns entworfenen Plan! Die Männer, die schüttelten wir leicht ab, aber nicht die Allwissenheit der Zuschauer, und in meiner Wut rannte ich ohne Erschöpfung den langen, ansteigenden Heimweg über die Küstenstraße im Schatten der Hecken von ihnen weg.

Ein Jahr früher, an einem stürmischen Nachmittag, in den Ferien, die ich an der Nordsee verbrachte, war ich lange am Wasser entlanggegangen und hatte mir ein kariertes Tuch um das Haar geknotet. Ich ließ den Kopf hängen, ich sah nicht hoch, nur vor mich hin in den nassen Sand. Damals kam mir der Einfall, verliebt zu sein in einen Mann, den ich noch nie gesprochen hatte. Er spielte im Kurorchester und schaute als einziger manchmal direkt die Zuschauer an. Ich ging schneller, als ich eigentlich wollte, das lag am Wind, der kräftig gegen meinen Rücken drückte. In der diesigen Luft erkannte ich, wenn ich mich umdrehte, die Jugendherberge, in der ich wohnte. So verdeutlichte ich mir die Entfernung bis zur Auflösung des Gebäudes im Nebel. Nun konnte ich mich ganz verlassen fühlen. Der Musiker war am Tage vorher abgereist, und ich wollte trauern und frieren und mir eine Erkältung holen. Ich ging auf der Buhne, zwischen heranrollenden Wellen, um vom grauen Wasser gefährlich umgeben zu sein, setzte mich in die Hocke, legte die Arme um die Knie, das war schon immer eine Haltung, in der ich lange ausharren konnte, und betrachtete die schwankende Meeresoberfläche. An das etwas verschwommene Gesicht des Musikers versuchte ich mich zu erinnern, dessen Röte mich störte, die ich aber mit einigem Aufwand an Konzentration wegdachte. Ich kannte niemanden auf der Insel, und es gefiel mir, etwas zum Phantasieren und Betrauern zu haben. Was wäre denn sonst mit diesem sang- und klanglosen Nachmittag geschehen? Konnte es etwa besser sein, ohne Liebe in einem Zimmer zu sitzen und ein Buch zu lesen? Beim Aufblicken bemerkte ich einmal zufällig einen Mann mit einer übergestülpten Kapuze. Er saß ein Stück weiter weg, neben ihm lag Angelzeug, das er aber nicht zu benutzen schien, ich achtete auch nicht darauf, denn mir fiel jetzt etwas Feuchtes über das Gesicht, und heimlich begeisterte ich mich, daß es wirklich Tränen waren, die da aus meinen Augen hinabsackten. So sehr war ich also dieser tatsächlichen Umgebung mit meinen Empfindungen entrückt! Ich stellte allerdings fest, daß der Mann seine Sachen zusammenpackte und sich langsam aufrichtete. Ich wandte mich wieder dem Wasser zu, denn er kam mit einem schaukelnden, geruhsamen Gang heran. Ich dachte es sofort, hoffte aber auch, daß er an mir vorbei bis zum Buhnenende wollte. Ich machte meinen Rücken rund und runzelte die Stirn, um ihn abzuwehren, ich spürte jedoch gleich, daß es nichts nutzte. Er blieb einen Augenblick neben mir stehen und ließ sich dann genauso in der Hocke nieder wie ich. So sehr sah er mich von der Seite an, daß ich ihm das Gesicht zudrehen mußte. Er hatte derbe Backen, die von der frischen Luft glühten. Der fror nicht, während ich schon zitterte und gegen einen Krampf in der Brust atmete, ein viel älterer Mann mit einer freundlichen Stimme. Ich erzählte ihm eine Geschichte, ich faßte willkürlich Vertrauen, wenig stimmte darin mit meiner überein, aber es war ein Geständnis, der Form nach, eine Unterhaltung, die mich tröstete, und er konnte mir seine häßliche, wetterfeste Jacke um die Schultern legen. Wischte er mir nicht sogar die Tränen ab? Ich redete jedenfalls, und er unterbrach mich keinmal. Schräg über uns befand sich ein Restaurant mit großen Panoramascheiben, das entging mir nicht. Überall an den Fenstern saßen Leute bei vermutlich teurem Kaffee und Kuchen. Wir gaben für die ein schönes Bild ab, das sah ich gleichzeitig, und es ärgerte mich sehr, daß wir ihnen von hier unten so sprechende Gesten anbieten mußten. Alles Mißverständnisse, natürlich, aber darauf kam es nicht an. Trotz meines Zorns darüber ließ ich den Anorak auf meinen Schultern, aber ich wußte nun, wie man das von oben genoß: Wie ich meine steifen Beine rieb und der Verlockung nicht widerstand, neben dem Mann mit gleich großen Schritten die Buhne zu verlassen, durch den Sand auf das Café zuzustapfen, jetzt für Augenblicke aus ihrem Gesichtskreis zu verschwinden und dann in ihrer Mitte aufzutauchen, in einer schlimmen Verfassung, mit blaugefrorenem Gesicht und dem eng darum geknoteten Kopftuch. Aufgegabelt, kurzum! Sie schauten unverhohlen her, und ich fühlte den Mann mit seinem ganzen Körper plötzlich zu den Leuten zurückgrinsen, da nutzte es gar nichts, daß ich ohne die Jacke und das Tuch und nach zehn Minuten aufgewärmt, wieder besser aussah. Das verfolgten sie, das aß ich vor ihren Augen: eine große Portion Sahnetorte. Das trank ich: ein Kännchen Kaffee, einen Schnaps. In ihrer Wachsamkeit fiel ihnen auf, daß der Mann einige Male nach meiner Hand griff, die ich zurückzog im Reflex. Sie registrierten, daß ich zu mir kam, daß mir die Torte schmeckte, daß ich das brauchte und aufblühte. Ich haßte sie und den Mann dafür, aber ich benötigte Essen und Wärme so sehr, daß mich ihre Gier nicht daran hinderte, alles in scheinbarer Gemütsruhe aufzunehmen, und als ich die Tasse endgültig absetzte und der Angler eilfertig aufstand, übersahen sie das gewiß nicht. Ich ließ auch das noch geschehen und mich wie ein Schaf aus diesem Raum, an den Tischen vorbei, was half es, daß ich die Leute anstarrte wie persönliche Feinde, nach draußen führen. Auch da konnten sie noch verfolgen, wie ich neben ihm, in eine andere Richtung als die, aus der ich gekommen war, verschwand, daß es mir, so gewärmt und gestärkt, nicht schwerfiel, mich vor dem Hausflur, in den er mich zu schieben versuchte, loszureißen, nicht mehr.

Viel später saß ich mit zwei Männern und einer Frau an einem Wirtshaustisch. Außer uns befand sich nur noch die junge, schwarzhaarige Besitzerin im Raum, die im Dorf, in dem wir anderen alle Lehrer waren, den Ruf einer leichtsinnigen Person hatte. Schon in ihre Kneipe zu gehen galt als Zeichen einer gewissen Anrüchigkeit. Der Rektor und der zweite Mann gaben sich vorurteilslos, die Wirtin beobachtete das kühl. Sie lächelte mit ihrem etwas zügellosen Gesicht und sagte nur das Notwendigste, auch als an unserem Tisch die Stimmung immer ausgelassener wurde und die Männer mit brennenden Köpfen einen Schnaps nach dem anderen tranken. Sie lauerte sicher zu uns herüber, aber doch auf eine kalte, gleichgültige Weise, die beide Männer zu noch aufgeregterem Betragen anstachelte. Hier leisteten sie sich, nach einer Konferenz, einen fröhlichen Abend ohne ihre Frauen, in aller Verschwiegenheit mit zwei neuen Lehrerinnen, und da stand, vor Spiegel und Flaschenregal, die Wirtin und betrachtete, wie sie sich steigerten, mit dieser kleinen Spur von Verachtung, die sie ahnten, gegen die sie anlärmten, als wäre heute abend entscheidend, daß sie ihnen ihre Bürgerlichkeit, die sie ihr so ausladend darboten, so hilflos offensichtlich, für ein paar Stunden verziehe. »Mann Gottes!« rief schließlich der Rektor, »her mit Ihnen! Hier geht es doch sonst so lustig zu, hört man, hört man!« Sie kam für ein Bier und lachte mit schönen Zähnen und solchen Blicken, daß keiner der beiden Männer wagte, sie zu berühren. Sie hatte eine Friedlichkeit an sich und überragte den kurzen Rektor um einen Kopf, und unbewegt ließ sie ihn ihren Busen begaffen, als zähle er nicht. Exakt nach dem letzten Schluck entfernte sie sich und wiegte sich dabei in den Hüften auf eine mitleidige, ironische Weise. Wieder spürte ich von der Theke her ihre abschätzenden Blicke, besonders zu uns Frauen, die sie noch nie hier gesehen hatte. Sie lächelte und wußte etwas im voraus, unbeirrt von unserer immer noch korrekten Haltung. Sie lehnte da, rauchte und wartete. Und ich sah sie da lehnen, das blasse Kinn in die Hand gestützt und mit dem Zeigefinger unregelmäßig gegen die Wange schlagend. Da erhob ich mich sofort, als nun der korpulente, faltige Rektor die Musik lauter stellte und mich zum Tanzen aufforderte. Sie drehte den Kopf, sie lächelte stärker, auf uns alle schien das elektrische Licht, sehr grell für ein Wirtshaus, es gab keine dämmrigen Winkel. Ich wußte nicht, ob das immer so war, alles blieb gut erkennbar, auch das schwitzende Gesicht des Rektors, auch das andere Paar, das wesentlich behender tanzte. Man sah die beiden Köpfe unter den Lampen, die vom Lachen aufgerissenen Münder, und Tränen liefen ihnen über die Wangen, so amüsierten sie sich. Sie stolperten und klammerten sich aneinander, und von der Theke sah die Wirtin her mit einem siegesgewissen Lächeln und geduldig. Da ließ ich zu, nun auch sie genau beobachtend, wie sie sich zufrieden auf die Lippen biß, daß der Rektor mit seinen kurzen Händen meine Brüste zu drücken begann, und ich hörte mir ohne Antwort an, daß er sagte: »Das hätte ich mir nicht träumen lassen!« Es machte mir nichts aus, ich versuchte nur zu vermeiden, daß sein Mund meinen berührte, und wischte mir das Kinn, ohne ihn durch eine auffällige Geste zu kränken, immer neu mit meinem Handrücken trocken. Ich sah im Spiegel, daß aber auch mein Gesicht brannte, und nur die Frau an der Theke stand blaß da. Ihre Augen wanderten von dem einen Paar zum anderen und sahen es wie eine Verdoppelung. Da hatte sie endlich genug und sich satt gesehen. Sie wandte uns den Rücken zu. Augenblicklich verließ mich das Interesse, das hier auch nur ein bißchen weiterzutreiben.

Es war eine plötzliche Nüchternheit und Nacktheit im Raum, und als habe er gespürt, wie sich meine Haut wieder zu einer festen, spröden und kalten Oberfläche verdichtet und ganz um mich geschlossen hatte, fiel der Rektor erschreckt von mir ab. Die Frau war verschwunden, jemand bezahlte bei ihr im hinteren Zimmer, unser Aufbruch reizte sie nicht mehr, und die letzten, entmutigten Annäherungsversuche drangen gar nicht mehr durch zu mir in meiner Verdrossenheit. Am nächsten Tag war Fronleichnamsprozession. Da trafen wir uns alle wieder in Sonntagskleidung. In der Hitze des Vormittags gingen wir mit langsamen Schritten neben singenden, betenden Schulkindern. Wir kamen auch an dem Wirtshaus vorbei, das etwas abseits lag, wo schon die Äcker und Wiesen anfingen. Die Wirtin stand vor der Tür. Sie sah uns alle, den Rektor und den anderen Lehrer, der seinen Kopf gebeugt hielt, die Lehrerin und mich. Die hatte die Hände im Rücken verschränkt und die Beine voreinander und den Kopf weit, mit herausgewölbter Kehle, nach hinten an den Türpfosten geworfen, als würde sie wild auflachen, so stand sie da, aber ganz stumm, und kurz begegnete ich ihrem sanft triumphierenden Blick. Da straffte ich mich noch einmal, da zwang es mich, unter ihren Augen die Hände vor meiner Brust in anzüglicher Frömmigkeit todernst zu falten.

Ich saß auf dem Fensterbrett und sah mit einer Begeisterung und doch beinahe schlafend das Auf- und Zuklappen der Landschaft, das in mich übergegangen war. Noch nie hatte ich mich an die drei Ereignisse hintereinander erinnert. Wieder schlossen sich die Tage über und unter mir, etwas Verschwindendes. Ich roch die Landschaft. Ein Schauspiel war das. Ich sah es mit scharfen Blikken an, das Licht und seine Gegenstände, ich sah es freundlich und mit Trauer, daß es vergehen würde. Ich hielt mich den Eindrücken hin. Wie im Märchen sagte ich manchmal ganze Sätze in Büsche hinein. Und doch versuchte ich tagsüber immer öfter, in der grellen Hitze, mir die Gegend aufzuckend und verfinstert vorzustellen. Das war schwer und eine Willenssache, aber es gelang von Mal zu Mal besser, sie in diese rhythmische Bewegung zu versetzen, anfangs natürlich durch den eigenen langen und kurzen Wimpernschlag, später verdunkelte sie sich bei geöffneten Augen und flammte auf, wie ich es wollte. Es ist leicht, auch jetzt noch steht überdeutlich im Kontrast die ausgebreitete Tageslandschaft auf Anruf in meinem Gedächtnis in der zerschnittenen Nacht und an mich gerissen.

Inhalt

Verlagsgemeinschaft Ernst Klett –
J. G. Cotta'sche Buchhandlung
Nachfolger GmbH, Stuttgart

Printed in Germany
Design: Heinz Edelmann
Satz: Steffen Hahn, Kornwestheim
Druck und buchbinderische Verarbeitung:
Wilhelm Röck, Weinsberg

CIP-Kurztitelaufnahme
der Deutschen Bibliothek
Kronauer Brigitte:
Die gemusterte Nacht:
Erzählungen / Brigitte Kronauer. –
Stuttgart: Klett-Cotta, 1981.
ISBN 3-12-904551-1